황자,
네 무엇이
되고
싶으냐?

황자, 네 무엇이 되고 싶으냐? 3

초판 1쇄 인쇄 2018년 5월 9일
초판 1쇄 발행 2018년 5월 18일

지은이 목감기
발행인 오영배
기획 박성인
책임편집 김규영
디자인 권지연
제작 조하늬

펴낸곳 (주)삼양출판사 · 피오렛
주소 서울시 강북구 도봉로 173
대표 전화 02-980-2112 **팩스** / 02-983-0660
편집부 전화 02-980-2116 **팩스** / 02-983-8201
블로그 blog.naver.com/dan_gul
출판등록 1999년 3월 11일 제9-00046호

ISBN 979-11-283-9360-0 (04810) / 979-11-283-9357-0 (세트)

fi∞ret 은 (주)삼양출판사의 로맨스 판타지 문학 브랜드입니다.

황자, 네 무엇이 되고 싶으냐?

III

목감기 장편소설

fio
ret

Contents

Chapter 12
발각된 비밀

공주의 입을 통해 카이트에게 다른 목적이 있는 것이 확실시 되면, 이제 남은 건 그들의 이 깜찍한 연극에서 빈틈이 발견될 때까지 기다리는 것뿐이었다.

'반드시 어딘가 균열이 생길 거다.'

그리고 그 순간이 오면 놓치지 않고 쥐를 잡듯이 놈을 잡아버리면 된다.

'그런데 그 여자는 어디서 그렇게 검술을 익혔을까?'

성 안에서 있었던 일들은 신하들의 입을 통해 바인의 귀에 빠짐없이 들려왔다. 덕분에 그의 마음속에도 의문이 쌓여만 갔다. 하지만 그는 듣고도 모두 모르는 척했을 뿐이었다. 왜냐하면 지금은 그들이 자신의 성에서 무얼 하든지 간에 최대한 개입하지 않기로 마음먹었기 때문이다.

'그래야 더 솔직한 속내들을 드러내 보일 테지.'

그렇게 생각한 바인의 입가에는 느른한 미소가 지어졌다.

어차피 자신의 영토 안으로—특히 이 성에 들어온 이상, 카이트와 그의 일행이 빠져나갈 길은 없었다.

그러니 궁금했던 비밀은 그때 가서 물어보면 될 일이다.

"……쥐는 더 크게 자라기 전에 잡는 편이 낫지."

"네?"

나지막이 혼잣말을 읊조리는 그의 곁에서 하인 한 명이 고개를 갸웃거렸다. 하지만 그는 아무것도 아니라며 호방한 웃음을 만면에 띤 채 우아하게 손을 내저었다.

*　　*　　*

이미 한바탕 눈물을 쏟아 냈건만, 도리스의 얼굴은 아직도 축축하니 젖어 있었다.

물론 이제 도리스는 없어서는 안 될 중요한 인물이 되었지만, 그녀는 아직도 윤수가 지하 카브를 통해 원래 세계로 돌아가는 것을 받아들일 수 없는 듯 보였다.

덕분에 이렇게 중간중간 감정이 북받칠 때면 아이처럼 엉엉 울음을 터뜨려 윤수를 곤란하게 했다.

"잡은 쥐는 이게 다죠? 그럼 내다 버리고 올게요."

그녀는 코를 훌쩍이면서 손에 장갑을 끼고 꽉 묶인 자루의 입구를 잡았다. 윤수는 그걸 바라보다가 저도 모르게 헛구역질을 했다. 그 속의 내용물을 상상한 것이 속을 울렁거리게 한 원흉이었다.

자루의 안에 들은 건 아침부터 꼬박 반나절 동안을 쉬지 않고 잡아댄 쥐의 사체였다.

다른 건 몰라도 쥐만큼은 질색이었다.

차라리 바퀴벌레가 낫지. 아니, 그게 그건가?

흉측한 생각을 이어가던 윤수는 계속해서 어깨를 부르르 떨었다. 그걸 눈치챈 카이트가 심술궂은 목소리로 또다시 그녀를 놀렸다.

"이 정도 크기의 성에 쥐가 저만큼밖에 없는 건 매우 양호한 편에 속하지."

"이제 쥐 얘긴 그만해."

"북쪽은 사람이든 짐승이든 먹을 게 풍족하지 않아서 그런지 가끔 쥐 떼들이 성을 습격할 때도 있……."

"으악! 그 말만은 제발 하지 말라니까!"

윤수는 양 귀를 막은 채로 마구 발을 굴렸다.

그 모습을 바라보던 카이트의 입에서 웃음이 터졌다.

평소 농담을 그리 즐기는 편도 아니거니와 이런 유치한 장난은 질색이었다. 하지만 그녀의 잔뜩 붉어진 얼굴을 보는 게 좋았다. 혼자서 머릿속으로 무언가를 끙끙댈 때 구겨지는 눈썹은 너무 귀여웠고, 화를 낼 때면 생기는 콧날의 주름은 또 얼마나 사랑스러운지.

맙소사, 이건 정말로 중증이군.

아직 건네지 못한 마음이 걱정스러울 정도로 깊어져만 가고 있었다. 심장이 간지러운 듯한 기분이 들어 카이트는 저도 모르게 제 명치 위쪽 부근을 가만히 문질렀다.

하지만 그것도 잠시. 그의 표정은 금세 심각해지고 말았다. 윤수가 하려는 일을 떠올리자 커다란 걱정이 앞섰기 때문이었다.

"다시 한 번 말하지만, 고작해야 쥐를 잡아들인 걸로 위험이 완전히 사라졌다고는 볼 수 없어."

"……하지만 들키지 않고 그 안까지 들어갈 방법은 이것뿐이야."

손톱만 한 크기의 밝은 녹색 천 쪼가리를 흔들어 보이며 윤수가 말했다. 마치 아주 작은 인형 옷처럼 생긴 그것도, 손재주 좋은 도리스가 만들어 준 거였다.

워낙 크기가 작아서 잘 보이진 않지만, 자세히 살펴보면 분명 모자가 달린 로브처럼 생긴 물건이었다.

"……부디 조심해라."

"걱정하지 마. 반드시 무사히 돌아올 테니까."

그녀의 천진난만한 목소리에 또다시 카이트의 명치 부근이 불편해졌다.

걱정하지 말라니. 지금 내 심장이 얼마나 졸아드는지, 너는 알까?

하지만 결국 윤수의 고집을 꺾지 못한 건, 그녀가 제시한 그 방법 외에는 딱히 별다른 대안이 없었기 때문이었다.

그는 이제 자신이 그녀와 같은 능력을 지니지 못한 것이 그저 마냥 분했다.

'하지만 원래 세계로 돌아가는 것이 너의 소원이라면.'

그 생각을 하자 이번에는 방금 전과 비교도 할 수 없을 만큼 가슴이 아파왔다. 카이트는 살갗이 하얗게 될 때까지 입술을 깨물며 치밀어 오르는 서글픔을 꾹꾹 삼켰다.

"……그럼 가자."

그렇게 말하며 손을 내밀자 윤수가 즉시 품에서 작은 수첩을 꺼내어 들었다.

* * *

여전히 우울한 회색빛을 띠고 있는 벽 안쪽은 전과 다를 바 없이 축축한 습기로 가득했다.

"정말 괜찮겠어?"

그렇게 묻는 카이트에게 평소대로 고개를 끄덕이자 그가 살며시 눈살을 찌푸렸다.

'아, 맞다. 지금 내 동작이 잘 보이지 않겠구나.'

윤수는 입고 있던 초록색 로브를 벗은 뒤 다시 한 번 세차게 고개를 끄덕였다. 카이트는 그제야 눈치를 챘는지 그녀를 조심스럽게 바닥에 내려놓았다. 예상은 했지만, 갑자기 변해 버린 주위의 모습은 상상 이상으로 압도적이었다. 팔짱을 끼고 내려다보는 카이트의 키가 몹시 까마득해서 윤수는 저도 모르게 슬금슬금 뒷걸음질을 쳤다.

"그럼 갔다 올게!"

온 힘을 다해 팔짝팔짝 점프하며 목청껏 외쳤지만, 그의 귀에는 들리지 않는 것 같았다.

여전히 아무런 반응이 없는 것을 보면 말이다.

"아. 이것 참, 불편하네."

윤수는 투덜거리며 다시 초록색 로브를 벗어 머리 위로 마구 흔들었다. 로브는 그녀의 키에 비해 조금 컸지만, 그래도 얼추 잘 맞았다. 이 정도로 작게 만드는 것도 쉽지는 않았으리라.

그러자 카이트가 제 앞에 천천히 한쪽 무릎을 꿇고 앉았다.

"제발 부탁이니까 조심해."

"응!"

그런 그에게 윤수는 저만 믿으라는 듯 있는 힘껏 소리쳤다. 그러고는 지체 없이 몸을 돌려 끝없이 넓게 펼쳐진 우둘투둘한 지면 위를 향해 전속력으로 질주하기 시작했다.

"하아."

윤수는 미처 몰랐겠지만, 사실 카이트는 그녀를 땅에 내려놓으며 아무도 모르게 나지막이 한숨을 쉬었더랬다.

"······."

저 발아래 있는 작은 여자는 밝은 녹색 옷을 입고 있어 매우 눈에 잘 띄었다. 그래도 카이트는 행여나 실수로 윤수를 밟을까 봐 몹시 겁이 났다.

얼마 전 아침 일찍부터 절 찾아온 그녀가 새로운 계획이랍시고 내놓은 것이 바로 이 황당한 계획이었다.

"들키지 않고 지하로 내려가는 방법은 이것뿐이야."

그러더니 한다는 말이.

"그래서 말인데, 그 근처에 혹시 쥐구멍이 있으면 죄다 막거나 잡아 없애주면 안 될까? 내가 진짜 벌레까지는 괜찮 은데, 쥐는 너무너무 싫거든."

물론 카이트는 그 무슨 위험한 짓이냐며 우려를 표했다.

하지만 결국 그녀의 고집이 승리했다.

덕분에 페라트와 도리스가 두 팔을 걷고 즉시 쥐 소탕 작전에 나섰다. 특히 도리스는 쥐 잡기에 일가견이 있는 여자라 오늘은 누구보다도 큰 활약을 펼쳤다.

그 후 윤수는 그가 보는 앞에서 수첩에 한 자, 한 자 정성들여

글을 써내려갔다.

그리고 마침내 하나의 문장을 완성시켰을 때.

직접 목격하긴 했지만 절대로 믿을 수 없는 일이 눈앞에서 일어났다.

마녀의 소원
몸이 콩알처럼 작아졌다가, 해가 넘어가기 직전에 돌아온다.

그렇게 해서 한껏 작아진 윤수는 카이트에 의해 지하 계단의 입구까지 안전하게 옮겨졌다.

'만약 저 수첩에 남아 있는 여백이 죄다 사라지면 과연 그녀는 어떻게 되는 걸까?'

그런 생각을 하며 땅바닥에서 줄곧 시선을 떼지 않은 채 집중하여 아래를 바라보고 있는데, 저를 향해 손을 휘두르는─마치 그런 것만 같은─윤수의 모습이 보였다.

무언가 할 말이 있는 게 틀림없었다.

커다란 철 냄비 속에서 튀어 오르는 작은 콩처럼 제자리에서 팡팡 뛰고 있는 것을 보면 말이다.

'도대체 뭐라고 그러는 거지?'

아무리 귀를 기울여도 목소리가 들릴 리 만무했다.

이걸 어쩌나 싶어 잠시 고민하던 찰나, 그녀가 입고 있던 로브를 벗어들고 마구 흔들었다.

"아아, 준비가 다 되었다는 뜻인가 보군."

그는 천천히— 매우 극도의 주의를 기울이며 아주 천천히, 한쪽 무릎을 꿇었다.

"제발 부탁이니까 조심해."

그러자 여자는 알아들었다는 듯 잠시 제자리에 얌전히 서 있더니, 이내 몸을 돌려 전속력으로 굴러가기 시작했다. 아니, 사실은 굴러가는 게 아니라 뛰어가는 거였지만 말이다.

그의 눈에 비친 윤수는 아담한 것을 넘어서서 그야말로 열매에서 굴러 나온 씨앗 같았다. 또 다른 누군가가 본다면 다 여문 깍지에서 터진 작은 콩이라고 여길지도 모른다.

카이트는 그제야 저 멀리서 대기하고 있던 페라트에게 신호를 보냈다. 저 이외에 누구도 곁에 다가오지 못하게 한 건 행여나 그녀가 다치진 않을까 고민하다 내린 특단의 도치였다. 하지만 페라트가 제 곁으로 다가오는 새에도, 카이트의 눈은 여전히 작은 구슬처럼 데구루루 굴러가는—다시 한 번 말하지만 엄연히 뛰어가는 거였다—윤수에게 노골적으로 고정되어 있었다.

"카이트 님."

어느새 뒤에선 페라트가 저를 불렀지만, 그의 귀는 아무런 소리도 듣지 못했다.

"후우……."

카이트는 갑자기 뻐근하게 당기는 심장 위로 가만히 손을 가져다 댔다. 그러고는 곁에 페라트가 있는지도 모른 채 저도 모르게 중얼거렸다.

"저렇게 조그마한 것도 너무…… 귀엽군."

몸이 크든 작든 간에 뭐 하나 예쁘지 않은 구석이 없으니 이 일을 어떡하면 좋은가.

"뭐가 말입니까, 카이트 님?"

그런 고민을 하던 찰나 페라트가 고개를 쑥 내밀며 이렇게 물었다.

"헉!"

덕분에 카이트는 평소답지 않게 짧은 외마디 신음을 지를 정도로 놀라고 말았다. 빠르게 무표정으로 돌아간 카이트는 저와 마찬가지로 크게 놀란 듯한 페라트에게서부터 얼른 고개를 돌렸다. 그러고는 이미 보이지도 않는 윤수가 뛰어간 방향을 줄곧 응시하는 척 했다. 그러나 이미 목 부근까지 적나라하게 빨개진 것을 감출 수는 없었다.

* * *

"더 드시지 않구요."

"아니에요. 이제 진짜 배불러요."

실제로도 그녀는 도리스가 잔뜩 준비해 준 음식을 죄다 먹어 치웠다.

"하아."

기분 좋은 포만감에서 나오는 만족스러운 한숨과 함께, 그녀는 의자에 달린 스툴 위로 발을 올렸다.

그러자 눈치 빠른 도리스는 어느새 곁으로 쪼르르 다가와 무릎을 열심히 주물러 주기 시작했다.

"와, 진짜 시원해. 너무 고마워요, 도리스."

윤수가 그렇게 인사를 건네자 그녀도 싹싹하게 화답했다.

"바서 님도 참. 우리 사이에 뭘요."

그럼에도 불구하고 지금 윤수는 마치 물 한 모금 저장하지 못한 선인장처럼 매우 무기력한 상태였다.

물론 이렇게 파김치가 된 데에는 다 이유가 있었다.

오늘 하루 종일 그녀가 걷고, 뛴 거리는 거의 마라톤을 두 번 완주한 것과 맞먹을 정도였다. 작아진 몸으로 지하의 끝까지 내려갔다 오는 것은 그만큼 쉽지 않은 일이었다.

"그래서 말인데……."

도리스의 마사지 덕분인지 한결 가벼워진 목소리로 윤수가 입을 열었다. 그녀가 기력을 찾을 때까지 옆에서 참을성 있게 기다리던 카이트와 페라트의 얼굴에도 긴장감과 기대감이 맴돌았다.

"역시 지하에는 총 세 개의 문이 있더군요. 우리가 처음에 뚫고 들어간 문과 중간에 멈추고 돌아 나와야 했던 문, 그리고 마지막으로 안쪽에 하나가 더 있더군요. 마치 하나의 벽처럼 커다란 문이."

그러자 페라트가 윤수의 말을 성급히 맞받아쳤다.

"그렇다면 생각보다 그렇게 견고한 난공불락의 요새는 아닌가 보군요. 두 번째 문 앞에 있는 2명의 병사와 그 안의 병력들만 파악한다면 충분히 승산이 있겠어요!"

하지만 윤수는 유감이라는 듯 조용히 고개를 가로저었다.

"그 세 번째 문이 문제예요. 하나의 벽을 죄다 뚫어 놓은 것 같은 형상이라고 했잖아요? 벽 대신 거길 막고 있는 그건……."

그녀는 잠시 말을 아끼며 잔뜩 굳은 눈가를 꾹꾹 눌렀다. 그후 이야기를 어렵사리 이어 나갔다.

"마치 하나의 거대한 철판 같았어요. 특히 네 개의 모서리와 아래위 틈새 사이사이를 용접으로 붙인 듯한 흔적도 있었구요."

"……뭐?"

그 말에 충격을 받았는지 다소 얼떨떨한 목소리로 반문한 건 카이트였다.

"결혼 후 바인이 북쪽 영토에서 다량의 철광석을 구매해 갔다고 했지? 아마 그건 그 문을 만들기 위해 쓰였던 게 아니었을까 싶어. 게다가 어찌나 단단하게 붙여놨는지, 물 한 방울 새지 않을 것 같더라. 작아진 내가 슬쩍 기어들어갈 아주 조금의 틈새조차 보이지 않았어."

"그렇다면 아예 안으로 들어갈 수조차 없게 해놨단 말입니까?"

점점 상황이 절망적으로 흐르고 있음을 인지한 페라트는 손수건을 꺼내 어느새 이마에 송송 맺힌 땀을 닦아 내며 물었다.

"아니요. 그건 아니에요. 그 정 가운데 한 사람 정도가 겨우 드나들 만한 작은 아치형의 창이 하나 나있었는데, 그 앞도 견고해 보이는 자물쇠로 이중 잠금이 되어 있더군요. 아마 그 열쇠만큼은 2황자가 특별히 손수 관리하고 있겠죠. 그리고 그 앞을 지키는 병사의 수는……."

윤수의 두 눈이 카이트를 향해 천천히 고정되었다.

지금부터 제가 하려는 이야기는 누구보다 그가 제일 궁금해했을 터다.

"어림잡아 세어 봐도 대략 마흔 명 정도 되는 것 같아."

그 말이 끝남과 동시에 카이트가 이마를 짚으며 신음하듯 중얼거렸다.

"아예 중대 하나를 딱 절반으로 잘라서 가져다 놨군."

커다란 테이블에 몸을 기댄 채 그는 연신 마른세수를 했다. 이대로라면 아무래도 몰래 잠입하는 것은 거의 불가능한 일에 가까우리라.

하지만 카이트의 얼굴은 생각보다 매우 평온해 보였다. 그는 입술을 꾸욱 다문 채 잠시 무언가를 고민하는가 싶더니 윤수의 옆으로 다가와 다정한 목소리로 속삭였다.

"무엇보다 무사히 돌아와서 다행이다."

부디 실망하지 말기를, 제발 마음 아파하지 않도록.

그러한 마음을 담아 카이트는 그녀의 정수리 부근을 부드럽게 쓰다듬어 주며 말을 이었다.

"실망도, 걱정도 하지 마. 최악의 경우에는 돌파를 강행하더라도, 너를 꼭 그 안으로 들여보내 줄 테니까."

이내 두 사람 사이에 정적이 찾아왔다.

아직 할 말이 더 남은 것 같은 카이트도 그저 두 입술을 굳게 다물었다. 혹시라도 마음속의 진심이 새어나올까 봐 두려웠기 때문이었다.

누군가가 그녀를 꼭 보내줘야 하는 이유가 뭐냐고 묻는다면 어찌 대답해야 할까?

황제가 되고 싶어서?

아니다.

이유가 있다면 딱 한 가지뿐이었다.

그녀가 원하니까.

그녀는 역시 집으로 돌아가고 싶을 테니까.

그렇게 해서 그녀와 작별하면 황제로서 살아갈 수 있다. 그런데 전혀 기쁘지가 않았다.

줄곧 윤수의 머리카락을 매만지던 그의 손가락이 하얗고 보드라운 뺨 쪽으로 스르륵 내려왔다. 살짝 떨려오는 온기가 스며들자 마음속에 또 열망이 지펴진다.

……사실은 황제가 되지 못해도 좋다.

그저 그녀를 잡고 싶었다.

어디에도 가지 말고 곁에 있어주지 않겠냐고.

그렇게만 해준다면 더 이상 어떠한 것도 바라지 않는다고 말이다.

그래도 결코 그런 말을 할 수는 없을 것이다.

좋아하니까 가지 말라는 말은 그녀에게 독이었고,

좋아하니까 보내줘야 한다는 말은 자신에게 독이었다.

그러므로 어느 한쪽이든 그것을 삼켜야 한다면, 제가 전부 삼켜 버릴 셈이다.

최대한 아무렇지 않게, 가능한 한 기쁘게.

"······."

제 볼을 매만지던 긴 손가락이 이윽고 살짝 떨어지자 한껏 긴장했던 숨이 그제야 윤수의 입에서 새어나왔다. 그러나 한편으로는 그 따듯한 체온이 멀어지는 게 아쉬운 기분이 드는 것도 사실이었다. 그의 손길은 마치 제게 무슨 말을 거는 것만 같았다. 매우 안타깝고 절절한 그런 이야기들을.

윤수의 가느다란 목 안쪽이 움찔 떨려 왔다.

그는 아마 모를 것이다.

빈틈없이 꽉 맞물린 그 문을 보고 조금 안도하고 만 앙큼한 본심이, 제 마음속 어딘가에 숨겨져 있음을.

집에 당장 갈 수는 없다는 그 사실에 왜 안심이 되는 건지 이제는 더 이상 고민하지 않는다.

딱히 어떠한 계기가 있었던 것은 아니다.

그저 가랑비에 젖듯 그렇게.

정신을 차려보니 어느새 바다에 잠긴 커다란 달처럼 그가 마음속에 풍덩 들어와 있었다. 하지만 그렇기 때문에 결코 돌아가기 싫다고 말할 수는 없었다.

무엇보다 약속을 했다.

모든 기회를 박탈당한 그의 삶을 다시 돌려주겠다고.

그 다짐을 떠올리며 그녀는 카이트를 향해 미소를 지어 보였다. 그러고는 힘주어 또박또박 대답했다.

"난 전혀 실망하지 않았는걸."

그것은 실로 진심이 아닐 수 없었다. 지금은 오로지 카이트 곁에 있을 수 있다는 기쁨만이 무척이나 컸다.

상대를 향해 뻗어나가는 둘의 마음은 어느새 무성하게 자라난 나무와도 같았다.

뻗어나간 가지의 기울기도, 우거진 잎사귀의 모양도 모두 희한할 정도로 닮아 있는 두 그루의 나무.

*　　　*　　　*

어느새 까무룩 잠이 든 윤수가 눈을 뜬 건 한밤중이었다.

낯선 방 안을 두리번거리다, 창밖에 새카맣게 내려앉은 어둠을 확인한 순간 그녀의 얼굴은 사색이 되고 말았다.

사실은 오후 내내 이 방에 갇혀 있다시피 했다.

복도를 서성여가며 저를 끈질기게 기다리는 도른 탓에 말이다.

"오늘은 꼭 한 번만 대련해 주세요! 시간이 없다고요? 그렇다면 얼마든지 기다리겠습니다."

대결에서 패한 이후 도른은 윤수를 줄곧 끈질기게 쫓아다녔다. 덕분에 그녀는 그제야 카이트가 도른을 왜 그리 귀찮아했는지 단번에 이해할 수 있었다.

물론 아직도 뺨에는 그녀에게 맞아서 생긴 상처가 남아 있었지만, 그래도 윤수는 도른을 향해 기본적으로 악감정 같은 건 가지고 있지 않았다. 뜻대로 되지 않는 삶의 굴곡을 겪은 탓에 그 후유증으로 좀 예민해져서 그렇지, 도른은 원래가 밝고 솔직한 여자였다.

더더군다나 그녀는 소설 속의 사랑스러운 여주인공이었으니 어찌 미워할 수 있겠는가?

물론 본인보다 더 이 자리에 맞는 적임자가 나타났다며 윤수에게 막무가내로 단장 제복을 안겼을 때는 좀 많이 곤혹스럽긴 했다. 게다가 별 다를 것 없는 평범한 제 걸음걸이마저 일일이 따라 하는 건 몹시 귀찮았고 말이다.

하지만 2황자 시리즈의 여주였음에도 불구하고, 완결 이후 별로 행복하게는 살고 있지 않은 것 같은 그녀의 모습에 윤수도 가슴 한구석이 몹시 아팠다.

그럼에도 불구하고 도른과 친하게 지내는 것은 불가능 했다. 안 그래도 주목받는 자신의 정체가 행여나 노출될까 염려되었기 때문이다.

하지만 이러한 모든 이유는 지금의 상황에 대해 어떤 변명도 되질 못했다.

카이트의 침대에서 아무렇지도 않게 잠들다니.

그녀의 얼굴이 붉게 달아올랐다.

물론 예전에도 한 번 그랬던 적이 있었다. 그때야 그를 의식하지 않았으니 그 어떤 행동을 하더라도 허물이 없었지만, 지금은……

스스로를 자책하며 그녀는 두 눈을 비볐다.

몸 위에 덮어진 이불을 슬며시 들추고 침대 밖으로 빠져나오자, 어디선가 청량한 향기가 스며있는 바람이 훅 불어왔다. 이게 까만 나무 열매가 익어갈 때 나는 향기라는 걸 예전에 카이트가 알려 준 적이 있었다.

반쯤 열린 창으로 다가가자, 밖에 나 있는 발코니의 난간에 기대어 서서 턱을 괸 채 저 멀리 어딘가를 하염없이 응시하고 있는 그의 뒷모습이 눈에 들어왔다.

화려한 색깔의 고급 연미복을 벗어던진 그는 어느새 까만 셔츠와 까만 바지 차림이었다.

그것이 제가 늘 봐 왔던 카이트의 익숙한 모습.

그가 매만졌던 입술 위로 떨리는 손끝을 가져다 대자, 그곳에서부터 퍼진 찌릿한 무언가가 심장까지 닿았다.

윤수의 발이 마치 태엽 감은 인형처럼 그를 향해 타박타박 움직였다.

"왜 벌써 일어났지? 일부러 자리를 피해 준 보람이 없군."

몰래 다가가서 놀라게 해 주려고 했는데, 역시 어림도 없는 일이었나 보다. 그녀의 기척을 귀신같이 눈치챈 카이트가 부드럽게 웃으며 몸을 돌렸다.

"계속 밖에 나와 있었던 거야?"

대리석으로 만들어진 난간 위로 손을 올리자 팔뚝에 오소소 소름이 돋았다. 아직은 밤바람이 찬 날씨다.

"내가 안에 있으면 아무래도 편히 잘 수는 없을 테니까."

그렇게 말하는 그의 입술 끝이 조금 파르스름했다. 대체 얼마 동안이나 밖에 서 있었던 걸까?

두 사람 사이로 또다시 찬 공기가 밀어닥쳤다.

"2황자의 성에 온 이후로 우리들 중 누구보다도 고단한 매일을 보내는 사람이 설마 네가 될 줄이야⋯⋯."

어두워진 그녀의 안색을 피곤이 덜 풀린 것으로 오해한 카이트가 속상한 목소리로 중얼거렸다.

"아니, 고단하긴 뭐. 매일 밤 막사에서 잘 자고 있는데."

"그 딱딱한 나무 침대 위에서 퍽이나 잘도 잠이 오겠군."

더더군다나 예상대로 퍼렇게 멍든 왼쪽 뺨을 보니 마음이 더욱 좋지 않다.

카이트는 이게 다 자기 때문인 것만 같았다.

비록 이 세계의 모든 것이 윤수의 손에서 탄생된 것이라 해도, 어쨌든 처음 와본 땅일 뿐이다. 그곳에서의 삶이 여기서 줄곧 살아온 자신만큼 익숙할 리 없었다.

2황자와 도른 역시도 제아무리 주인공이었다지만, 어쨌든 처음 만나는 낯선 자들에 불과할 테고 말이다.

카이트는 그런 그녀의 무조건적인 방패가 되어 주고 싶었다. 하지만 그렇게 하지 못한다는 사실이 그를 종종 화나게 했다.

마음 내키는 대로 할 수도 없는 가장 큰 이유는 바로 다른 이에게 윤수의 정체를 들켜서는 안 되기 때문이었다.

사실 도른에게 뺨을 맞았을 때도 마찬가지였다.

불같이 화를 내는 자신의 모습을 몇몇 사람들이 굉장히 흥미롭게 지켜보았다는 걸 카이트도 잘 알고 있었다. 보통 일개 병사를 위해 그렇게까지 나서주는 황족은 없으니까.

그러므로 주변에서 쏟아지던 그 빛나던 눈들은 그저 저속한 호기심이었을 것이다.

평소 호위 병사 따위 들이지 않던 3황자가 갑자기 자신의 전속 병사랍시고 젊은 여자를 데리고 나타났으니, 호사가들의 시선을 잡아 끈 것도 무리는 아니리라.

하지만 만약 눈치 빠르고 의심 많은 다른 황족이 그걸 너무나 수상하게 여긴다면?

평소와는 다른 자신의 행동을 알아채고 윤수의 존재를 의심하기 시작한다면?

그러니 감정을 이기지 못해 일을 그르치는 바보 같은 짓은 절대로 하지 않을 것이다. 게다가 이 여자를 집에 안전하게 보내주기 위해 기껏 모두가 머리를 맞대고 짠 설계를 죄다 엉망으로 망가뜨릴 수는 없지 않은가.

그러므로 절대로 고생 시키고 싶지 않다는 것은 그저 마음뿐, 뭐 하나 마음대로 할 수 있는 게 없다.

또다시 속상하고, 답답했다.

"후우."

카이트는 계속해서 한숨을 내쉬었다.

그런 그를 미처 눈치채지 못한 윤수는 쭈욱 기지개를 켜며 작게 하품했다.

"이제 난 그만 막사로 돌아갈게. 3황자의 유일한 소속 병사라는 이유로 개인행동을 허락받긴 했지만, 취침 시간마저 어기면 엄청 눈치 보이겠지?"

그러고는 괜히 발끝으로 난간을 툭툭 치며 쑥스러움이 한가득 느껴지는 목소리로 말을 이었다.

"너도 피곤할 텐데 그…… 자꾸 침대를 차지해서 미안해. 앞으로는 네 방에서 멋대로 잠들지 않을 테니까. 그, 그럼 잘 자. 내일 보자."

그 인사를 끝으로 다급하게 몸을 돌릴 때였다.

"아니, 잠깐."

불쑥 튀어나온 손이 그녀의 손목을 잡았다.

"왜?"

"오늘은 그냥 여기서 자는 게 어떤가. 막사의 책임자에게는 내 침대에서 재우겠다고 말해놓을 테니."

"어……?"

순식간에 윤수의 얼굴색이 새빨갛게 변했다.

어둠이 내려앉아 있었지만 카이트의 눈에도 너무나 잘 보일 정도로 말이다.

"아, 아니. 그게, 내 말은."

카이트는 그제야 제가 실수했음을 알았다.

그저 좋아하는 여자를 고생시키기 싫어 잠이라도 좀 편히 잤으면 하는 마음에 충동적으로 제안한 건데, 자신의 말이 상당히 음험한 의도로 비춰질 수 있음을 뒤늦게 깨닫고 말았다.

"내 말은, 그런 의도가 아니라……, 나는 밤새 밖에 나와 있을 테니 내 방에서 편히 쉬라는 말이었다. 그러니까 우리가 결코 한 침대에서 같이 자는 게 아니라는 걸 분대장에게도 설명하면……."

아, 젠장.

가면 갈수록 점점 더 말이 묘한 쪽으로 꼬였다. 심장에서 자꾸 뜨거운 불길이 치솟아 결국 카이트의 얼굴도 덴 것처럼 달아올랐다.

"그, 그 제안은 고맙지만 날이 이렇게 찬데 내가 널 어떻게 밤새도록 밖에다 세워놔? 차라리 둘이 같이 방에 있는 편이 더 낫겠…… 흑."

"……뭐?"

순간 윤수는 혀까지 깨물어 가며 다급히 입을 막았다.

어색해지려는 분위기를 최대한 자연스럽게 넘기기 위해 그저 떠오르는 생각을 말했던 거였다. 그리고 한 가지 더하자면 저도 그의 말을 오해하지 않았음을 알려주려 했을 뿐이다. 하지만 당황한 기색이 더욱 역력해진 카이트를 보며 윤수는 자신은 정말 말주변 하나는 기가 막히게 없는 사람이라는 걸 스스로 인정해야만 했다.

두 사람의 피부색은 이제 목 언저리까지 빨개져 있었다. 누가 더 심하다고 할 것도 없이 똑같이 말이다.

이 커다란 성에는 매일같이 많은 손님들이 몰려들고 있었지만 벌써 다들 잠자리에 들었는지 주변은 그저 고요했다.

달빛을 받은 그의 머리카락이 마치 봄꽃처럼 옅은 색을 띠고 있었다. 달아오른 뺨에 살며시 손등을 가져다 대는 윤수를 바라보던 카이트의 입에서는 더 이상 참을 수 없는 웃음이 흘러나왔다.

"왜, 왜 웃어?"

하지만 그는 그 말에는 대답하지 않고 그저 양 무릎 위에 손을 얹은 채로 몸을 숙였다.

눈높이가 같아졌다. 부드럽게 웃고 있는 카이트의 얼굴이 윤수의 눈 안에 빼곡히 들어찼다.

"마침 만월이니, 밤 산책이나 할까?"

가슴이 뛰어 그 어떤 목소리도 나오지 않았다. 윤수는 고개를 끄덕이는 것으로 대답을 대신했다.

*　　*　　*

"조용하군."

그의 말대로 주위는 무척이나 고요했다.

바람이 불어올 때마다 수선스럽게 몸을 비벼대는 나뭇잎들만 아니면 들려오는 거라고는 서로의 숨소리뿐이었다.

윤수는 자꾸만 등허리 아래쪽으로 흘러내리려는 커다란 천을 다시금 잘 갈무리해 손으로 틀어쥐었다. 상체를 칭칭 감고 있는 고급스러운 검은색 천은 다름 아닌 카이트의 망토였다. 별로 춥지는 않았지만 계속해서 고집을 피우던 그는 제 어깨 위에 기어코 그것을 둘러 주었다.

옷차림을 추스르느라 아주 잠깐 걸음을 지체했을 뿐인데, 어느새 발을 딱 멈춘 채 자신을 기다려 주고 있는 카이트가 보였다. 사실 그는 아까부터 그녀의 곁에 붙어서 줄곧 보폭을 맞춰 주고 있었다.

덕분에 윤수의 얼굴에는 난처한 기색이 역력히 떠올랐다.

이대로라면 분명히 들켜버릴 거야.

심장 뛰는 소리나, 얼굴을 달아오르게 만드는 열기―

아무튼 그게 뭐든지 간에 말이다.

하지만 이렇게 둘만의 시간이 생긴 것은 기회였다.

윤수는 줄곧 마음속에 담아두고 있었던 생각 하나를 꺼내어 말해 보기로 마음먹었다. 이제 카이트에게 털어놓지 못할 이야기는 아무것도 없었다.

그녀의 마음속에 그가 얼마나 크게 자리 잡고 있는지, 그 한 가지만을 빼고.

"카이트."

밤공기를 가르고 가느다랗게 흘러나오는 예쁜 목소리가 자신의 이름을 부르자 순식간에 정신이 아득해져 버리고 말았다.

카이트는 흔들리는 이성을 다잡으며 대답했다.

"왜 그러지?"

"지하 카브를 갔다 온 이후로 쭉 생각했던 건데 말이야. 역시 2황자에게 제안을 해 보는 편이 어떨까."

"제안?"

"우리에게 지하 카브를 열어달라고 말이야."

그러자 그의 미간이 살짝 찡그려졌다.

"미리 세워 둔 계획과는 전혀 다른 방향이군. 왜 갑자기 그런 생각을……."

하지만 그 질문이 끝나기도 전에 답은 곧 풀렸다.

"네가 보기엔 그 정도로 어렵다는 거군. 지하 카브에 몰래 잠입한다는 거 자체가."

카이트의 말에 윤수가 말없이 고개를 끄덕이며 동의를 표했다.

"유감스럽지만 내가 본 바로는 그래. 2황자가 들여보내주지 않는 이상, 그 안에 들어갈 방법은 없어 보여."

"······그렇군."

계속해서 카이트의 안색을 살피며 그녀는 말을 이었다.

"그렇지만 절망하기엔 아직 일러. 어쩌면 협상 같은 걸 시도해볼 수 있을지 몰라."

"협상? 설마 아직 잘 모르고 있는 건가. 바인이 어떤 자인지."

카이트는 저도 모르게 코웃음을 쳤다.

물론 2황자를 만든 사람이 그녀라는 것은 알지만, 그럼에도 불구하고 조금도 동의할 수 없는 이야기였기 때문이다.

"아니. 이걸 어떻게 연출하느냐에 따라서 상당히 가능성이 높을 수도 있어."

"연출이라니, 무엇을?"

강한 확신이 담긴 윤수의 음성이 신기했는지, 카이트는 눈썹을 찡그렸음에도 불구하고 그녀를 향해 반문했다.

그러자 기다렸다는 듯이 생긋 미소를 지어 보인 그녀의 머릿속에 떠오른 것은, 이곳 2황자의 성까지 자신을 따라온 마물들이었다.

노르덴 숲의 저주.

세상에 있어서는 안 되는 괴이한 존재.

그러므로 마물을 직접 눈으로 봤다는 사람들은 사실 그리 많지 않았다. 그들을 불러낸 원흉인 산적들을 제외하면, 아마 페어라센 전국을 통틀어 3황자와 그의 성에서 일하는 신하들 정도가 마물의 실존을 증명해 줄 유일한 목격자일 것이다. 그런데 그런 마물들이 여기 2황자의 성에 모습을 드러내면 어떻게 될까?

아마 모르긴 몰라도 커다란 혼란이 생길 확률이 무척이나 크리라. 물론 이곳은 기사단의 본거지이니 재빠르게 진압될 가능성도 적지 않지만, 그래도 소문만 무성했던 괴물들을 난생처음으로 목도한다는 건 분명 모두에게 커다란 두려움을 안겨 줄 것이다.

그러니 그 초반이 승부였다.

공포에 잠식된 좌중이 어쩔 줄을 몰라 할 때, 그 마물들을 통제할 수 있는 유일한 자가 등장한다면 말이다.

물론 그녀가 이 세계를 만들어 낸 작가라는 것을 밝힐 필요는 없었다. 마물들을 다룰 수 있는 이유에 대해서는 적당히 이야기를 꾸며낼 셈이었다. 어차피 사람들은 자신이 안전한가 안전하지 않은가에만 관심이 있지, 왜 안전한가에 대해서는 그다지 신경 쓰지 않는다.

게다가 원래 협상이라는 건 자신이 가진 모든 패를 다 까 보이는 게 아니라 얼마만큼 우위를 선점하느냐가 중요한 것 아닌가.

"사실 페라트 씨도 함께 있을 때 말을 꺼내려고 했던 건데……
실은 나한테 좋은 수가 있어. 이거라면 2황자와 담판을 지을 수
있을지 몰라."

이 계획을 생각해 낸 건 그리 오래된 일은 아니었다.

콩알 정도의 크기로도 쉽사리 틈을 찾아내지 못한 지하의 견
고함을 맞닥뜨리고 나서야 떠오른 묘수였으니까.

"2황자와의 담판이라. 그의 기본적인 성격에 대해서 설명하진
않겠다. 그건 나보다도 네가 더 잘 알 테지."

"물론이야. 그는 평소 사소한 것도 쉽사리 놓치는 법이 없는,
극도로 예민한 성격의 소유자잖아. 그런 만큼 의심이 많다는 것
도 알고 있어."

"그런데도 그와 협상을 시도하겠다는 건가? 그뿐만 아니라 지
하 카브를 열어달라고 하는 것은 그 안의 장치가 무엇인지, 어떻
게 사용하는지를 네가 다 알고 있다는 반증이기도 해. 그건 어떻
게 설명할 거지?"

그의 날카로운 지적에 윤수의 눈동자가 살짝 흔들렸다.

물론 저도 그걸 생각하지 못한 건 아니었다.

따라서 그에 대한 대비책도 나름 준비해 놓은 상태긴 한데, 약
간의 걱정은 그 대비책이란 게 윤수 본인에게 어쩌면 조금 위험
할 수도 있다는 거였다.

하지만 카이트는 별로 듣고 싶어 하지 않는 것 같았다.

"차라리 황제의 성으로 가는 편이 더 수월할 수도 있다는 생

각은 안 해봤나?"

미처 말해 줄 틈도 없이 그가 이렇게 묻자 이번에는 그녀의 미간이 찡그러졌다.

"그건 곤란해."

"어째서?"

어째서라니.

정말 몰라서 묻는 거야?

답답한 마음에 윤수는 나지막이 한숨을 쉬었다.

2황자의 성은 그나마 나름 안전한 편에 속했다.

물론 그렇다고 해서 아무렇게나 움직여도 된다는 소리는 결코 아니지만, 그래도 바인은 같은 황자의 신분이었다.

위험 요소는 있어도, 신변을 대놓고 위협받지는 않을 것이다.

하지만 황제는 달랐다.

아무리 늙고 병들었다 해도 아직까지 그는 이 나라 최고의 권력. 말 한 마디로 카이트를 평생 동안 어디에 갇히게 만들거나, 심지어는 없애는 것도 가능할 것이다.

아직 이 성에서 제가 무언가를 충분히 해 보지도 않았는데, 카이트의 목숨을 담보로 한 위험한 계획을 선택할 수는 없는 일이었다.

그것만큼은 정말 안 된다.

"황제의 눈에 뜨인다는 건 너한테 너무 위험한 일이야. 게다가 전에도 말한 것 같지만 그 성에 있는 건 그저 설정만 해 놓은 것일 뿐, 극 중에서 직접 사용한 적이 한 번도 없어."

고집스럽게 고개를 가로저은 후 윤수는 카이트를 설득할 요량으로 부드럽게 입을 열었다.

"그 설정이라는 것을 좀 들어보고 싶은데."

"좋아. 내가 쓴 것을 전부 알려 줄게. 황제의 성 안에 숨겨진 내용은, 비워진 별채의 벽 안에 비밀의 연못으로 나가는 커다란 문이 있다는 거야."

"비워진 별채?"

"그래. 아마도…… 연갈색의 아치형 천장에 하얀색의 커다란 기둥이 좌, 우로 두 개, 아니 세 개씩 세워져 있는 2층짜리 별채. 혹시 떠오르는 거 뭐 없어?"

필사적으로 기억을 더듬어 내는 그녀의 말에 카이트도 재빨리 머릿속을 헤집었다. 하지만 딱히 이렇다 할 장면은 아무것도 생각나지 않았다. 그도 그럴 것이 그가 황제의 성에서 살았던 건 이미 너무 오래전의 일이었다.

게다가 그곳은 너무나도 크고 넓어서, 그가 아는 한 그런 별채는 아마 수십 채는 넘고도 남을 것이다.

"그 별채의 뒤쪽에 나 있는 문을 열 수 있는 건 황실에 대대로 내려져 오는 가보인 열쇠뿐이야."

"황실에 내려져 오는 가보? 글쎄, 내 기억이 맞다면 그중 열쇠 비슷한 모양을 가진 건 없는 것으로 알고 있는데."

카이트의 의심쩍은 목소리에 윤수의 고개가 또다시 좌우로 살그머니 움직였다.

"모르는 것도 당연해. 이건 황제가 된 자만이 알 수 있는 거니까. 1황자도, 2황자도 이런 사실은 상상조차 할 수 없을걸. 그리고 무엇보다 중요한 건, 운켄트니스 황제도 그 열쇠의 쓰임새 자체는 잘 알지 못한다는 거야. 아마도 선대가 그러했듯이, 그걸 물려받아서 그저 잘 보관하고 있을 뿐이지."

"그렇다면 황제도 열쇠로 열리는 곳이 어딘지, 그 장소는 모른다는 거군."

"응. 지금껏 그 누구도 그 벽에 대해 아는 자는 없었어. 이건 자신할 수 있어. 아무튼 문을 열고 나가면 가운데에 분수가 세워져 있는 사각형 모양의 초록빛 연못이 나와. 그 연못의 건너편에는 아름다운 벽이 하나 있는데……."

"그 벽이 통로로군."

"그래."

이야기를 하면 할수록 윤수의 기억은 점점 더 명확해져만 갔다.

하지만 그렇기 때문에 더더욱 희망을 버려야만 했다.

"그러니까 이건 그저 어떻게든 지하에만 잠입하면 되는 2황자의 것과는 달라. 그 성 안을 이 잡듯이 하나하나 다 뒤지고, 조사해야 한다고. 황제의 허락을 받아 그곳에 정식으로 머물지 않는 이상, 아니 설령 머물 수 있다 하더라도 분명 우리의 수상적은 행동에 대해 납득시키지 않으면 안 돼."

그 이야기를 듣고만 있던 카이트는 저도 모르게 힘주어 검 손잡이를 잡았다.

황실을 지키는 자들을 시켜 온몸이 다 퉁퉁 붓도록 절 두들겨 팬 후, 성 밖으로 그대로 던져 버리듯 쫓아낸 아버지의 마지막 얼굴이 떠올랐기 때문이었다.

　"두 번 다시 내 앞에 얼굴을 보이지 마라! 이 빌어먹을 놈!"

그렇게 외치던 황제의 곁에 점잖은 척 서 있었지만, 누구 하나 그를 말려주지 않았던 두 형들도. 카이트는 격하게 일렁거리는 마음을 애써 숨기며 서늘한 음성으로 물었다.

"그게 전부인가? 또 다른 이야기는 없나?"

그러자 윤수는 참았던 한숨을 내쉬며 힘없는 목소리로 대답했다.

"이제 남은 건 뭐…… 아, 그래. 구조의 차이 정도?"

"구조의 차이?"

"그래. 2황자의 성에 있는 건 지하를 통한 통로라서, 그걸 이용해 올라가게 되면 내 쪽의 세계에서도 구덩이가 생기는 현상이 일어날 거야. 그럼 금방 막혀 버리겠지. 전에 노르덴 숲에서의 경우를 미루어 봤을 때 아마 반나절도 채 걸리지 않는 것 같아. 혹은 몇 시간 정도뿐일지도 모르지."

윤수의 눈동자가 위아래로 잠시 또르르 굴렀다.

카이트가 집에 침입해 자신을 끌고 다시 싱크홀 앞에 섰을 때도, 그곳은 임시로나마 분명히 막혀 있었다. 그건 아마도 그의 검과 현실 세계의 사람이 아닌, 소설 속에서 튀어나온 인물이라는 상황 덕분에 가능했던 것이리라.

하지만 그렇다고 해서 카이트와 함께 현실 세계로 다시 올라가는 것도 윤수가 보기엔 불가능했다.

왜냐하면 그가 황제가 된다는 그 명제는, 카이트가 책 속에 있어야만 가능한 일이기 때문이었다.

"그렇다면 황제의 성은?"

입술을 잘근거리며 생각에 빠져있는 윤수를 향해 카이트가 채근하듯 물었다. 그는 아직도 황제의 성에 남아있는 설정에 대해 퍽이나 미련이 많이 있는 모양이었다.

"황제의 성 안에 있는 장치는 벽이야. 그래서 그게 무너지지만 않는다면 계속 왔다 갔다 할 수 있다는 설정이라는 것 정도? 별로 도움 되는 정보도 아니지만 아무튼 이게 내가 알고 있는 전부야."

"뭐……?"

순간 카이트의 두 눈이, 아니 안대로 가려지지 않은 한쪽 눈동자가 강렬한 아침 햇살처럼 반짝였다.

"그런데 그 앞에 선 것만으로도 정말 이동이 가능할지 어떨지는 한 번도 묘사한 적이 없어서 나도 확신은 없어."

하지만 그의 마음을 돌리고 싶었던 윤수는 계속해서 필사적으로 입술을 움직였다.

"이미 정해진 설정인 그 장치가 아예 없어지진 않았겠지. 하지만 한 번도 써 본 적 없다는 것도 변함없는 사실이잖아? 더더군다나 수도는 수많은 사람들이 왔다 갔다 하는 곳인데, 3황자인 너나 페라트는 십중팔구 이목을 끌게 될 거야. 그러니까 나는…… 카이트, 지금 내 이야기 듣고 있어?"

유독 조용한 침묵이 신경 쓰여 뒤를 돌아보자, 마치 두 다리에 못이 박힌 것처럼 그 자리에 가만히 서 있는 그의 모습이 눈에 들어왔다.

그의 양어깨가 아주 미세하게 떨리고 있었다.

게다가 어쩐지 화가 난 것 같기도 하고, 아닌 것 같기도 한 얼굴을 하고 있었다.

덕분에 덩달아 긴장한 윤수가 그의 곁으로 다가왔다.

"카이트, 왜 그래?"

그녀의 음성이 금세 걱정으로 물들었다.

"황제의 성 안에 있는 것은 벽이라서, 무너지지만 않으면 계속 왔다 갔다 할 수 있다는 설정……이라고?"

한참을 침묵하다 입을 연 그는 방금 전 그녀의 말을 천천히 따라 읊었다. 그러고는 윤수를 향해 더욱 가까이 한 발, 한 발 다가왔다.

"그래, 소설 속에서 하, 한 번도 사용해 보진 않았지만…… 그렇게 만들긴 했어."

뭐라 말할 수 없는 묘한 분위기에 윤수는 저도 모르게 뒷걸음질을 쳤다.

하지만 결국 몇 발자국 못 가 그대로 멈춰야 했다.

동글동글하게 다듬어 놓은 커다란 회양목이 등에 닿았기 때문이었다. 바로 앞까지 바싹 다가온 그가 큰 키로 달빛을 막아서자, 하얗고 동그란 이마에 은밀하고 야릇한 그림자가 내려앉았다. 덕분에 끊임없이 뒤로 바르작댄 그녀의 몸은 불거진 덤불 속에 이미 반쯤 파묻혀 있었다.

그런데 그때였다.

삐이익―

저 멀리서 높고 날카로운 피리 소리가 들려왔다.

그 신호에 퍼뜩 정신을 차린 윤수가 다급히 외쳤다.

"앗. 점호를 알리는 신호야! 이, 이제는 정말 막사로 돌아가야 해. 그러니 이야기는 나중에 계속할까?"

"……."

하지만 카이트는 여전히 꿀 먹은 벙어리처럼 아무 말도 하지 않았다. 그가 지금 무슨 표정을 하고 있는지 너무나도 궁금하지만 차마 바라볼 수 없을 정도로 가슴이 뛴다.

"아무튼…… 우리끼리 이러지 말고, 내일 페라트 씨도 불러서 다 함께 논의해 보자."

윤수는 그리 말하면서도 또다시 뒤에 있는 푹신한 덤불 속으로 몸을 밀어 넣었다.

머리카락 속으로 나뭇가지들이 쿡쿡 찔러 들어왔다.

"도망갈 데도 없는데 자꾸 어딜 가려는 거지?"

그런 그녀의 팔을 잡고 카이트가 나지막이 웃었다.

그 웃음소리에 고개가 들렸다. 그러자 아찔할 정도로 근사한 미소가 눈에 들어왔다. 단정하면서도 너무나도 유혹적인 그 입매에 온통 시선을 강탈당한 사이, 갑자기 절 잡아끄는 힘에 윤수의 몸이 덤불 속에서 쑥 딸려 나왔다.

"앗!"

놀란 숨을 다 내쉬기도 전에 일어난 일이었다.

카이트가 제 단단한 품 안으로 그녀를 거세게 끌어안은 것은.

온몸을 부술 기세로 심장이 쿵, 쿵, 쿵 내달리기 시작했다.

"자, 잠깐……."

당황하여 반사적으로 그의 가슴을 밀려는 순간.

"……!"

뺨에 무언가 부드러운 것이 닿았다.

지금껏 얼굴이 이 정도로 달아오른 적은 없었다.

그럼에도 불구하고 그의 입술은 그녀의 것보다 더욱 뜨거운 열기를 간직하고 있었다.

"그래. 오늘은 이만 보내 줄 테니 푹 쉬어."

입술을 묻은 채 그가 속삭였다. 낮은 목소리와 함께 간지러운 호흡이 보드라운 살결을 타고 흘렀다.

입술 위로 느껴지는 말랑한 촉감에 견딜 수 없이 기분이 좋아
진 것은 카이트도 마찬가지.

고작 한 뼘도 채 안 되는 부분에서 느껴지는 이 온기에, 이루
말할 수 없는 행복이 온몸 구석구석을 향해 골고루 퍼져 나갔다.
그는 가볍게 떨리는 그녀의 허리를 더욱 힘주어 안으며 다시 한
번 입술을 단단히 눌렀다.

"잘 자."

억눌린 목소리로 그렇게 인사한 순간, 두 사람의 발밑으로 검
은색 망토가 풀썩이며 떨어져 내렸다.

또다시 저 멀리서 바람이 불어왔다.

*　　*　　*

정신을 차렸을 때는 이미 막사 앞이었다.

"후아……."

윤수는 안으로 들어가기 전 아직도 쌕쌕거리는 호흡을 재빨
리 달랬다. 어느새 새빨개진 옆얼굴이 까만 밤 아래에 마치 가로
등처럼 빛났다.

"아까 분명 여기다, 키스……한 거 맞지?"

그렇게 중얼거리며 뺨에 손을 가져다 대자 그곳이 마치 불에
댄 것처럼 화끈거렸다.

그 열기에 놀란 순간 제 허리를 끌어안고 말랑한 살결 위로 입

술을 누르던 그의 모습이 생생하게 떠올랐다.

살짝 흐트러진 숨결과 귓가를 적시던 낮은 음성까지도.

"으, 윽."

윤수는 요상한 신음을 내며 자리에 스르륵 주저앉았다.

점호 때에도 그녀는 계속해서 실수를 연발했다. 몇 번이고 번호를 잘못 말해 결국 산드린에게 주의를 받았다.

하지만 결코 크게 혼나진 않았다.

어딘가 제대로 정신이 나가 버린 듯한 윤수의 이상한 모습에 어안이 벙벙해진 것은 분대장인 그녀도 마찬가지였으니까.

막사 안의 분대원들은 금세 잠이 들었다.

유독 두 눈이 말똥말똥한 것은 윤수뿐이었다.

어둠 속에서 후다닥 옷을 벗고 얼른 자리에 누워 이불을 뒤집어쓴 후에도 심장의 떨림은 멈추지 않았다.

물론 볼에 키스한 것 정도로 호들갑을 떨 나이는 아니다. 문제는 지금 그 대상이 바로 저 '카이트'라는 것에 있었다. 그것이 그의 행동을 그저 가벼운 스킨십일 뿐이라며 웃어넘길 수 없는 이유였다.

전에도 한 번 무언가 그런 분위기가 되어 살짝 미수에 그쳤던 때가 있었다. 그때는 그저 분위기상 그렇게 되었을 뿐이라고, 애써 크게 생각하지 않은 채 넘어가려고 했지만 이번에는 달랐다.

"도망갈 데도 없는데 자꾸 어딜 가려는 거지?"

그 목소리를 떠올린 순간 또다시 심장이 폭발할 듯이 뛰었다.

그의 행동과, 목소리, 그리고 들뜬 그 표정은 틀림없이 사랑에 빠진 남자의 것이었다.

카이트가 설마 날 좋아하고 있는 걸까?

하지만 그는 날 싫어할 수밖에 없는 남자잖아.

머릿속으로 여러 가지 생각들이 파도처럼 밀려들어 왔다.

자신은 그의 인생을 망친 자. 그러므로 카이트에게 있어서는 세상에서 가장 사무치게 미운 원수다.

멋대로 악역이라는 낙인을 찍어 온갖 시련을 짊어지게 했으니, 그런 원망을 받는 것은 너무나도 당연한 일 아닌가.

그래, 짧지 않은 시간 동안 오로지 한 가지 목표만을 바라보았으니 어느새 미움은 사라지고 어쩌면 동지애 같은 게 느껴졌을 수도 있다.

제 사람들을 워낙 소중히 여기는 카이트이니 그러한 감정을 남녀 간의 애정과 착각할 만도 하다…….

하지만 그녀는 곧 거세게 고개를 저었다.

스스로도 말이 안 되는 소리라는 걸 깨달은 탓이다.

사실은 알고 있었다.

생각해 보면 그건 이미 제 안에서도 꽤 오래전부터 조금씩 자라난 감정. 마치 커다랗고 예쁜 상자 안에 들은 보물들을 살피는 기분으로 윤수는 머릿속의 소중한 추억들을 차근차근 하나씩 꺼내어 보았다.

양피지 수첩으로 인해 얻게 된 이 귀중한 능력들을 제대로 쓸 수 있도록, 지금껏 물심양면을 아끼지 않고 도와준 사람이 과연 누구였는가? 그뿐만 아니라 자신과는 비교조차 되지 않을 정도로 아름다운 슈타티스트 공주가 눈앞에 있어도 그는 눈길 한 번 주지 않았다.

마물들을 처리하다 그만 바인을 맞닥뜨렸을 때도 그가 옆에 있었다. 부상에도 아랑곳하지 않고 고통을 참아가며 달려와 준 거다.

어디 그것뿐인가.

후에 동기 미쉘에게 전해들은 이야기로는, 황족이 소속 병사를 위해 몸소 막사를 찾은 것은 굉장히 보기 드문 일이라고 했다. 분명 자신이 걱정되어 도저히 가만히 있을 수 없었던 거겠지.

그래. 이처럼 그는 언제 어디서고 저를 챙겨주었다.

황제가 되고 싶은 야욕에 자신을 이용할 뿐이라면 이런 귀찮은 짓은 하지 않아도 될 텐데 말이다.

그런데 그런 카이트가 동지애와 남녀 간의 감정을 구분하지 못해 제게 반했다 말하고, 심지어는 볼에 키스까지 한다고?

그건 비록 매우 서툴고, 때로는 퉁명스럽다고 느껴질 정도였지만, 누구보다도 진실된 마음에 대한 모독이었다.

하지만 그녀는 아직 그걸 쉬이 받아들일 수가 없었다.

멍하니 허공을 응시하던 윤수는, 온전한 '카이트'를 떠올려 보았다. 커다란 키는 물론이요, 검으로 단련된 몸매 역시 어디서 빠지지 않는다. 게다가 그 잘생긴 얼굴은 그를 싫어하는 사람들도 인정할 정도 아닌가.

……이렇게 생각해 보니 더더욱 걱정이 앞선다.

그가 저를 좋아할지도 모른다는 게 정말 스스로의 망상처럼 느껴져서 말이다.

윤수는 몸을 휙 돌려 벽 쪽을 바라보았다.

틈새로 솔솔 새어 들어오는 바람을 얼굴에 맞으며 가만히 생각을 이어 나갔다.

카이트가 지닌 것 중 가장 유혹적인 것을 고르라면 단연코 그 목소리였다.

듣기에 딱 좋은 울림을 지닌 낮은 음성.

지금은 그걸 떠올리는 것만으로도 자극이 된다. 손끝까지 진동이 전해질 정도로 몸 안의 박동이 요란스럽다.

"잘 자."

그래, 딱 이렇게 한 마디 했을 뿐인데도 절 단단히 홀린 엄청난 목소리다.

그나저나 사람을 이 상태로 만들어 놓고 도대체 어떻게 자라는 거야!

애꿎은 입술을 깨물며 그녀는 조용히 숨을 죽였다.

모두가 잠들지만 않았어도 이불을 걷어차며 틀림없이 저렇게 소리쳤을 것이다.

*　　　*　　　*

"하─"

어두운 방 안에서 답답한 한숨이 흘러나옴과 동시에, 발걸음 소리가 저벅저벅 들린다 싶더니 또다시 발코니 문이 벌컥 열렸다.

이렇게 안과 밖을 오가며 서성인 지도 벌써 수 시간째.

잠들 수 없는 밤이 계속되는 건 그녀뿐만이 아닌 듯했다.

"젠장."

그는 뜬금없이 욕설을 중얼거리며 발코니 난간에 팔을 올리고는 그 위로 얼굴을 묻었다. 커다란 대리석의 매끈한 질감을 타고 뺨에 한기가 스몄다. 하지만 지금은 얼음장처럼 차가운 그 느낌이 무엇보다 기분 좋았다.

마치 그 자세 그대로 잠이 들기라도 한 듯 카이트는 한동안 미동조차 하지 않았다.

그러다 갑자기 벌떡 상체를 일으키더니.

"아."

짧은 신음을 토해 내며 얼굴을 손으로 쓱쓱 문질렀다.

"나는 황족이다! 그따위 사사로운 욕구에 흔들리지 않
는!"

노르덴 숲에서 단둘이 처음 밤을 지새우던 때.
저를 오해한 그녀의 앞에서 저렇게 화를 낸 적이 있었다.
그걸 떠올리자 저도 모르게 허탈한 웃음이 새어나왔다.
"사사로운 욕구라니."
하아…….
혼잣말을 하는 와중에도 뜨거운 한숨은 쉬지 않고 흘러나왔
다.
이건 절대로 사사롭지 않았다. 잠이 달아난 건 이미 오래전 일
이나 가만히 앉아 이 밤을 샐 수 없게 만드는 커다란 감정이었
다. 제 머릿속엔 오로지 윤수 생각뿐. 다른 것은 조금도 들어갈
틈이 없다.
카이트는 턱을 괸 채 열기가 가득한 눈으로 열 지어 세워져 있
는 막사들의 지붕 끝을 응시했다.
그러다 문득 입술에 닿았던 보드라운 뺨의 감촉이 생각나자,
입 밖으로 튀어나올 기세로 심장이 거칠게 뛰었다.
사실 마음속으로는 자제를 해야한다고 몇 번이나 외쳤는지
모른다. 그렇지만 도저히 참을 수가 없었다.

"황제의 성 안에 있는 장치는 벽이야. 그래서 그게 무너 지지만 않는다면 계속 왔다 갔다 할 수 있다는 설정이라는 것 정도?"

그렇게 말하던 그녀의 목소리를 생각한 것뿐인데, 입가가 저절로 위로 바짝 끌려올라갔다.

이 한밤중에 그의 입가에는 한낮에 쏟아지는 햇살보다도 더 밝은 미소가 떠나질 않고 있었다.

"별로 도움 되는 정보가 아니라니. 이거야말로 내게 가장 필요한, 무척 중요한 정보라고, 이 아가씨야."

카이트는 자기 자신에 대해 누구보다 제일 잘 알고 있었다.

누군가를 위해 이렇게 본인의 심장이 뛴 것은 난생처음 겪는 일이었다.

한번 이런 기분이 든 이상 그 마음은 오랜 시간이 지나도록 변하지 않을 것이란 걸 본능적으로 직감했다.

제 성격상 다른 상대를 찾아내는 일은 더더욱 어려울 거고 말이다.

그런 만큼 꼭 한 번은 고백할 심산이었다.

물론 자신을 전혀 남자로 보고 있지 않다면 그런 기회조차 접으려 했는데, 다행히도 그건 아니라는 확신이 있었다. 그래서 기쁘게 마음을 고백하려고 했다.

지금 그녀에게 말하지 못하면, 앞으로 살면서 또 누군가를 좋아한다는 말을 입에 담을 기회는 두 번 다시 없을지도 모르니까.

그러므로 자신의 마음을 진솔하게 전달하고, 그 마음 그대로 있는 힘껏 그녀를 어떻게든 보내 줄 생각이었다.

물론 희생할 준비도 되어 있다.

생각만 해도 가슴이 미어지는 것 같지만 그래도 기꺼이 그리워할 각오마저 다진 채였다.

그런데, 계속 만나러 갈 수 있다니.

그녀와 나의 세계를 이어주는 그 꿈같은 공간을 통해서!

그 이야기를 듣는 순간에는 정신이 다 멍할 지경이었다.

그의 마음속에 그 순간 커다란 불꽃이 일었다.

제가 느끼기에 그녀는 황제의 성에 가는 것을 절대로 원치 않는 듯싶었다.

물론 이유는 듣지 않아도 알고 있다.

아마도 저를 위험한 상황에 처하도록 만들기 싫은 거겠지. 하지만 반대로 생각해 보면 정작 그녀가 스스로 위험을 감수한 것이 지금까지 얼마나 많은가.

그러니 그도 절대로 물러설 수는 없었다. 이건 남자로서의 자존심과도 직결되는 문제였다.

그야말로 투지가 끓었다.

그 통로를 사수할 수만 있다면 혼자서 황제의 군대를 전부 상대할 수도 있을 것만 같다.

그러나 그것과는 별개로 입에서는 계속해서 한숨이 튀어나왔다. 본디 매우 인내심 강한 성격이라, 무언가를 참고 견뎌내는 것에는 누구보다 자신이 있었는데.

"충동을 이기지 못해 또 다시 이런 무례를 저지르면 안 된다."

카이트는 스스로를 타이르듯 얼렀다.

그래, 본인이 이런 마음을 지니고 있다는 것을 윤수는 아마 꿈에도 모를 텐데, 그런 그녀에게 무턱대고 다가가 친밀한 행위를 하는 것은 매우 무례한 짓이다.

그러고 보니 얼마 전에도 상처를 닦아주다가 멋대로 그녀에게 가까이 다가간 적이 있었지.

카이트의 반성은 계속되었다.

그래도 그때는 일말의 이성이 남아 있었다.

저 멀리서 걸어오는 페라트의 기척을 감지할 수 있었으니까 말이다. 하지만 오늘은 정말 위험했다.

하마터면 그녀를 끌어안고 그 조그마한 입술을 정신없이 탐할 뻔했다. 그나마 볼에다가 입맞춤을 한 것은 그 순간에도 마지막 남은 이성을 모두 끌어모은 결과였다.

그의 고민은 계속되었다. 이제 보니 누군가를 좋아한다는 것은 굉장히 커다란 에너지를 필요로 하는 거였다.

왜냐하면 아까부터 마음과 머리가 단 한 순간도 쉬지 않고 계속 움직이고 있기 때문이다.

"그런데 좋아한다는 말은 대체 어떻게 전하면 좋은가?"

붉게 달아오른 얼굴을 매만지며 그는 실성한 사람처럼 어둠 속에서 계속 혼잣말을 했다.

"여자에게 좋아한다는 말을 전하는 데 있어서 무언가 꼭 필요한 것이 있는 건 아닐까? 혹시 페라트라면 알고 있을지도……."

하지만 그 순간 그는 거세게 고개를 저었다. 남녀 사이에 대한 경험은 없어도 최소한의 자각은 있었다.

"아니야, 안 돼. 그 녀석에게 절대로 이런 것을 물어볼 수는 없어."

웃음을 참느라 본의 아니게 흔들릴 은발 머리를 생각하자 얼굴이 홧홧하게 달아올랐다.

"얼른 날이 밝았으면 좋겠군."

그러면 다시 그녀의 얼굴을 볼 수 있을 테니.

애달픈 호흡을 매단 그의 입술이 연신 달싹였다. 밤하늘에 달린 만월이 유독 밝았다.

하지만 그 눈부신 빛도 카이트의 시선을 끌지 못했다.

"얼른 이 마음을 전하고 싶어서 견딜 수 없군."

카이트는 대리석 난간에 다시 몸을 기댄 채 또다시 홀로 이렇게 중얼거렸다.

*　　　*　　　*

달이 하늘 위를 조용히 굴러갔다.

그 빛을 따라 마치 천을 끌어내리듯 반대편이 어느새 조금씩 밝게 변하고 있었다.

그 속에서 그녀의 두 눈은 여전히 샛별처럼 반짝였다.

마지막 불침번을 교대하는 소리를 들으며 그녀는 기상 시간이 다가왔음을 깨달았다.

"결국 밤을 샜네."

그러나 전혀 피곤하지 않았다. 몸이 물먹은 솜처럼 무겁지도, 마구 하품이 새어 나오지도 않았다. 밤의 끝에 떠오르는 아침의 태양처럼, 깊은 곳까지 스며든 따스한 붉은색이 심장 정중앙에서부터 천천히 퍼져 나가는 기분이다.

하지만 그와는 별개로 여전히 마음은 조금 묵직했다.

내가 원래 세계로 돌아가지 않아도 그가 황제가 될 수 있는 확률.

사실 윤수는 밤새 그것을 계산하고 있었다.

사람이란 참 간사한 거였다.

아니, 어쩌면 그녀가 그런 것일지도 몰랐다.

카이트를 좋아하고 있음을 인정하고, 그도 자신을 좋아할지도 모른다는 것을 깨달은 이후 가장 먼저 든 생각이 그런 거라니.

아무튼 그 결과 아예 전무하진 않으리라는 답을 내리긴 했다. 아주 오랜 시간 동안 천천히 공을 들여 그를 신뢰하지 못하는 사람들의 마음을 하나하나 돌려 세우고, 바닥까지 추락한 이미지를 회복시킨 후, 황제가 크게 기뻐할 업적을 여럿 쌓아 보이는 거다.

……물론 그때까지 운켄트니스 황제가 살아 있다는 전제하에.

분명히 존재하긴 하나 그 정도로 희박한 확률이었다.

따라서 집으로 돌아가지 않고 네 곁에 있고 싶다는 말을 지금 입에 담는 것은 그에게 곧 황제의 꿈을 포기하라는 의미나 마찬가지였다. 누군가가 이불을 뒤척이는 소리를 들으며 그녀는 다른 누구도 아닌 자신을 위해 소리 내어 말했다.

"평생 꿈꿔왔던 소망을 이룰 수 있도록 도와주는 것 역시…… 내가 카이트를 진정으로 좋아하고 있다는 증거라고."

그렇게 스스로를 타이르며 돌아가지 않고 계속 카이트 곁에 머물고 싶다는 욕망을 잠재우려 애썼다.

그래. 자신에게는 가족도, 또 회사도 있지 않은가. 두고 온 일상은 전부 그곳에 있었다. 그러나 마지막까지 기어코 고개를 드는 아쉬움이 그녀를 자꾸 채근했다.

역시 황제의 성으로 가는 게 어떻겠느냐고.

윤수는 나지막이 한숨을 쉬었다.

저라고 왜 희망을 걸어보고 싶지 않겠는가.

그 장치가 제대로 작동만 한다면, 언제든 원할 때 또 만날 수 있을 텐데. 하지만 제아무리 탐이 나는 장치라 해도 그가 수도 프라흐트볼에 발조차 들여놓을 수 없는 걸 뻔히 알면서 거기로 가자는 말을 할 수는 없었다.

카이트는 자신을 위한 기사단은커녕, 마물이 쳐들어와도 함께 싸워줄 병사조차 없는 남자다. 그뿐만 아니라 그 누구도 편을 들어주는 이가 없는데 황제의 성을 이용하자고 하는 것은 그를 벼랑 끝으로 미는 것과 마찬가지다.

게다가 그곳에 남겨져 있는 통로를 황제가 된 이후 카이트가 어떻게 쓰느냐는 순전히 그의 마음이다.

본인의 미래를 위해 그것을 소중히 간직할 수도 있고, 그도 아니면 아예 없애버리고 싶을 수도 있다.

그 어느 쪽을 고른다 해도 저는 그를 이해해 주려 한다.

물론 통로로 인해 언젠가 꼭 다시 만날 수 있을지도 모른다는 희망이 생긴 건 더할 나위 없이 기쁘고 행복하다. 그러나 그것도 일단은 그가 황제가 된 후의 일이다.

여러 가지 생각들과 감정이 뒤엉켜 머릿속이 뒤죽박죽이었다.

"일단은 잠을 좀 더 청해 보자."

막사 밖이 어느새 희끄무레했다. 아마도 이대로 아침을 맞이하게 되겠지, 하고 반쯤은 체념하며 윤수는 이불을 다시 한 번 머리끝까지 뒤집어썼다.

"……님. 카이트 님."

누군가가 저를 부르는 소리에 순간 정신이 들었다.

하지만 여전히 잠에 흠뻑 취한 몸은 돌처럼 무거웠다.

"이만 일어나셔야죠. 슬슬 에른테페스트의 공식 행사들이 시작되는지라 오늘부터는 일정이 조금 바빠지실 겁니다. 그런데 오늘 아침에는 웬일로 늦잠을 다 주무신답니까?"

그를 깨운 것은 페라트의 목소리였다.

하지만 꼬박 온 밤을 새우다시피 한 카이트는 여전히 눈을 뜨기가 힘들었다.

동이 트는 걸 지켜본 것도 모자라, 찬란한 아침 햇살이 방 안으로 밀려들어올 때쯤 겨우 잠이 든 터다.

그러니 피로가 풀리긴커녕 온몸이 무거울 따름이었다.

그런데 귓가에 들려온 누군가의 목소리가 그의 눈을 번쩍 뜨이게 했다. 아니, 정확히 말하면 그 목소리의 주인공이 부르고 있는 그녀의 이름 때문에.

"바서 님! 왜 그렇게 멀찍이 떨어져서 서 계세요? 그러지 말고 여기 좀 앉으세요. 아무튼 아침부터 고생 많으셨어요. 다들 극성도 그런 극성이 없다니까. 히힛! 그렇지만 조금 속이 후련하긴 하네요. 이제야 우리 바서 님의 실력을 좀 알겠냐, 이 바보들아!"

원래 여러 신하들이 눈을 뜨자마자 황족의 방을 찾는 건 지극히 정상적인 일이었다. 아침부터 수발을 들어야 하기 때문이다. 그러므로 도리스나 페라트가 자신의 곁에 있는 것은 이상하지 않았다.

하지만 그녀는 왜, 아니 대체 언제부터 여기 와 있었던 거지?

당황한 나머지 저도 모르게 격해지려는 호흡을 가만히 가다 듣고 있는데, 페라트가 차를 건네며 이야기했다.

"오늘 아침, 글뤽 분대 앞에서 아주 진풍경이 벌어졌지 뭡니까. 바서 님이 레위니옹을 만들겠다는 소식이 퍼지자마자, 막사 앞이 병사들로 온통 북새통이었답니다. 심지어는 도른 님도 다녀가셨다더군요. 그러자 검사들뿐만 아니라, 궁병과 기병들까지 가입하겠다며 몰려들어서……."

"뭐? 레위니옹?"

뜨겁지도 않은지 차를 꿀꺽 마시다 말고 카이트가 되물었다.

"네. 같은 막사의 검사 하나가 레위니옹을 만들어 달라고 줄곧 조른 모양입니다. 저 도른 님을 꺾은 소문이 그새 퍼져 버렸는지…… 아무튼 병사들에게 둘러싸여 너무 난처해하시기에 일단 제가 이곳으로 모시고 왔습니다. 무엇보다 지금 우리의 목적이 기사단 내에서 레위니옹을 조직하는 건 아니니까요. 바서 님의 능력을 그런 곳에 낭비할 수는 없죠."

어느새 다 비워진 찻잔에 다시 차를 따라주며 페라트가 첨언했다. 곤란하다는 듯 작게 한숨 쉬며 냉정한 표정으로 그리 말하긴 했지만, 사실 그의 목소리에도 숨길 수 없는 뿌듯함이 가득했다. 하지만 카이트의 심기는 그와 반대로 순식간에 불편해 지고 말았다.

'레위니옹에 궁병과 기병까지 몰려들었다고? 대체 어떤 자식들이 감히……!'

그 병력을 차지하고 있는 상당수는 신체 건강한 젊은 남성들이라는 걸 그는 잘 알고 있었다.

덕분에 아침부터 치솟는 이 불같은 질투를 어찌할 줄을 몰라 카이트는 손에 든 차를 또다시 벌컥 들이켰다.

아, 뜨겁다.

"아무튼 카이트 님. 정신이 드셨으면 이제 그만 침대 밖으로 나오십시오. 준비 시간이 빠듯합니다. 오늘 오전에는 축제 깃발을 게양하는 행사가 열릴 예정이라서 말입니다."

그러나 그 마음을 알 길 없는 페라트는 오늘따라 늦장을 부리는 카이트를 그저 재촉할 따름이었다. 계속되는 그의 잔소리에 카이트는 목을 시계 방향으로 크게 돌리며 다리 한쪽을 침대 밖으로 빼냈다. 실오라기 하나 걸치지 않은 상체 이곳저곳에서 우드득하는 소리와 함께 근육이 풀렸다. 그 중독적이고도 시원한 통증에 살짝 미간을 찡그리며 나머지 다리도 빼내려는 찰나.

저 멀리 문 앞에 서 있던 윤수가 갑자기 몸을 획 돌렸다.

순간 카이트는 그녀가 자신과 눈도 마주치지 않으려 했다는 사실에 마음이 마냥 서운해지려 했다. 그런데 짧은 단발머리 아래로 온통 새빨개진 목덜미가 눈에 들어왔다.

'왜 그러지?'

그의 고개가 갸우뚱 기울었다.

저렇게 얼굴을 붉히고 서 있는 이유는 또 무얼까에 대해서만 어느새 온 신경이 쓰였다.

그리고 그 이유는 금세 밝혀졌다.

이리저리 주위를 살피다가 자신의 몸 아래를 내려다보았을 때 비로소 말이다.

"내 옷……!"

그는 나지막이, 그러나 다급하게 외쳤다.

"네?"

오늘 카이트가 입어야 할 의상과 가장 어울릴 만한 장갑을 고르는 데 정신이 팔린 페라트가 건성으로 대답했다.

"아무거나 옷 가져와, 얼른!"

그의 얼굴이 윤수 못지않게, 아니 그보다 더 달아올랐다. 새빨갛다 못해 검붉다고 해도 될 수준이다. 페라트는 의아한 눈초리로 그에게 새 셔츠와 바지를 가져다주었다. 그것을 허겁지겁 껴입으며 카이트는 속으로 몇 번이고 크게 심호흡을 계속했다. 그러고는 어느 정도 진정될 때 즈음, 곁에 서 있는 페라트를 향해 조그마한 목소리로 물었다.

"머리는 괜찮나?"

"예?"

"내 머리 말이다. 이상하지 않은가?"

"안 이상한데요. 음, 평소처럼 뒤가 조금 뻗쳤네요."

그러자 그가 황급히 손으로 뒷머리를 마구 쓰다듬었다.

"그럼 얼굴은?"

"네에?"

"얼굴에 베개 자국이라도 나있다든가 하지는 않은가? 막 일어났는데 흉한 곳은 없어?"

"아니요, 전혀."

페라트는 점점 더 영문을 몰랐다. 아침에 일어나자마자 대체 왜 이리 외모에 신경을 쓰는지 말이다.

카이트를 소년 시절부터 보아 온 저였다. 열여섯, 열일곱 즈음에도 그의 곁에 있었지만 그때도 이런 모습은 없었다.

혹시 카이트 황자는 뒤늦게 사춘기가 오는 유형인가?

페라트는 그런 말도 안 되는 생각을 해가며 부산스럽게 황자를 침대에서 몰아냈다. 하지만 그런 노력에도 불구하고 카이트는 결국 행사에 늦고 말았다.

덕분에 페라트의 잔소리가 끊임없이 이어졌다. 그래도 카이트는 무엇 때문인지 그저 하루 종일 연신 싱글벙글 미소를 지어 보일 따름이었다.

*　　　*　　　*

오후에도 여러 가지 크고 작은 행사가 무척이나 많았다.

하지만 카이트는 그 일정들을 대부분 취소했다.

공식적으로는 황자의 몸이 조금 안 좋아졌다고 둘러댔지만 실은 핑계였다. 아침에는 멀쩡하던 몸이 갑자기 아플 리가 없었으니까.

페라트는 3황자가 실로 오랜만에 귀족들 앞에서 얼굴을 드러낼 수 있는 유일한 기회를 놓치는 것을 매우 아쉽게 여기긴 했지만, 그래도 지금은 한가롭게 행사를 참석할 때가 아니라는 것에는 그도 이견이 없었다.

세 사람의 발걸음이 더욱 바쁘게 움직였다.

지금 그들이 향하는 곳은 성의 서쪽에 위치하고 있다는 작은 정원이었다. 그곳은 연못을 조성하려다 실패한 이후 땅이 질척해지는 바람에 찾는 사람이 거의 없다고 했다.

이건 성의 하녀들하고 친해진 도리스가 알려 준 정보였다.

"후우, 그런데 정말, 괜찮으시겠습니까?"

카이트와 윤수의 뒤를 쫓아가느라 점점 가빠지는 호흡을 턱에 매단 채 페라트가 물었다.

"뭐가요?"

"혹시라도 그, 괜히 불러냈다가 통제에 실패하시게 되면……."

"아니, 괜찮을 거예요. 그런 일은 일어나지 않아요."

근심이 가득한 페라트를 윤수가 도닥이자, 카이트도 그 말을 거들었다.

"그래. 걱정할 것 없어. 설령 말을 안 듣는다 해도 놈들을 저지할 수 있는 자가 여기 두 명이나 되지 않나."

"그렇군요."

덕분에 괜히 머쓱해지고 만 그는 조용히 입을 다물고는 다시 뛰듯이 걸었다. 그렇게 하지 않으면 이 두 사람의 걸음을 도무지 쫓아갈 수가 없었다.

신고 있는 부츠의 쇠 장식 위로 검집이 부딪혔다. 덜그럭거리는 소리가 아무도 없는 길을 따라 끊임없이 울려 퍼졌다.

그 소리를 들으며 페라트는 윤수가 털어놓은 비밀을 다시 한번 차근차근 머릿속으로 떠올려 보았다.

그녀는 얼마 전 우연한 기회에 마물들이 자신을 주인처럼 따르는 것을 발견했다고 했다. 그 기절초풍하도록 놀라운 이야기를 들은 게 오늘 정오 즈음의 일이었다.

윤수의 입에서 튀어나온 건 실로 믿을 수 없는 이야기였다.

"아무튼 지하 카브를 통해서 원래의 세계로 돌아가야 한다고 말하면, 내가 자신과 같은 세계에서 온 사람이라는 것역시 저절로 밝혀질 테죠. 그러니 그건 숨길 수가 없어요. 어차피 드러나는 정보라면 이쪽에서 먼저 밝히는 게 어떨까 해요."

그러자 페라트가 낮게 신음했다.

"으음. 하지만 정체를 먼저 밝힌다는 건 상당히 위험부담이 따르네요."

"물론 작가라는 건 말하지 않을 셈이에요. 다만 이런 커다란 비밀을 먼저 꺼내 보여 준 만큼, 최대한 이쪽에 유리하도록 이용할 거예요."

"어떻게요?"

"그러니까 '차원 이동을 해서 이상한 세계에서 헤매던 나는 어쩌다 마물들을 건드리게 되었고, 이(異)세계에서 떨어진 낯선 자라는 이유로 줄곧 주인을 찾고 있었던 마물에게 그들을 통제할 수 있는 힘을 부여받았'고 말이에요. 그러니 바인도 날 원래 있던 곳으로 보내주지 않으면 마물들에게 끊임없이 괴롭힘당할 수 있다는 것 정도는 파악하겠지요."

"호오."

일리가 있는 말이었다. 그거라면 이곳이 책 속이라는 것을 밝히지 않고도 이야기를 끌어갈 수 있을 터였다. 게다가 그녀의 원래 힘을 비밀에 부친 채 오로지 마물에 관련된 새로운 능력만을 보여 줄 수도 있고 말이다.

하지만 카이트의 반대는 생각보다 강력했다.

"물론 전부는 아니라고 하지만, 어쨌든 네 정체를 밝히는 것은 너무 위험한 일이다. 무엇보다 지하에 그런 통로가 있다는 걸 아는 건 바인 혼자뿐이라고 하지 않았나? 그걸 네가 어떻게 알고 있는지 의심할 거란 생각은 못 해봤어?"

그러자 윤수는 기다렸다는 듯 대답했다.

"내가 2황자에게 보여줘야 하는 건 마물을 통제할 수 있는 능력을 지닌 새로운 캐릭터야. 그러니 그런 인물이 평범한 게 더 부자연스럽지 않을까? 바인의 비밀을 안 것도 마력을 통해서, 라는 설정이면 전혀 이상할 게 없지."

마지막 쐐기를 박듯 그녀는 어깨를 위로 쓱 추켜올렸

다. 덕분에 카이트의 말문도 막히고 말았다.

　과연 직업이 작가라더니 그녀는 발생할 수 있는 모든 상황에 대비해 미리 설정을 짜는 것에 매우 능숙해 보였다.

　"게다가 바인은 이전 세계에서 살아온 나날들을 몹시 끔찍하게 여기고 있어요. 그때의 기억을 떠올리기조차 싫어할 정도로 말예요. 그런 만큼 새로 부여받은 2황자의 인생을 누구보다 기쁘게 즐겼던 인물이었죠. 따라서 이 행복이 파괴될 수도 있다는 걸 알면 절대로 의연하게 굴 수 있을 리 없어."

자초지종을 들은 페라트는 깊이 감탄했다.

그러나 바인을 완벽하게 넘어오게 하려면 정말로 마물을 자유자재로 통솔하는 모습을 보여 주지 않으면 안 되리라.

마물들은 과연 어디까지 명령을 들을까?

마치 애완동물처럼 주인을 따르는 것 외에도 누군가를 공격하거나, 혹은 공격하지 말라는 그런 고도의 명령까지 모두 제대로 알아들을 것인가?

이건 아직 윤수도 시도해 본 적이 없었다.

아무도 찾지 않는 장소에서 가서 일단은 시범적으로 마물들을 통솔해 보는 게 어떠냐는 것은 페라트의 생각이었다. 녀석들이 그녀의 말을 완벽히 따르고 있다는 확신이 서면, 적당한 때를 골라 일을 도모해볼 만하다고 말이다.

무조건적인 찬성도, 무조건적인 반대도 아닌 제안.

과연 누구보다도 합리적인 페라트의 의견다웠다.

그는 더불어 갑자기 등장한 마물들로 인해 바인의 평정심이 무너지는 순간이라면, 충분히 협상을 시도해볼 만한 가치가 있다는 말을 덧붙였다. 윤수의 능력을 볼모로 삼아 바인과 협상하기는 싫다며 계속 반대를 외치던 카이트도 두 사람의 협공에 결국 입을 굳게 다물 수밖에 없었다.

그런데.

"몸이 안 좋다더니. 왜 이런 곳까지 와 있는 거냐, 카이트?"

그를 맞닥뜨린 건 서쪽 정원에 막 도착하기 직전의 일이었다.

세 사람의 안색이 물에 빠진 사람처럼 창백하게 변했다.

2황자 바인이 눈앞에 서 있었다.

*   *   *

저 멀리 연병장에서 커다란 축포가 쏘아 올려졌다.

동시에 축제를 즐기러 모여든 사람들이 환호하는 소리가 들렸다. 하지만 올해 축제의 중심인 2황자가 왜 이런 외진 곳에 있는 걸까?

"……산책 중이었지."

모골이 송연할 정도로 무언가가 불길한 느낌이 들었지만, 카이트는 눈썹 하나 꿈쩍 않고 천연덕스럽게 둘러댔다.

바인의 주변에는 단단히 무장한 호위대가 서 있었다. 단순히 경호를 위해서라고 하기에는 그 숫자가 너무 많다.

카이트는 특유의 날카로운 감각으로 주위에 포진해 있는 병사들을 파악했다.

나무 위에 감춰놓은 창병과 궁병들까지도 전부 다.

"아프다더니 누워 있지 않고 왜."

다정한 목소리였지만 소름 끼치도록 날이 서 있었다. 그걸 눈치챈 윤수의 손 안에도 땀이 고이기 시작했다.

"방 안이 답답해서 말이다. 그런데 이토록 바쁜 때에 2황자 바인께서도 설마 한가롭게 산책을 즐기는 건 아니겠지?"

카이트는 여전히 능청스러운 얼굴을 유지한 채 계속해서 극도로 정신을 집중했다. 저 뒤의 나무 위에서 무언가 미세한 움직임이 포착되었다.

찰나의 순간에 새어 나온 달칵거리는 소음.

카이트의 귀는 그것을 놓치지 않았다. 그건 틀림없이 화살을 꺼내기 위해 등에 맨 통을 여닫는 소리였다.

"명색이 꽃의 기사인 놈이 오늘도 공주님은 버려두고 대체 무얼 하고 있는 거냐?"

"그 말 그대로 돌려주지. 축제의 주인 역할을 해야 하는 2황자께서 왜 이런 데 있는 건지가 더 궁금하군."

두 사람의 시선이 맹금(猛禽)류의 날개처럼 허공을 사납게 갈랐다. 그러다 이 얼음장 같은 분위기를 먼저 깬 건 바인이었다.

"이봐, 아가씨."

"네, 황자님."

이곳에 여자는 윤수 한 명밖에 없었다. 그녀는 떨리는 목소리를 애써 감추며 자연스럽게 대답했다.

"나와는 숲에서 처음으로 만났었지? 그래, 카이트의 호위 병사라고 했나? 아마 내 기억이 맞다면 용병 소속이라고 들었던 것 같은데."

"그렇습니다, 2황자님."

"그때도 예뻤지만 지금도 여전히 예쁘군. 어때, 이대로 우리 성에 눌러 살 생각은 없어?"

황당할 정도로 뜬금없는 이야기였다.

"그 말씀만 감사히 받겠습니다."

윤수는 미소 띤 얼굴로 이렇게 대답했다.

하지만 그녀도 이미 속에서는 날카로운 긴장감이 가시처럼 돋아난 상태였다.

대체 무슨 꿍꿍이지?

그 사이 카이트는 한 발자국을 스윽 옆으로 움직였다.

그러자 비로소 자신의 몸으로 그녀의 등 뒤를 가릴 수 있게 되었다. 이 정도라면 저 위에서 화살이 날아와도 그녀가 맞을 일은 없으리라.

"흐음. 아쉬운걸."

그렇게 말하며 바인은 손을 들어 자신의 턱을 두어 번 쓰다듬었다. 그러자 순간 이쪽을 향해 팽팽하게 겨눠진 활시위의 매서운 기운이 감지되었다.

카이트의 관자놀이에 뜨거운 땀이 흘러내렸다. 그는 마른침을 삼키며 슬그머니 검의 손잡이를 쥐었다.

"그런데 아가씨, 지금 몇 시나 되었지?"

헛기침을 하며 그렇게 묻는 바인의 질문에 공기가 일순 느슨해졌다.

뜬금 없는 질문이었다.

물론 다른 사람은 그 의도를 알아차리지 못했겠지만, 윤수에게는 실로 허를 찌르는 공격이나 마찬가지였다. 마치 물 흐르듯 자연스러운 물음에 그녀는 저도 모르게 습관처럼 왼쪽 손목을 들여다 볼 뻔했으니까.

그와 자신이 살던 세계에서 대부분의 사람들이 시계를 보는 그 방법대로 말이다. 하지만 손이 반사적으로 움직이기 직전, 그녀의 뇌가 용케 먼저 그 사실을 알아차렸다.

'하…….'

그녀는 속으로 안도의 한숨을 토해 냈다.

만약 그랬더라면 바인은 틀림없이 자신이 이쪽 세계 사람이 아니라는 걸 눈치채고 말았을 거다. 물론 그걸 줄곧 감출 생각은 아니었지만, 숨긴 게 발각되는 것과 나중에 알아서 밝히는 것에는 큰 차이가 있으리라.

"시간 말씀이십니까?"

등줄기를 타고 서늘하게 오르는 소름을 무시한 채 그녀는 천연덕스럽게 되물었다.

스윽 움직인 손이 자연스럽게 안쪽 주머니로 향했다. 보통 페어라센 사람들은 그곳에 시계를 매달아 두곤 했다.

"잠시만 기다리십시오."

그렇게 말하며 병사용 회중시계를 꺼내어 드는 순간.

바인의 입가에 알 수 없는 야릇한 미소가 지어졌다.

동시에 참을 수 없이 불길한 기운이 그녀의 발끝을 타고 올라왔다.

2황자는 지체 없이 명령했다.

"모두 잡아들여라. 황족이든, 황족이 아니든 간에 상관하지 말고 전부 똑같이 결박하도록!"

　

*　　　*　　　*

　

땅 위로 내동댕이쳐지듯 몸이 고꾸라졌다.

동시에 반대쪽 병사가 허리춤에 찬 검을 압수해 갔다.

거친 흙에 쓸린 얼굴 한쪽이 쓰라렸다.

"윽!"

그렇게 신음한 순간, 양팔이 뒤로 꺾였다.

미처 손쓸 틈도 없이 순식간에 벌어진 일이었다.

이게 다 윤수가 반항하지 않고 순순히 그들의 명령에 따라 준 덕분이다. 만약 저 혼자였다면, 어떻게든 충분히 빠져나가고도 남았을 것이다. 눈앞의 병사들은 그만큼 자신의 상대가 되질 않았다. 하지만 문제는 저 앞의 나무 위에서 자신들을 향해 긴 창을 들고 있는 사내들이었다. 그뿐만 아니라 화살을 가지고 있는 병사들까지.

카이트뿐만이 아니라 윤수도 진작 그들의 존재를 눈치채고 있었다. 물론 하늘에서 쏟아지는 화살이나 창이 대응할 수 없을 정도로 위협적인 것은 아니었다. 저나 카이트라면 그것을 충분히 피하면서도 길을 돌파할 수 있을 것이다. 하지만 페라트는 달랐다. 그는 누구보다 똑똑한 두뇌를 지녔지만 대신 자신들만큼 날렵하지도, 강인하지도 못했다. 그러니 우선은 페라트를 최대한 안전하게 지켜내는 게 먼저였다.

온몸에 밧줄이 칭칭 감겼다. 윤수는 그것을 태연자약한 얼굴로 바라보다가 옆으로 슬쩍 고개를 돌렸다. 그러자 마찬가지로 순순히 포박을 당해 주고 있는 카이트의 모습이 눈에 들어왔다. 눈썹을 꿈틀거리며 화를 내지도, 또 힘을 써서 반항하지도 않고 있었다.

그도 저와 같은 생각을 하는 것이 틀림없었다. 그 사실이 어쩐지 몹시 든든하게 여겨졌다.

카이트 또한 누군가가 절 바라보고 있는 것을 즉시 눈치챌 수 있었다. 바로 고개를 들자 오로지 절 향해 있는 그녀의 얼굴이 붉은 눈동자 안에 담겼다. 그걸 바라보니 온몸을 칭칭 결박당하고 있는 상태에서도 피식 웃음이 나왔다.

"하하."

그러자 카이트를 묶어대던 병사가 순간 화들짝 놀라고 말았다.

"윽."

그는 겁먹은 표정으로 밧줄을 쥔 손에 더욱 힘을 주었다. 그덕에 어깨에 경미한 통증이 느껴졌다.

억센 밧줄이 다쳤던 부위를 세게 조였다. 하지만 그녀와 함께 숲으로 갔다가 당한 부상은 부상이라고 하기에도 뭣할 정도로 피부에 멍 자국 정도만이 남아있을 뿐이다.

이제는 아마 검을 휘둘러도 무리 없으리라.

그런 생각을 하면서 카이트는 여전히 윤수에게서 시선을 떼지 못하고 있었다. 이런 상황에서조차 웃음이 나는 건, 그저 단순히 좋아하기 때문이 아니었다.

그는 어느새 그녀를 누구보다 믿고, 의지하고 있었다.

그리고 그것은 아마 그녀도 마찬가지.

서로의 두 눈이 마주쳤다.

그러자 마치 아무 일도 일어나지 않을 것이라는 듯 부드럽게 미소 짓는 카이트의 입매가 윤수의 눈에 유독 선명히 보였다. 사람이 이렇게 많은데도 마치 둘만 있는 것 같은 기분이 들었다.

"특히 3황자는 손가락 하나 까닥할 수 없도록 더욱 단단히 묶어라! 뒷일은 내가 다 책임질 테니!"

바인이 격양된 목소리로 외쳤다. 하지만 아무리 단단히 묶어도 소용없다는 것을 그는 아직 모르는 듯했다. 그녀는 뒤로 돌려진 채 서로 포개어져 있는 손을 남몰래 꼼지락거렸다. 오른쪽 손가락으로 왼쪽 소매 밑을 더듬자 그 속에 숨겨 놓은 작은 칼날이 만져졌다.

이것도 카이트가 알려 준 거였다. 그도 아마 똑같은 위치에 똑같은 칼을 지니고 있을 것이다.

노르덴 숲 속에서 쫓기다 한쪽 눈을 잃은 이후, 제아무리 평온한 일상을 보낸다 해도 절대로 떨어지지 않는 불안감이 마음속 깊이 자리 잡게 되었다고 했다.

그래서 습격에 대비할 수 있는 모든 준비를 습관처럼 해놓아야 비로소 안심이 된다면서 말이다.

그리고 지금은 그 습관에 감사를 표하고 싶을 정도다.

그때 윤수도 덜덜 떨리는 손으로 밧줄의 마지막 매듭을 묶고 있던 병사와 눈이 마주쳤다.

"우, 움직이지 마!"

"안 움직이고 있잖아요. 난 괜찮으니 천천히 하세요."

그 대답에 병사가 말없이 두 눈을 깜박거렸다. 그의 콧잔등에 어느새 땀이 송송 솟아올랐다. 마치 괴물이라도 본 것 같은 표정을 짓고 있는 남자를 향해 상냥한 미소를 지어주고 윤수는 계속해서 생각을 이어 나갔다.

'일단은 바인의 속마음을 알아내야만 해. 보아하니 남모를 꿈

꿍이를 지닌 것은 그도 마찬가지인 것 같거든.'

아무것도 실수한 것이 없는데도 갑자기 포박을 당하다니. 바인도 분명 비밀을 감추고 있음이 확실했다.

어차피 일이 이렇게 된 거라면 역시 새로 구상해 낸 에피소드를 전개시킬 수밖에 없었다.

바인과 담판을 짓는 것 말이다.

비록 마물을 어디까지 통제할 수 있을지에 대한 실험은 하지 못했다지만, 그 부분은 걱정 안 해도 될 것이다.

윤수는 고개를 들어 앞에 있는 성벽을 쓰윽 쳐다보았다.

그곳에는 어느새 기기묘묘한 것들이 잔뜩 모여들어 고개를 빼꼼 내밀었다 집어넣었다 하고 있었다.

그 모습이 마치 검은 파도가 일렁이는 것 같았다.

커다랗고 두꺼운 성벽은 물이 넘치기 직전의 둑처럼 그저 아슬아슬해 보였다.

"넌 대체 어디서 나타난 거지?"

그들이 모두 꽁꽁 묶여진 걸 확인하고 나서야 바인이 가까이 다가와 물었다.

"대체 무슨 말씀이신지 모르겠습니다, 2황자님."

하지만 윤수가 계속해서 시치미를 뚝 떼자, 그가 비릿하게 웃었다.

그래, 아까도 바로 저 웃음이 신경 쓰였다. 그는 대체 뭘 알고 있는 거지?

"……왜 이런 곳까지 와서 3황자의 심복 노릇을 하는 거냐고, 응?"

"왜라니요. 저는 그분의 호위 병사로……."

하지만 바인은 그녀의 말을 싹둑 잘랐다.

"아까 네게 시간을 물은 게 어떤 의도인지, 모르지 않을 텐데."

그는 좀 더 바짝 다가오더니, 몸을 굽혀 한쪽 무릎을 꿇고 앉았다.

"아주 철저하게 훈련되어 있더군. 덕분에 심중을 굳혔다. 누가 너한테 그런 것까지 알려 준 거지?"

이제 두 사람의 대화는 둘 외에는 아무도 듣지 못하게 되었다.

"뭐 굳이 대답하지 않아도 좋아. 보나마나 카이트일 테니까. 그런데 어쩌지? 난 이미 너에 대해 잘 알고 있어. 네가 이 세계의 사람이 아니라는 것도 말이야."

작게 소곤거리는 그의 음성에 윤수의 얼굴이 순간 창백하게 변했다. 하지만 그녀는 금세 냉정함을 되찾았다.

살짝 흔들리던 눈동자도 애를 써서 평소처럼 덤덤하게 되돌렸다.

바인의 말에 귀를 기울이되, 지금은 그 어떤 속단도 금물이다.

윤수는 그 사실을 다시 한 번 마음속에 상기시켰다.

"도대체 무슨 말씀을 하시는 건지 잘 모르겠습니다."

여전히 시치미를 떼는 말투였다.

"난 널 죽이고 싶지 않으니 솔직히 말해."

"죽이고 싶지 않다고요?"

"그래. 왜냐하면 너한테 빚을 진 게 꽤 있거든. 은인을 죽일 수야 없지."

아.

윤수의 심장이 이루 말할 수 없이 거칠게 뛰기 시작했다.

바인의 입에서 튀어나온 '빚'이나 '은인' 같은 표현이 너무나도 신경 쓰였다. 이건 어쩌면 그가 정말로 이미 모든 것을 다 알고 있다는 신호일지도 모른다.

그녀가 이 책을 만든 작가이고 바인은 그 속의 주인공이었다는 걸 말이다.

윤수의 마음속에 살짝 체념이 차올랐다. 하지만 그걸 바인이 어떻게 알고 있느냐는 나중 문제였다.

지금 무엇보다 중요한 것은 우선 그가 정말 그 사실을 알고 있느냐는 것과 필요 이상의 정보를 쓸데없이 제공하는 실수를 저지르지 않는 거다.

윤수는 바인의 눈을 지지 않고 똑바로 바라보았다. 그러고는 최선을 다해 머리를 굴리기 시작했다.

'대체 상황이 어떻게 돌아가고 있는 거지?'

차분하고 덤덤해 보여 도무지 속을 알 수 없는 윤수의 얼굴을 줄곧 지켜보는 카이트의 마음에도 불안이 차올랐다. 아무리 귀를 기울여도 여기까지 목소리가 들리지 않으니 허사였다.

그는 나지막이 한숨을 쉬었다.

이까짓 밧줄은 자력으로 얼마든지 빠져나갈 수 있었으나 그렇게 하지 않고 기다리고 있는 건 줄곧 윤수와 대치 중인 바인 때문이었다. 무장한 바인의 병사들은 바인과 윤수의 근처에 가까이 다가가지 않은 채 그저 대기 중이었다.

아마 신호가 있기 전까진 곁에 오지 말라는 명령을 받았겠지.

바인은 무언가 그녀와 단둘이 이야기하고 싶은 것이 있는 듯했다. 아마도 결코 드러나서는 안 되는 비밀 이야기일 것이다.

카이트는 병사들의 얼굴을 하나하나 주의 깊게 살폈다.

그들은 모두 바인의 전속 호위대로서 오로지 2황자의 명령만을 따르는 자들이었다. 이미 그와 생과 사를 같이할 준비가 되어 있는, 누구보다도 충성스러운 병사들. 감히 황족인 자신에게 이리 스스럼없이 달려들 수 있었던 이유도 아마 그 때문일 것이다. 여기가 바인의 성이긴 하지만 그도 아직 황제는 아니었기에, 이것은 어디까지나 황자들 사이에서 일어난 분란에 불과했다. 그러니 만약 나중에 황제가 크게 노하면 다 같이 처벌당할 것이 자명하나, 그들은 이미 그것까지 전부 각오한 자들이리라.

……물론 처벌은 받지 않을 것이다. 3황자를 위해서 황제가 분노해 줄 일은 없을 테니.

"카이트 님, 카이트 님."

그런 생각을 하고 있는데 페라트가 자신을 조그맣게 부르는 소리가 들렸다.

"……저기, 혹시 알고 계십니까?"

그렇게 말하며 그는 턱으로 어딘가를 흘끗 가리켰다.

그곳으로 조용히 눈동자를 굴리니, 저 멀리서 새까만 안개처럼 일렁이고 있는 것들이 눈에 들어왔다.

마물들이었다.

"쉿."

카이트는 가만히 고개를 끄덕이며 페라트에게 의미심장한 눈빛을 보냈다.

물론 알고 있었다.

얌전히 밧줄에 묶여준 이유에 저놈들도 포함되어 있었으니까.

진짜로 마물들이 나타난 것은 카이트에게도 예상 밖의 일이 아닐 수 없었다. 하지만 그보다 더 놀라운 건, 마치 잘 훈련된 사냥개처럼 벽 너머에서 얌전히 기다리고만 있는 녀석들의 모습이었다.

이 페어라센에서 누구보다도 많은 마물들을 상대했던 카이트는 그들의 특성을 잘 알고 있었다.

마물은 원래부터 누구의 말도 듣지 않는 존재였다.

물론 처음에는 슈냅판의 명령을 따른다고 착각한 적도 있었지만, 자신들을 불러낸 산적들을 가차 없이 쓸어버리는 모습을 바로 눈앞에서 보고 난 이후부터는 그렇게 생각할 수 없었다.

그뿐만이 아니었다. 마물들은 지능을 가지긴 했지만 그것이 본능적으로 내재된 흉포함을 누를 정도는 아니었다.

즉, 제법 조직적으로 행동할 수는 있어도 당장 먹이가 되는 온기를 지닌 인간이 이 성벽 안에 잔뜩 모여 있는데 그걸 저렇게 참고 견디지는 못한다는 소리다. 그러므로 저 마물들은 그녀가 불러낸 게 맞았다. 그리고 주인으로부터 명령이 떨어지기를 매우 끈질기게 기다리고 있다는 것도 느낄 수 있었다.

카이트는 여전히 공포로 덜덜 떨고 있는 페라트를 향해 조용히 귀띔했다.

"장담하건대 어쩌다 우연히 이곳까지 온 놈들은 절대로 아니다. 그러니까 일단은 모른 척하고 있어라."

"……알겠습니다."

페라트도 숨을 고르며 고개를 끄덕였다.

바인은 매우 부드러운 갈색빛이 도는 눈동자를 지니고 있었다. 그래서 사람들은 대체로 그가 아이처럼 순진하다고 믿었다. 하지만 사실 그는 윤수가 만든 캐릭터 중에서 가장 예리하고 까다로운 성격의 소유자였다.

그녀는 누구보다 그 사실을 잘 알고 있었다.

그래서 윤수는 우선 자신의 정체를 함부로 드러내지 않는 선에서 최대한 진실만을 이야기하겠노라 마음먹었다.

어설픈 거짓이나 연기는 그 즉시 들켜버릴 테니 말이다.

"나에 대해 잘 알고 있다니, 그게 무슨 소리죠?"

"넌 이곳 사람이 아니지? 우선 그것부터 이야기해."

순간 윤수는 저도 모르게 숨을 멈췄다. 하지만 조금 전 자신이 결정한 것을 그대로 믿고 따르기로 결심했다.

"……네. 그래요."

그제야 바인의 입꼬리가 만족스럽다는 듯이 위로 쓰윽 올라갔다.

"솔직해서 아주 좋네."

날카로운 눈빛이 아주 잠깐 누그러졌다. 곧 다시 돌아오긴 했지만 윤수는 그것을 놓치지 않았다. 덕분에 그녀는 자신의 선택이 아직까지는 틀리지 않았음을 확신했다.

"그런데 그걸 어떻게 알았죠? 우리가…… 언제 만난 적이 있던가요?"

"우선 네가 어떻게 이 세계에 오게 된 건지 먼저 이야기해. 그럼 알려 주지."

"이곳에 커다란 지진이 일어났을 때, 내가 살던 곳에도 땅이 꺼지는 사고가 있었어요."

"허……."

그의 입에서 낮은 탄성이 흘러나왔다.

"과연, 그래서 넘어올 수 있었던 건가! 땅이 꺼진 곳이 대체 어디지?!"

"이번엔 내가 물어본 것에 대한 답을 들을 차례예요."

어느새 조금씩 흔들리고 있는 바인의 눈동자를 바라보며 윤수가 차분한 목소리로 입을 열었다. 그는 그녀의 요구에 잠시 침묵을 지키는가 싶더니 씨익 웃어 보였다.

"좋아. 우리는 만난 적이 있어. 내가 힘들고 괴로울 때, 넌 나를 도와준 유일한 사람이었지."

일순 그녀의 머릿속에도 커다란 혼란이 피어올랐다.

그 무엇도 속단할 수 없는 알쏭달쏭한 대답이었다.

내가 바인이 힘들고 괴로울 때 도와준 유일한 사람이라고? 그렇다면 역시 새로운 인생을 살게 해 준 작가라는 사실을 알고 있는 걸까?

하지만 그렇다고 하기엔 자신을 마치 아랫사람 대하듯 하는 그의 태도가 조금 석연치 않았다.

어쩌면 이미 짧지 않은 기간을 황족으로서 살아온 탓일지도 모른다고 생각해 보았지만, 그의 눈동자 너머에는 분명 또 다른 무언가가 있었다.

게다가 저를 무서워하는 기색도 느껴지지 않았다.

본인을 있게 한 창조자를 실제로 눈앞에서 목도했는데, 조금의 두려움도 느끼지 않는 것이 과연 가능한가?

마치 짙은 안개 속을 헤매고 있는 것만 같다.

그러다 무언가를 만났는데 그게 무언지 보일 듯, 보일 듯 하면서도 보이지 않는 그런 답답한 느낌. 윤수는 온 신경을 집중했다. 말 한 마디, 한 마디를 내뱉을 때마다 마치 바인과 서로 검을 맞부딪치듯 불꽃이 튀는 것 같았다.

"자, 이제 내 차례인가? 이 세계에 새로운 통로가 열렸던 곳을 말해."

윤수는 기다렸다는 듯이 짧게 대답해 주었다.

"3황자의 영토 근처, 노르덴 숲 속."

이미 닫혀버린 곳이긴 하지만 거짓은 아니었다. 하지만 그 장소를 듣는 것만으로도 바인은 큰 충격을 받은 듯했다.

"노르덴 숲이라고……?"

구겨진 미간과 불안하게 흔들리는 눈동자. 그가 처음으로 동요하고 있었다.

"제길…… 이제야 조각이 조금씩 맞춰지는군. 그래서 카이트를 만날 수 있었던 거였어! 그렇다면 내 성에는 왜 온 거지? 어서 말해. 공주에게 관심도 없으면서 꽃의 기사를 자처한 그 속내가 뭐냔 말이야!"

그는 카이트나 페라트가 남몰래 귀를 기울이고 있다는 것도 모른 채 목소리를 높였다. 하지만 바인이 거칠게 나오면 나올수록 윤수는 오히려 마음이 편안해질 뿐이었다.

"또 내 차례네요. 우리가 어디서 만났죠? 나를 어디서 본 거예요?"

"기영 주류라고 기억해? 넌 거기서 내가 억울하게 해고당할 때 유일하게 내 편을 들어준 구석 자리의 신입이었잖아. 물론 지금도 다니고 있다면 꽤나 직급이 올라갔겠지! 사실 이쪽 세계로 넘어오면서 얼굴이 변했으니 네가 날 못 알아본 것도 무리는 아니야. 자, 이제 어서 말해. 내 성에 기어들어온 이유가 무언지!"

마음이 완전히 흐트러지고 만 바인은 묻지도 않은 자세한 설명까지 곁들여 술술 대답했다.

하지만 윤수의 입은 딱 붙어 떨어질 줄은 몰랐다.

그가 말한 것이 단숨에 이해되지 않았기 때문이었다.

'기영 주류'란 것은 2황자의 시리즈 초반에 바인이 이쪽 세계에서 다녔던 회사의 이름이었다. 실제로 존재하는 곳이 아닌, 자신이 만들어 낸 가상의 회사다. 그런데 그녀가 그곳의 신입 사원이라는 건 대체 무슨 말인가.

그뿐만 아니라 유일하게 그의 편을 들어 주었다고?

전혀 예상치 못한 대답이었다.

윤수의 머리가 그 어느 때보다 바쁘게 돌아갔다. 하지만 더 이상 견딜 수 없었던 바인은 어깨를 잡고 마구 흔들었다.

"어서 말해!"

그럼에도 불구하고 그녀가 여전히 입을 다물고 있자 결국은 그는 스스로 폭발하고 말았다.

"말하지 않겠다면 억지로라도 말하게 만들어 주마!"

바인은 거칠게 소리치며 몸을 일으켰다. 그러고는 뒤쪽에 서 있던 병사의 손에서 긴 창을 빼앗아 들고 다가왔다.

그 모습을 지켜보던 페라트가 또다시 카이트를 불렀다.

"화, 황자님."

카이트 역시 무언가 상황이 급박하게 변했다는 걸 잘 알고 있었다. 그도 그녀의 몸에 위협이 가해지는 것을 두고 볼 생각은

없었다. 하지만 여전히 마물들은 얌전히 대기하고 있는 상태였
다.

마음속에 갈등이 차올랐다.

조금 더 기다려야 할까, 아니면 이 밧줄을 벗어던져 버릴까.

카이트는 마지막으로 한 번 더 고민했다.

그러다 바인이 윤수를 향해 창끝을 겨누는 것이 눈에 들어온
순간. 그는 이미 반쯤 풀어져 있는 밧줄을 지체 없이 잡아 끊었
다.

어서 대답하라며 저를 잡고 흔드는 바인의 손아귀 힘은 상당
했다. 어깨에 가해지는 은근한 통증에 그녀의 미간이 찌푸려지
는 순간이었다.

　"기영 주류라고 기억해? 넌 거기서 내가 억울하게 해고
　당할 때 유일하게 내 편을 들어준 구석 자리의 신입이었잖
　아."

그의 외침이 다시금 귓가에 생생히 울렸다.

"아."

윤수의 목에서도 짧은 탄성이 터졌다.

구석 자리의 신입.

그제야 생각났다. 그건 확실히 저였다.

물론 그때도 책 속에 들어갔다는 소리는 아니었다. 그러니 가상의 회사에서 근무할 수 있을 리 없었다. 그러므로 빙의 전의 바인을 실제로 만나는 것은 불가능했다.

하지만 그가 저를 알아본 것도 사실이었다.

드디어 모든 일의 전말을 알아낸 윤수의 두 눈에 환한 이채가 돌았다. 바인이 그녀를 향해 날카로운 창끝을 겨눈 순간 윤수는 벌떡 몸을 일으켜 그의 팔을 재빠르게 쳐냈다.

"윽!"

그러고는 바닥으로 수직 낙하하는 창을 재빨리 뺏어 들고 이렇게 말했다.

"움직이지 마."

어느새 자유로워진 두 손.

사실 그녀는 밧줄을 끊기 위해 칼을 부러 찾을 필요도 없었다. 그저 양 손목에 힘을 주어 옆으로 당기자 밧줄이 얇은 실처럼 투두둑 끊어졌을 뿐이다.

"바인 황자님!"

주변의 병사들이 우르르 몰려들었다. 하지만 윤수는 여전히 바인의 목에서 창을 치우지 않은 채 침착하게 말했다.

"움직이지 말란 건 당신들에게도 해당되는 소리야."

"깨객—"

발아래에서 들려오는 소름 끼치는 소리.

병사들은 정말로 그 자리에서 그대로 돌이 된 것처럼 굳어버렸다. 등 뒤에서 전율과 공포가 넘실거렸다.

"으아악! 마물들이다!"

어느새 벽을 타고 기어 내려온 마물들이 도처에 가득했다.

역시 두려움이라는 감정을 이용하기로 한 것은 매우 효과적인 전술이었다. 건장한 남성들로 구성된, 잘 훈련된 병력들이 섣불리 움직이지 못하고 있었다. 대부분은 이렇게 가까이에서 마물을 목격한 것이 처음이었다.

나무 위에서 각각 활과 창을 겨누고 있던 병사들도 마찬가지였다. 땅 아래에서 위협당하고 있는 바인 황자에게서 눈을 떼지 않은 채 여전히 꿋꿋하게 창끝을 겨누고 있는 자도 있긴 했지만, 마치 새까만 개미 떼처럼 나무를 타고 기어오르는 놈들을 향해 참지 못하고 먼저 화살을 날리는 자들이 생기기 시작했다.

"으억!"

그래도 버티는 데는 한계가 있었다. 나무 위에서 도망갈 길은 결국 꼭대기로 올라가는 것밖에는 없었기 때문이다.

몸을 엄폐하고 대기하던 궁수들이 마물들에 의해 땅으로 하나둘 주르륵 끌려 내려왔다.

쿵! 소리를 내면서 인간이 떨어지면 기다렸다는 듯이 수십 마리의 마물이 그 주위를 둘러쌌다.

"사, 살려 줘!"

여기저기서 비명 소리가 들렸다. 검과 창을 아무리 휘둘러봤자 소용없었다. 마물들은 심지어 모든 공격을 다 피하기까지 했다. 전부가 다 윤수의 명령을 따른 덕분이었다.

"깨애애액!"

"으, 윽!"

가장 큰 몸집을 지닌 마물 여덟 마리는 바인의 앞으로 모여들었다. 당장 다리를 물어버릴 기세로 쩌억 입을 벌린 놈도 있었고, 바지 끝을 물어뜯으며 크르렁대는 놈도 있었다. 그의 갈색 눈동자에 짙은 공포가 서렸다. 하지만 그 와중에도 바인은 똑똑히 보았다.

자신들에게는 무척이나 공격적인 자세를 취하고 있는 마물들이 눈앞의 그녀에게는 그렇지 않다는 것을.

설마 이 여자의 말을 듣는 건가?

그렇게 생각하며 천천히 고개를 들자 마치 그것이 정답이라는 것을 말해 주듯 살짝 웃고 있는 그녀의 미소가 눈에 들어왔다.

"아무 일도 일어나지 않기를 바란다면, 지금부터 내 이야기 똑똑히 들어요. 우선……."

카이트와 페라트를 풀어 달라고 할 셈이었다. 그런데 이미 자신을 묶고 있던 밧줄을 홀홀 벗어던진 채 페라트의 포박을 풀어 주고 있는 카이트의 모습이 보였다.

"아, 3황자가……! 크, 큰일이다!"

몇몇 병사들이 마물을 제치고 달려들었다.

그 행동으로 봤을 때 그들에게 있어 카이트는 마물보다 더 위협적인 존재임이 틀림없었다.

"이것 좀 빌리지."

하지만 누군가가 바로 그에게 무기를 빼앗겼다. 비록 검이 아니라 긴 창이긴 했지만, 가볍게 바람을 가르는 소리는 검을 휘두를 때 나는 그것과 비슷했다.

그 끝에 얻어맞은 병사들이 나무 인형처럼 픽픽 쓰러졌다.

카이트는 일부러 팔과 어깨를 크게 휘둘러보았다.

아까의 예상은 적중했다.

사실 무거운 것을 쥐고 휘두르는 건 조금 무리가 아닐까 생각했는데, 전혀 아무렇지 않았다.

솜씨 좋은 의원의 처치와 귀찮아하는 저를 위해 매 시간마다 잊지 않고 붕대와 약을 챙겨준 페라트 덕분이었다.

창은 검보다 길고 무거웠지만, 대신 굉장히 무딘 편에 속하는 무기였다. 덕분에 지금의 카이트에게는 더할 나위 없이 안성맞춤이었다. 그도 병사들의 목숨을 함부로 빼앗고 싶지는 않았다. 다만 방해받기 싫을 뿐이었다.

"좀 지나가겠다."

그는 페라트의 옷깃을 단단히 잡은 채 창을 든 오른쪽 손을 크게 휘둘렀다. 그리고 그대로 힘을 주어 내리쳤다.

퍼억!

"윽!"

휘익 소리와 함께 바람이 이는가 싶더니 경쾌한 타격 음이 들렸다. 이어서 커다란 덩치의 남자들이 갈대처럼 몸을 바르르 떨며 쓰러졌다.

그렇게 길을 트며 카이트는 저벅저벅 앞으로 걸어 나왔다.

"그를 막아! 어서!"

또다시 병사들이 달려들었다.

긴 창대가 또다시 허공 위에서 핑그르르 돌았다.

마름모꼴 모양으로 생긴 쇠 날로 상대의 무기를 쳐 내고, 그 반동을 이용해 반대쪽 손잡이로 몸을 찔렀다.

비록 뭉툭한 손잡이 부분이라 해도 마치 통나무에 얻어맞은 것처럼 고통스러웠기에 그걸 버틸 수 있는 자는 없었다.

가벼우면서도 시원시원한 움직임.

3황자가 능한 건 검술뿐만이 아니었다.

그가 창도 저렇게 잘 다루는 남자였던가?

병사들은 아연실색했다. 물론 그들이 모르는 것도 당연했다. 아무에게도 보여준 적이 없었으니까. 하지만 카이트는 검술 말고도 여러 가지 무기를 기가 막히게 잘 다뤘다. 그게 원래 그의 설정이었다. 그동안은 악역이라는 특성상 취할 수 있는 행동이 한정적이었을 뿐이다. 소설 속에서 그 모든 능력을 다 묘사해 주는 것도 힘들었고.

다만 창을 쥐었을 때는 검만큼 재빠르게 움직일 수 없었다. 물론 이것도 어디까지나 카이트의 기준에 해당되는 이야기지만. 그러다 그는 아까부터 저를 피해 요리조리 도망 다니고만 있는 병사를 발견해 내고는 지체 없이 그의 명치를 가볍게 가격했다.

"윽!"

그러자 남자는 마치 바람 빠진 풍선처럼 몸을 흐느적대면서 아래로 주저앉았다. 그의 손에서 커다란 검들이 챙그랑! 소리를 내면서 땅 위를 굴렀다. 그중 하나를 주워 들고 카이트는 윤수를 향해 그대로 그것을 던졌다.

"받아, 네 거야."

은색의 날붙이가 마치 커다란 초승달처럼 허공을 가르며 사납게 날아왔다. 그녀는 보지도 않고 그대로 팔을 뻗었다. 그러자 마치 자석이라도 달린 것처럼 검의 손잡이가 타악 소리를 내며 손 안에 감겨 들어왔다.

"왜 황자님의 성으로 온 건지 궁금하다고 했죠?"

짜릿한 진동이 손바닥을 통해 퍼져 나갔다. 그 느낌을 잠시 즐기기 위해 그녀는 천천히 두 눈을 감았다 떴다.

이제 남은 건 자신의 진짜 목적을 전하는 것밖에 없었다.

창에 눌렸던 자국이 아직도 선명히 남아있는 목에 이번에는 날카로운 검 끝이 닿았다.

"좋아요. 지금부터는 하나씩 주고받는 것 없이 다 말해드릴게요."

실로 오랜만에 쓰는 새로운 에피소드였다. 윤수는 저도 모르게 가슴이 떨려 왔다.

*　　*　　*

본격적인 이야기를 하기에 앞서, 우선은 중요한 것 몇 가지를 더 요구할 셈이었다.

예를 들면 카이트와 페라트의 안전을 보장해 달라든지 하는 것 말이다. 하지만 굳이 그것을 자신이 먼저 꺼내어 말할 필요가 없었다. 원하는 것이 있다면 그게 무엇이든지 다 들어주겠노라고 그가 먼저 선수를 쳤기 때문이었다.

그리고 윤수와 단둘이서 집무실에 앉아 있는 지금 이 순간.

그는 보기 안쓰러울 정도로 몸을 떨고 있었다.

갑자기 수백 마리의 마물들이 쏟아져 들어오는 장면을 직접 목격했기에 그런 것일 수도 있겠지만, 비단 그러한 이유뿐만은 아니었다. 바인은 행여나 2황자로서 살아왔던 이 세계가 무너질까 매우 두려워하고 있었다.

그런 그를 바라보는 윤수의 마음속에도 씁쓸함이 차올랐다.

하루하루를 그저 버티듯 살아가던 평범한 현대인.

그러다 전혀 다른 차원에 살고 있던 황손의 몸에 빙의해, 대신 2황자가 되어 두 번째로 주어진 인생을 누구보다도 행복하게 즐기던 남자.

그가 바로 바인이었다.

자신의 손에 의해 새로운 삶을 부여받은 주인공.

"난, 늘 마음속으로 두려워했었어. 내게 이런 기적이 일어났던 것처럼, 언젠가 또 다른 누군가가 나타나서 나의 모든 것을 빼앗아가진 않을까 하고 말이야."

　사실 윤수는 그의 마음속에 도사리고 있는 공포의 근원을 누구보다도 잘 이해할 수 있었다.

　생각해 보면 누군가의 몸에 대신 빙의한다는 건 그런 게 아닐까. 육체의 진짜 주인을 밀어내고 그의 삶을 차지한다는 것은 때에 따라서는 매우 도덕적인 고민을 수반하지 않을 수 없는 일이다. 게다가 꿈에도 생각하지 못했던 부귀영화까지 손에 넣으니, 언젠가 자신도 누군가에게 이것을 빼앗기게 되지 않을까 하는 두려움이 이는 건 당연했다.

　"당신이 여기서 어떤 삶을 살아왔는지, 혹은 앞으로 어떻게 살아갈지에 대해서는 관심 없어요. 내가 원하는 건 그저, 당신이 가지고 있는 장치를 이용해 원래의 세계로 돌아가는 것뿐이거든요."

　"정말 마력으로 알아낸 것 맞나……? 내가 아직 통로를 지니고 있다는 그 사실 말이야. 게다가 그리 놀라운 검술 실력을 지닐 수 있게 된 것도 전부 마력의 도움이라고?"

　"그래요. 이 세계에 존재하는 마물들의 힘은 생각보다 무궁무진하더군요."

　그렇게 말하면서 윤수는 왼손을 쓰윽 들어 보였다.

　"그러니 어서 내가 원래 세계로 돌아가지 않으면 이곳 페어라센은 더더욱 마물들에게 잠식당하고 말 거예요."

　다섯 개의 손가락이 어느새 죽은 것처럼 죄다 새카맣게 물들어 있었다. 그 끝에서 일렁대는 불길한 검은빛을 보며 바인의 안색 또한 점점 창백해졌다.

물론 일시적인 현상이었다. 이 방에 들어오기 전 윤수는 수첩에다가 무언가를 써놓는 것을 잊지 않았으니까.

"카이트 녀석은 그간 마물들에게 워낙 많은 괴롭힘을 당하던 터라, 너에게 기꺼이 협조하기로 한 거라고?"

"네."

"그래서 위험을 무릅쓰고 꽃의 기사를 자처하면서까지 내 성에 왔다?"

"그래요. 그의 성은 노르덴 숲과 바로 붙어 있었기 때문에 늘 마물들의 습격에 골치를 앓았다더군요. 못 믿겠다면 북쪽 성의 신하 아무에게나 물어봐도 좋아요."

"으음."

"카이트 황자에게도 더 이상 마물이 출몰하지 않게끔 해 주겠다는 약속을 했어요."

순간 그의 눈매에 살짝 힘이 빠졌다. 그때를 놓치지 않고 윤수는 부드러운 목소리로 속삭였다.

"제발 제가 원래 살던 곳으로 돌아갈 수 있게 도와주세요. 한선호 대리님."

그녀는 이전 세계에서 바인이 지니고 있었던 직함과 이름을 친근하게 불렀다.

그의 동공이 부드럽게 열렸다.

Chapter 13
이어가르텐

　막상 마음을 터놓고 나니 바인은 이것저것 궁금한 게 많은 모양이었다. 그리고 윤수는 그가 듣고 싶어 하는 이야기들만 쏙쏙기가 막히게 골라서 대답해 주었다.

　"그래, 정말 기영 주류가 망했어?"

　"그렇다니까요. 주가 조작에 탈세 혐의까지. 무엇보다 사장이 그 모양인데 어떻게 버틸 수 있었겠어요?"

　사장은 권력과 지위를 이용해 아무 잘못도 없는 사원들을 함부로 대하던 자였고, 그런 그의 밑에서 고통받는 캐릭터. 그게 빙의 전 바인이었다.

　바인의 입가에 더욱 커다란 웃음이 지어졌다.

　"그렇게 비리를 일삼더니, 꼴좋네."

게다가 바인은 그저 소처럼 묵묵히 일하다가 정당한 이유도 없이 해고를 당했으니, 기분이 좋은 것도 무리는 아니었다.

"권선징악이죠. 뭐."

실제로 현실에서도 그런 정의가 늘 실현될 수만 있다면 얼마나 좋을까?

윤수는 그러한 바람을 담아 일부러 힘주어 말했다.

"그래도 그때 부당함에 맞서준 사람은 너밖에 없었지. 신입이었는데도, 무척 용감했었어."

"아니, 뭐…… 뭘요."

바인이 진심을 담아 저를 칭찬하자 윤수의 눈에 쑥스러움이 깃들어 올랐다. 그러니까 이게 무슨 이야기인고 하니, 2황자 시리즈의 초반 에피소드에 실제로 윤수가 자신을 모티브 삼아 만들어 낸 캐릭터가 하나 있었다. 아니, 저를 모티브 삼았다는 것보다 본인의 소망을 투영시킨 인물이라고 하는 게 더 맞는 소리다.

그녀는 기영 주류의 신입 사원이었다. 주조연은커녕 딱 그 에피소드에만 등장하는 엑스트라였는데, 불의를 보면 참지 못하는 성격의 여자였다. 불이익을 당할 것을 알면서도 늘 옳은 소리를 했고, 직장 내에서의 부조리함을 똑바로 지적했다.

그 이야기를 쓸 당시에도 윤수는 직장인이었다.

늘 혼자 점심을 먹고, 일을 다 끝마쳤는데도 불구하고 퇴근을 하기 위해 온갖 눈치를 봐야 하는.

하루하루가 답답하고, 아무런 낙이 없는 것은 책에 등장하는 한선호 대리―바인의 옛날 모습―와 다를 바가 없었다. 따라서 그녀는 제가 그렇게 되고 싶은 마음에 이름도 없는 캐릭터 위에 저를 덧입혔다. 마치 영화감독이 자신의 작품에 직접 카메오 출연을 하듯, 그렇게 말이다. 작가도 때로는 극 중 캐릭터가 되어 현실이라면 하지 못했던 일들을 원 없이 하면서 마음껏 활보하고 싶을 때가 있다고 해야 할까.

그러니 비록 실제로 만난 것은 아니지만 바인이 절 알아본 것도 이해가 갔다. 그들은 이미 같은 회사의 선후배 사이였으니까. 즉, 그 신입 여직원은 윤수의 도플갱어다.

코끝을 긁적이며 이런 생각을 하던 그녀는 얼른 손을 내렸다. 그러고는 냉정한 눈빛으로 자신의 요구 사항을 다시금 전달했다.

"칭찬은 됐어요. 그보다 저는 아직 대답을 듣지 못했는데요. 다시 한 번 말하지만 내 조건은, 이곳의 지하 카브를 통해 원래의 세계로 돌아가는 거예요."

"좋아."

바인이 결심한 듯 고개를 끄덕였다.

"나도 어차피 마물들이 활개를 치고 다니는 것은 곤란하니까 말이야. 최대한 긍정적으로 생각해 보지."

"……생각해 본다고?"

윤수의 목소리가 싸늘해지자 그가 오해 말라는 듯 어깨를 움찔 떨었다.

"딱 하룻밤만 생각할 시간을 달라는 거야. 어찌 되었든 이건 내 모든 생애를 걸고 지켜 온 비밀이니까 말이야. 이런 내 심정도 부디 이해해 주길 바라."

그 하룻밤 새에 또 수작을 부리는 건 아닐까?

윤수는 날카로운 눈빛으로 찬찬히 그를 살폈다.

바인의 얼굴에는 아직도 해소되지 못한 두려움이 남아 있었다. 떨리고 있는 두 눈동자 속에는 여러 가지 복잡한 심정이 켜켜이 쌓여 있었다. 저렇게 공포가 안개처럼 서려 있는 얼굴로 무언가 꿍꿍이를 꾸미는 건 힘들어 보였다. 그의 성격을 미루어 짐작해 보았을 때, 여기까지 몰아붙였으면 거의 성공한 것이나 다름없었다.

"좋아요. 그럼 정확히 내일 오전까지, 답을 기다려 보죠. 만약 생각했던 것과 다른 일이 벌어지면……."

하지만 마지막까지 쐐기를 박는 것도 잊지 않았다. 그녀는 다시 한 번 검은빛이 일렁이는 손을 들어 보이며 웃었다.

"나도 가만히 있진 않을 거예요. 만약 이곳에서의 삶이 사라지게 되면 황자님은 어디로 가게 될까요? 다시 한 대리님으로 돌아갈 수 있을까요?"

황자로서 누린 모든 게 사라지는 것, 그리고 다시 빙의 전의 그 지옥 같은 삶으로 돌아가는 것. 이 두 가지는 바인이 가장 무서워하는 거였다.

허를 정확히 찔린 그가 기겁을 하며 손사래를 쳤다.

"저, 정확히 내일 아침 8시에 다시 부르지! 그리고 꽃의 기사 일행에게도 최고의 대우를 하겠어. 내 성에 머무는 동안 가장 좋은 것만 취할 수 있도록 해 주마!"

차마 성인 남성의 것이라고는 생각할 수 없을 정도로 진심으로 겁에 질린 목소리였다.

그것을 간파한 윤수가 입술을 가늘게 펴며 웃었다.

"감사합니다. 황자님."

그렇게 꾸벅 인사를 하고 돌아서 나가려고 할 때였다.

"아, 참."

바인이 저를 부르는 소리에 윤수는 문손잡이를 잡으려다 말고 뒤를 돌아보았다.

"왜 그러시죠?"

"그놈 말이야. 아인젠카이트."

"네, 그가 왜요?"

"혹시…… 그도 내 비밀을 알고 있어? 이 몸에 들어와 있는 게 누군지 말이야."

순간 숨을 내쉬던 그녀가 잠시 굳었다. 역시 치밀한 성격답게 그는 상당히 많은 경우의 수를 계산한 모양이었다.

"그럴 리가 있겠어요? 저는 황자님이 스스로 정체를 밝히시기 전까지, 그 안에 있는 게 한 대리님이라는 것을 알지 못했는걸요."

윤수는 일부러 머리카락을 손가락에 돌돌 감아대며 말을 이었다.

"게다가 원래 모습 그대로 차원 이동을 한 저와는 달리 빙의를 하신 거라면서요. 그 단어의 사전적인 의미를 정확히 알지는 못하지만, 음, 그게 말하자면 얼굴도 신체도 무엇 하나 똑같지 않은 남의 몸속에 들어가는 거 아닌가요?"

"그렇지."

"만약 끝까지 비밀로 하셨다면 저는 아마 평생 가도 대리님이라는 걸 못 알아 봤을 거여요. 사실 아직도 좀 얼떨떨한걸요."

"과연."

이윽고 바인의 눈 안에 있는 의구심이 스르륵 빠져나가는 게 보였다.

"그럼 내일 뵙죠."

그녀는 그렇게 인사하고 잔뜩 땀이 밴 손으로 문손잡이를 돌리고는 복도로 걸어 나왔다. 쾅, 하고 문이 닫히는 소리와 함께 그제야 참았던 숨이 터졌다.

*　　*　　*

바인은 약속대로 누구보다 화려한 방을 그녀에게 제공했다. 그뿐만 아니라 하인들을 여럿 보내 짐도 대신 옮겨 주었다. 어떻게 손을 써두었는지 주변의 다른 사람들은 이곳에 마물이 나타났다는 사실을 조금도 모르고 있는 듯했다. 마물에게 봉변을 당했던 병사들의 입을 죄다 틀어막았으리라. 하지만 어찌 된 건지 그녀가 머물고 있는 것은 여전히 글뤼 분대의 막사 안이었다.

물론 여기에는 다 이유가 있었다.

푹신한 침대가 있는 넓은 방에 누워 마음껏 휴식을 취할 수 없는 이유. 윤수의 입에서 볼멘 한숨이 흘러나왔다.

"다시 한 번만 알려 주십시오!"

하지만 그것을 미처 눈치채지 못한 미쉘은 마냥 신이 나 외쳤다.

"알겠어요. 자, 덤벼 봐요."

"이얍!"

그 말이 떨어지기가 무섭게, 그녀가 나무 검을 머리 위로 높이 쳐들며 달려들었다.

"그러니까 지금도 치켜든 각도가 너무 높다고요."

윤수는 그 움직임을 가볍게 피하며 미쉘의 머리 위 왼쪽 공간에 자신의 오른손에 든 검을 비스듬히 찔러 넣었다. 그러고는 손바닥이 정면에 마주하도록 손목을 재빠르게 돌렸다. 그 작은 궤적을 따라 검날도 소리 없이 회전했다.

움직임을 최소화한 만큼 그 안에는 어느새 강력한 드릴과도 같은 힘이 폭발적으로 담겨 있었다. 그것은 그저 똑바르게만 찔러 들어오는 미쉘의 검을 마치 연체동물처럼 부드럽게 감쌌다.

"헉!"

칭칭 감겨서 잡아당기는 힘을 이기지 못해 미쉘이 결국 또 검을 놓쳤다. 매끄럽게 다듬어진 긴 목검이 휘리릭 소리를 내며 날아갔다.

"이, 이런……!"

"다음번에는 팔꿈치를 좀 더 내리는 것에 신경을 써 봐요."

"알겠습니다. 정말 고맙습니다!"

언제나 씩씩한 미쉘이 소리 높여 인사했다.

레위니옹을 열어달라고 조르고 졸라 그 승낙을 받아 낸 것까진 좋았는데, 예상보다 너무 많은 사람들이 몰려들었다.

사실 미쉘은 그게 조금 불만이었다. 누구보다도 열심히 지도받고 싶은데 자신의 시간이 영 돌아오지 않는 게 말이다. 게다가 눈앞의 이 대단한 검사는 매일 뭘 그리 하는지 너무 바빴다. 그런데 오늘은 어찌 된 셈인지 그녀가 예상보다 일찍 막사에 와 있었다. 더더군다나 지금 모두가 식사를 하러 나가고 없다는 게 미쉘에게는 더할 나위 없이 행운이었다.

물론 지금 밖은 축제가 한창이지만 미쉘처럼 근무를 서야 하는 병사들에게는 어차피 그림의 떡이나 마찬가지였다. 하지만 지금은 단연코 근무를 서게 되어 기뻤다. 그렇지 않으면 이렇게 일대일로 그녀의 지도를 받을 수 없었을 것이다.

하지만 그 기쁨도 잠시. 궁금증 하나가 또다시 미쉘의 마음속에서 슬그머니 고개를 내밀었다.

"그런데 정말 괜찮으시겠습니까?"

"네? 뭐가요?"

고향에서 보내온 거라며 미쉘이 건네준 수제 사과 주스를 단숨에 꿀꺽꿀꺽 마시던 윤수가 되물었다.

"카, 카이트 황자님 말입니다. 화가 단단히 나신 것 같았는데⋯⋯."

"아."

순간 윤수의 입에서 또다시 한숨이 터졌다.

카이트. 바로 그가 이 낡은 막사를 떠날 수 없게 만든 이유였다.

"황자님께서 기분이 몹시 언짢으신 것처럼 보였는데 정말⋯⋯ 괜찮으시겠어요?"

"그럼요. 괜찮고말고요. 그건 그렇고 이제 조금만 쉬어도 될까요? 사실 내가 어젯밤 잠을 제대로 못 자서."

"무, 물론입니다! 어서 누우세요! 숙면은 건강에 중요하죠. 앗, 미안합니다. 그러고 보니 피곤할 텐데 괜히 눈치 없이 대련을 해 달라고 졸랐군요."

미쉘이 잔뜩 주눅 든 목소리로 사과했다. 그러자 윤수는 별소리를 다한다는 듯 웃으며 고개를 살래살래 저었다.

"천만에요. 미쉘하고의 대련이라면 언제든 환영인걸요. 그럼 고참들이 오면 좀 깨워줘요."

그렇게 말하고 그녀는 침대에 누웠다. 팔짱을 낀 채로 조용히 눈을 감는 윤수를 바라보며 미쉘은 아까 카이트 황자가 모습을 드러냈던 때를 생각했다.

그는 막사로 돌아온 윤수를 뒤따라 왔음이 틀림없었다.

입구의 휘장을 벌컥 거칠게 들추고 성큼성큼 들어오더니만, 얼굴을 벌겋게 물들인 채 갑자기 그녀를 비난했다.

"어째서 이곳에 있겠다는 거지?"

하지만 미쉘의 눈을 더욱 의심케 한 것은 윤수의 태도였다.

"왜긴, 거기서는 마음 편히 쉴 수가 없으니까 그렇지. 아니, 그렇지요!"

"무엇이 편하지 않다는 건가!"

"누구께서 자꾸만 귀찮게 하시지 않았습니까. 쉴 만하면 찾아오고, 또 찾아오고."

그러자 순식간에 카이트 황자의 얼굴이 시뻘겋게 달아올랐다. 물론 미쉘은 대체 이게 무슨 상황인지 도무지 알 수가 없었다. 그저 그녀가 알 수 있는거라고는 윤수가 감히 황자의 명령에 불복종했다는 거였다. 미쉘은 윤수가 누군가를 그토록 스스럼없이 대하는 모습을 처음 보았다.

게다가 카이트 황자는 이 나라의 황족. 그런 그의 기분을 언짢게 만들다니 저라면 상상조차 불가능한 일이다. 따라서 미쉘은 틀림없이 윤수에게 날벼락이 떨어질 거라 생각했다. 하지만 카이트 황자는 부글부글 끓는 것 같은 숨을 마구 몰아쉬더니 밖으로 휙 나가버리는 게 아닌가!

그건 고향에 계신 그녀의 아버지를 생각나게 했다. 아버지가 가끔 어머니에게 혼날 때, 늘 저런 모습이셨으니까.

하지만 설마 그들이 그럴 리는 없을 거다. 그렇다면 이 이상한 관계는 도대체 무얼까?

생각하면 할수록 미셸은 그저 알쏭달쏭하기만 했다.

그녀의 고향은 페어라센의 최남단에 위치한 조용한 시골마을로, 사과와 돼지고기가 특히 유명한 곳이었다. 거기서 나고 자란 이 아가씨는 기사단에 지원한 이유마저 몹시 순박했다. 그건 바로 황족들을 실제로 만나 보고 싶어서라는 지극히 소박한 열망 때문이었다. 그러니 그런 그녀가 윤수와 카이트 사이에 흐르는 묘한 기류를 눈치챌 수 있을 리 없었다. 아마 그건 축제가 끝나는 날까지 절대로 불가능할 것이다.

*　　*　　*

'휴우.'

막사의 딱딱한 나무 침대에 이제 적응이 된 걸까? 아침부터 고단했던 몸을 누이자 사지가 금세 노곤노곤 풀어졌다. 물론 그렇다고 해서 세상 어떤 잠자리보다 이곳이 편하다는 건 아니었다. 그럴 수 있을 리 없었다.

막사 안은 내려쬐이는 햇빛 때문에 낮에는 무척이나 더웠고, 심한 외풍이 도는 밤에는 으슬으슬 한기가 들 정도로 추웠다. 게다가 환기도 제대로 되지 않으니 구석에서는 늘 케케묵은 곰팡이 냄새가 났다.

그래도 지금은 마치 구름 위에 누워있는 것처럼 좋았다.

하지만 이런 조용함도 잠시뿐일 것이다. 그녀가 막사에 있다는 걸 알면 또 레위니옹에 가입하겠다며 사람들이 몰려들 테니까. 아닌 게 아니라 처음에 막사 밖에 수십 명의 사람들이 저를 기다리고 있었을 때는 좀 당황스럽긴 했다. 그들은 모두 다 그녀가 조직한 레위니옹에 가입하고 싶어 하는 사람들이라 했다.

윤수는 그게 뭐하는 것인지도 잘 몰랐다. 그저 미쉘이 하지 않겠느냐고 하도 조르기에 승낙했을 뿐이다.

사실 미쉘과는 만난 지 얼마 안 되긴 했지만, 윤수는 그녀가 좋았다. 그리고 동시에 늘 미안한 감정을 가지고 있었다. 막사에 신참이라고는 달랑 두 명밖에 없는데, 거의 매일 모든 작업에 자신이 열외되는 바람에 모든 허드렛일은 대부분 미쉘의 차지였다.

윤수는 무엇보다 그게 무척이나 미안했다.

하지만 미쉘은 힘든 기색도 없이 늘 씩씩했고, 또 매일매일 웃는 낯으로 자신을 대해 주었다.

그런 미쉘이 용기 내어 딱 하나를 조르는데 들어주지 못할 이유가 어디 있겠는가?

그런데 그렇게 수십 명의 사람들이 모일 줄은 몰랐다.

게다가 그들은 어찌된 셈인지 아침부터 하나같이 기운이 넘쳤다. 그저 차나 마시고 때로는 잡담만 하다 끝나는 레위니옹도 있다고 들어서 자신도 그럴 수 있을 줄로만 알았는데. 게다가 모두들 입을 모아 한 수 지도를 부탁한다고 하는 것도 곤란했다. 늘 카이트에게 배우기만 했지 남을 가르쳐 본 일이 없기 때문이었다.

"……카이트는 아직도 기분이 풀리지 않았을까?"

"네?"

그녀가 혼잣말로 중얼거리자 평상에 앉아 흥얼거리며 검을 손질하고 있던 미셸이 잽싸게 뒤를 돌아다보았다.

"아니, 아무것도 아니에요."

"안 잤습니까?"

"이제 자려고요."

하지만 말과는 다르게 쉬이 잠이 오지 않았다.

윤수는 아까 기어코 이곳까지 따라와 얼굴을 붉히고 간 카이트를 생각하며 혼자 너털웃음을 지었다.

사실 오늘 그의 모습은 어쩐지 평소답지 않았다.

아니 조금 이상하기까지 했다.

바인이 마련해 준 방은 페라트의 말에 따르면 황족, 혹은 그들의 최측근인 귀족들만이 머무를 수 있는 최고급 수준의 거처라

고 했다. 하지만 윤수는 그 방이 그다지 편하지만은 않았다. 일
단 지나치게 넓어서 혼자 쓰기 쓸쓸할 정도였고, 무엇보다 위치
가 좀 그랬다. 왜냐하면 바로 건너편이 카이트가 머무르고 있는
방이었으니까.

아니나 다를까.

하인들이 짐을 옮겨놓고 물러간 지 채 5분도 되지 않아 누군
가가 똑똑 방문을 두들겼다.

카이트였다.

"할 말이 있어서 왔다."

그렇게 말하고 그는 20분 동안을 테이블 모서리만 문지르다
가 돌아갔다.

그러고 나서 또 10분 뒤.

다시 카이트가 찾아왔다.

"사실 내가 꼭 하지 않으면 안 될 이야기가 있는데 들어
주지 않겠나?"

하지만 결국 한 거라고는 자신이 내준 차를 다섯 잔이나 마신
것뿐이었다. 그 짓을 서너 번 반복하다 보니, 윤수의 인내심도
슬슬 바닥나고 말았다.

"도대체 무슨 말을 하려는 건데?"

"그게 그러니까, 나는…… 네가, 너를, 널……."

"그래, 나 여기 있어. 어디에도 안 가고 네 이야기를 듣고 있다고."

"아, 음. 그러니까…… 제길, 미안하다. 갑자기 생각이 나 질 않는군."

피로를 풀기는커녕 오히려 피곤이 더 따라붙은 윤수는 결국 참지 못하고 자리를 박차고 일어났다. 차라리 막사에서 눈을 붙 이는 게 더 낫겠다는 생각으로 말이다. 그때를 생각하자 지금도 다시 이루 말할 수 없이 황당함이 차오른다.

"정말 왜 그랬던 거지?"

반쯤 감긴 눈을 하고 윤수가 투덜거렸다.

* * *

에른테페스트 축제의 열기는 점점 더 뜨거워져 갔다.

매일매일 각지에서 수많은 사람들이 모여들었다.

정식으로 허가를 받은 키오스크(Kiosk) 판매대들이 성벽을 따 라 하루에도 수십 개씩 생겨났다. 그리고 허가를 받지 못한 행상 들은 그 건너편에 낮은 좌판을 펼쳤다.

새벽같이 물건을 짊어지고 와서 늘어놓고 밤이 되면 팔다 남은 것을 다시 들고 가야 하는 좌판 행상들의 특성상 그들이 파는 것은 주로 작은 공예품이나 각 지방에서 먹는 특이한 간식이 대부분이었는데, 이는 축제의 또 다른 볼거리였다.

목에 각종 악기를 건 악사들이 아침부터 제멋대로 자신들의 솜씨를 뽐내도 그 불협화음에 누구 하나 시끄럽다고 항의하는 사람이 없었다.

어머니의 손을 잡고 길을 걷는 아이들은 흥분을 이기지 못해 평소보다 소란스러웠고, 하루 종일 붙어 있어도 부족하기만 한 정열적인 연인들은 광장의 분수대 근처에서 다소 낯 뜨거운 애정 행각을 펼쳤다.

그리고 카이트는 아까부터 줄곧 말없이 팔짱을 낀 채 이 모든 풍경들을 그저 바라보고만 있었다. 장면 하나하나를 놓치지 않겠다는 듯 눈조차 깜박이지 않고 말이다.

그가 있는 곳은 바인의 집무실이었다.

저 멀리 광장까지 죄다 보일 정도로 전망이 좋고, 벽면이 온통 통유리로 장식된 호화로운 방이다.

여기에서 그는 윤수와 둘이서 바인을 기다리고 있었다.

바인은 약속대로 아침 일찍부터 윤수를 찾았다. 하지만 희한한 조건을 하나 붙였는데, 그것은 꼭 카이트와 함께 와달라는 거였다.

걱정을 담뿍 담은 윤수의 시선이 그의 옆모습에 살짝 닿았다.

다친 왼쪽 눈을 가린 검은색 안대의 끈이 이마를 가로질러 붉은 머리카락 속으로 사라졌다. 투명한 유리창에서 쏟아지는 아침 햇살이 그의 날카로운 콧날에 날아와 부딪혔다가 단정한 입매를 따라 점점이 흩어졌다.

지금 그는 무슨 생각을 하고 있을까?

하지만 굳이 묻지 않아도 알 것 같았다.

아침부터 여인들의 수다로 활기 넘치는 거리, 전날 마신 술이 다 깨기도 전에 성급하게 뛰어 나온 젊은이들로 번잡한 광장, 좁은 골목 사이사이를 무리지어 뛰어다니는 장난꾸러기들. 여러 가지 감정이 풍부하게 서린 사람들의 표정과 상점가에서 펼쳐 놓은 색색깔의 천막 위로 내리 쬐이는 햇살.

이 모든 게 카이트가 지내고 있는 북쪽의 땅과는 너무나도 대조되는 광경이었다. 있는 거라고는 그저 뾰족한 암석과 도적이 우글거리는 숲뿐인 그 검은 대지 말이다.

마치 폐허라고 해도 될 정도의 낡은 시가지를 유령처럼 떠도는 것은 가난한 노파나 헐벗은 병자들뿐이라, 웃음소리 같은 건 환청이 아닌 이상에야 들을 수가 없다.

젊은 사람과 어린아이는 발을 들이기조차 꺼리는 곳이라 마을에는 사람이 살고 있는 집보다 텅 빈 집들이 더 많았다. 뜨내 기손님들을 위해 그저 문을 열어둘 뿐인 상점 역시, 있는 물건보다 없는 물건이 더 많았다. 그럼에도 불구하고 그는 그 땅에서 줄곧, 황제가 될 거라는 꿈을 버리지 않고 살아온 거다.

카이트는 여전히 굳게 팔짱을 낀 채였다.

그녀는 살그머니 손을 뻗어 팔꿈치 아래로 살짝 빠져나온 그의 손을 잡았다. 스스로도 놀랄만치 대담한 이 행동은 다소 충동적이었다.

"왜……."

무언가를 말하려다 말고 카이트는 갑자기 입술을 굳게 다물었다.

혹시 내가 그녀의 걱정을 산 건가?

말하지 않아도 지금 본인이 무슨 생각을 하고 있는지 눈치챈 게 틀림없었다. 말하지 않아도 마음을 읽을 수 있는 것은 어째서인지 묻고 싶었지만 그만두기로 했다.

그 대신 카이트는 자신의 손가락을 만지작거리는 간지러운 촉감을 잠시 느꼈다. 그녀는 손도 참 작았다. 그러다 결국은 참지 못하고 얼른 팔을 풀고는 그 손을 힘주어 잡았다.

"어. 나, 내가……."

덥썩 잡힌 손에 당황한 윤수를 일부러 모르는 척하며 카이트는 오히려 자신의 손가락을 더욱 강하게 얽어맸다.

땀이 살짝 배어나 있는 그 온기만으로도 위로가 차오른다.

이러니 단둘이 있는 아주 약간의 시간조차 닿고 싶어 견딜 수 없는 건 당연한 일일지도 모른다.

그의 입술이 저절로 열렸다.

"나는……."

하지만 귀밑을 새빨갛게 물들이고 선 채 저를 바라보는 그녀의 모습을 바라보자 슬그머니 걱정이 앞섰다.

이런 시간에, 이런 장소에서, 이런 말을 해도 될까?

안 그래도 무뚝뚝하다는 말을 밥 먹듯이 듣는 저인데 혹시라도 이런 순간마저 그런 모습으로 비춰지면 어쩌나.

아무리 사소한 것이라 해도 잘 보이고 싶었다.

하지만 이미 마음이 넘쳐 손끝을 타고 흘렀다. 홀린 듯이 입술이 열렸다.

"사실 그동안 줄곧 전하고 싶은 말이 있었다. 나는 너를 줄곧……."

그런데 그 순간 기가 막히게도 방해꾼이 등장했다.

"2황자님께서 곧 오실 겁니다."

복도에서 대기하고 있던 하인이 문을 열고 들어왔다.

중요한 순간에 말문이 막혔다.

카이트는 나지막이 한숨을 내쉬며 맞잡은 손을 풀어주었다.

그 안에 담겼던 온기를 잃고 싶지 않은 건 윤수도 마찬가지였다. 그녀는 살며시 쥔 주먹을 제 심장 부근으로 가져다 대며 여전히 미간의 주름을 풀지 못하고 있는 카이트를 호기심 어린 눈빛으로 다시 한 번 살짝 살폈다.

"담배는 됐다."

깨끗하고 단정한 옷을 입은 시종 한 명이 작은 나무 상자를 열어 보이자 카이트가 손을 들어 그것을 거절했다.

그는 대신 은쟁반 위에 놓인 조그마한 고블릿 잔은 사양하지 않았다. 그것을 슬쩍 훔쳐본 윤수도 같은 색의 음료를 받아 들었다.

시종은 이어서 하얀 장갑을 끼고 장식장에서 작은 단두대처럼 생긴 물건을 꺼내 왔다. 지문 하나 묻어 있지 않은 반짝이는 은색에, 비싸 보이는 진주가 박혀 있는 고급스러운 물건이었다. 살짝 열려 있는 구멍 안으로 시가를 끼워 넣고 힘주어 누르자 위에서 날카로운 칼날이 튀어나와 끄트머리를 싹둑 잘랐다.

그는 그것에 불을 붙여 다시금 바인에게 건넸다.

"이 좋은 걸."

독한 연기가 금세 방 안에 가득 찼다.

"아직 이십 대면서 벌써 건강에 신경 쓰는 거냐? 고지식한 녀석."

하지만 카이트는 그 말에는 일언반구도 없이 짧게 입을 열었다.

"그래서 할 말이 뭔가. 대체 나를 왜 부른 거지?"

그러자 바인이 씨익 웃었다.

"흐음. 너도 이 여자 정체를 알고 있었겠지? 다른 세계에서 떨어진 자라는 거 말이다."

물론 카이트와는 사전에 입을 다 맞춰놓았다. 하지만 바인의 어디로 튈지 모르는 질문에 잔을 쥔 윤수의 손에는 힘이 잔뜩 실렸다.

"겨우 그런 걸 이야기하려고 사람을 아침부터 오라 가라 한 건 아닐 테지."

카이트는 담담한 어조로 대꾸했다.

"뭐 그런 건 아니고. 사실 내가 말이야, 이 여자와 조건 하나를 걸고 협상을 했는데…… 으음. 생각해 보면 참 대단한 여자란 말이야. 나는 그렇다 치고 너까지 설득해 내다니. 이봐, 카이트. 이렇게 된 이상 솔직하게 말해 보자. 네가 꽃의 기사가 된 이유도 다…… 그녀에게 협력하기 위해서라고 들었는데. 진짜인가?"

"그래. 지금 북쪽에는 하루가 멀다 하고 마물들이 출몰하고 있어. 안 그래도 거주민이 적은데, 이제는 신하들마저 떠나갈 지경이지."

카이트는 그러면서 바인에게 냉소 띤 미소를 지어보였다. 그것이 이 나라 군대의 수장으로써 임무를 게을리 한 자신을 향한 조소라는 걸 눈치챈 바인이 슬쩍 눈길을 돌렸다.

"그러던 찰나에 이 여자를 만났다. 그녀가 말하길 자신이 떠나면 마물들도 소멸될 거라고 장담하더군. 그러니 당연히 협조할 수밖에."

말을 마친 카이트가 잔에 든 것을 단숨에 쭈욱 들이켰다. 그러자 저 멀리 서 있던 신하가 재빨리 종종걸음으로 다가와서 또다시 음료를 채워 주었다.

"아무튼 그래서 나는 마물을 없애주는 조건으로 그녀와 계약을 하기로 한 거다. 본인은 원래 다른 세계에 있었던 사람이고 반드시 이 성에 와야 하는 이유가 있다는 얘길 처음 들었을 때는 미친 소리인 줄로만 알았지."

물론 이야기에 어느 정도의 과장은 필수였다. 의심을 줄여주기 위해서였다.

"흐음. 하지만 나의 성에 순순히 들어오지 못할 것 같으니까 꽃의 기사를 이용한 거군. 그나저나 마물의 습격이라니, 폐하에게 어째서 그 사실을 보고 하지 않았지? 황궁 기사단은 이 나라에서 제일 용맹하면서도 유일하게 내 명령을 듣지 않는 자들인데 말이야."

하지만 카이트는 그런 보고를 할 수 있는 위치가 아니었다. 게다가 만약 황제가 알게 된다면 그는 직접 군사를 출동시켜 아들의 영지를 쑥대밭으로 만들지 모른다.

바인은 그걸 잘 알면서도 일부러 그렇게 말했다. 일종의 책임 면피였다. 나약하고 겁 많던 한선호 대리는 이제 온데간데없이 사라진 듯했다.

"거긴 어째 주인이나 땅이나 늘 그렇게 문제투성이인지."

그뿐 아니라 짐짓 걱정이라는 듯 쯧쯧 혀를 차기까지.

윤수는 화를 참으며 잔에 든 것을 벌컥 들이켰다.

"크으."

순간 저절로 기침이 튀어나왔다. 얼굴이 삽시간에 벌겋게 달아올랐다. 컵에 담긴 건 술이었다. 그것도 증류주로 추정되는 몹시 독한 술.

황족들은 아침부터 이런 걸 마시는 건가?

또다시 시종이 쪼르르 달려와 그녀의 빈 잔에 술을 채워주려 했다. 그걸 거절하려던 손짓이 허공에서 멈췄다.

제게만 들리도록 은밀하게 속삭인 바인의 말 때문이었다.

"맛이 아주 훌륭하지? 원래 세계에서라면 돈이 있어도 구할 수가 없는 술이지. 사양하지 말고 마음껏 마셔."

그랬다. 바인은 지금 저를 주류 회사의 신입 직원이라고 생각하고 있다는 걸 잠시 잊을 뻔했다.

"네에. 정말 그러네요."

윤수는 최대한 미간을 찡그리지 않도록 조심해 가며 또다시 그 독한 술을 한 방울도 남김없이 마셨다. 처음에는 식도가 타는 것 같더니 어느새 속이 뜨끈해지는 게 꽤나 기분이 좋다. 그런 윤수를 바라보며 바인은 알 만하다는 듯 웃었다. 그러고는 카이트를 향해 이야기를 이어 나갔다.

"그래. 나라면 이 여자를 원래 세계로 돌려보내주는 것 따위 식은 죽 먹기지. 뭐, 황족으로서 어려움에 처한 자를 돕는 것은 당연한 일 아닌가. 다만 어떻게 보낼 수 있는지는 나만의 위대한 능력이다. 그러니 그 방법에 대해서는 관심 갖지 말아라. 괜한 호기심을 지녔다가는 큰코다칠 테니."

뭐?

머리가 핑핑 도는 와중에, 그의 목소리가 또렷하게 귀에 꽂혔다.

지금 분명 바인이 저를 도와주겠다고 말했다. 그렇다면 드디어 지하 카브를 열어주기로 결심한 걸까?

윤수는 제 귀를 의심했다.

"그런데 말이다, 카이트."

하지만 바인의 말은 아직 끝난 게 아닌 듯싶었다.

"내가 그녀를 도와주는 건, 어디까지나 나와 이 여자 사이의 일이다. 그렇지?"

"그런데?"

"그러므로 너와 나 사이의 약속은 별개로 쳐야 옳지 않겠나."

그가 또다시 뜻 모를 말을 꺼냈다.

대체 무슨 소리를 하려고 저러나 싶어 귀를 쫑긋거릴 때였다.

"마물은 확실히 이 나라의 큰일이긴 하지. 하지만 어제 나타난 마물은 이 여자가 불러낸 거였어. 그 흉물들은 원래 이 동쪽까지 내려오는 놈들이 아니니까."

카이트는 연거푸 잔을 비웠다. 어느새 술이 바닥을 드러내자 시종이 새로운 병을 들고 왔다.

"즉, 이 여자만 아니면 어차피 마물은 노르덴 숲에나 갇혀 사는 놈들이다. 그런데 내가 그녀를 집으로 보내준 덕분에 놈들이 자취를 감춘다고 치자. 그 말인즉슨, 내가 너를 위해 대신 마물들을 소탕해 준 셈이 되지 않느냐."

윤수는 그제야 바인이 한 말의 뜻이 조금씩 이해되기 시작했다. 하지만 섣불리 믿을 수가 없었다.

설마설마하는 마음 때문이었다.

"그러니까 나도 득 본 만큼의 대가를 치러야 한다는 말이로 군."

카이트의 말을 들으니, 역시 제가 이해한 게 맞는 것 같았다. 어쩐지 바인이 너무 순순히 동의한다 싶었다. 하지만 아무리 그래도 제가 제안한 것을 담보로 잡고 카이트에게 무언가를 역제안할 줄은 몰랐다.

이건 치사해도 너무나 치사한 발상이었다.

독한 술 향기와 함께 분노가 치밀어 올랐다. 하지만 차마 티를 낼 수는 없으니 윤수는 그저 목구멍으로 계속해서 술을 흘려 보낼 뿐이었다.

"그래, 내가 뭘 해 주면 좋지?"

카이트가 순순히 대답하자 바인이 한결 기분이 좋아졌다는 듯 씨익 웃었다.

"역시 이럴 때 보면 얄미우리만치 머리가 좋은 녀석이라니까. 뭐, 안심해. 내가 그래도 명색이 형인데, 너한테서 뭐 그렇게 큰 걸 바라는 게 있겠냐. 게다가 너는 별로 가진 것도 없고."

"조건만 짧게 듣지."

"우리가 비록 지금은 남남보다 못한 사이가 되어 이렇게 데면데면 지내고는 있지만 그래도 형제지간 아니냐. 마침 지금은 에른테페스트 축제 기간이니…… 으음, 그래. 이 축제가 끝나고 기사단에서 여는 투루니어 경기에 네가 나와 주면 참 좋겠는데 말이야."

"나보고 투루니어 경기에…… 참가하라고?"

카이트는 저도 모르게 힘주어 주먹을 쥐었다.

"그래. 네가 참전하는 건 퍽 오랜만이지? 부담 가질 필요는 없다. 그저 친선 경기라는 건 너도 잘 알 테지? 만약 우리 둘이 좋은 승부를 겨룰 수 있다면 기사들의 사기가 얼마나 높이 올라가겠느냐. 네가 그 경기에 나와 준다는 조건하에 이 여자가 원하는 것을 들어주겠다."

"하지만 그걸 어떻게 믿지? 만약 약속을 어긴다면……."

"이봐. 나도 내 성이 마물들에 의해 쑥대밭이 되는 건 원치 않는다고. 저 여자가 날 얼마나 협박했는지 아냐? 그러니 걱정하지 말고 경기가 끝난 다음 날 내 앞으로 그녀를 데리고 와."

그 이야기가 오고 가는 사이. 윤수는 가만히 앉아서 어금니를 있는 대로 물고 있었다. 그렇게라도 하지 않으면 화가 폭발해버릴 것 같기 때문이었다.

투루니어 경기.

그것은 페어라셴에서만 열리는 독특한 마상(馬上) 경기였다. 그리고 그 경기에 있어 이 나라 제일의 일인자는 바로 2황자 바인이었다. 물론 바인을 그렇게 만들어 준 사람이 누구인지는 더 이상 말할 필요도 없었다.

*　　*　　*

"이 나쁜 자식!"

그렇게 외치며 윤수는 다시 한 번 벽을 향해 거세게 주먹을 날렸다.

퍼억.

둔탁한 소음이 벽 위로 울렸다.

"……!"

동시에 그녀는 곧바로 손목을 부여잡고 몸을 파들파들 떨어댔다.

"쯧쯧. 술주정 한번 요란하군."

이리저리 휘청거리는 몸을 카이트가 뒤에서 받쳐 주었다. 물론 조금 취했는지 모른다. 하지만 지금은 취하든 취하지 않든 간에 이 뻗쳐오르는 화를 주체할 수가 없었다.

"하지만 투루니어 경기라니요……."

곤란한 얼굴을 하며 말끝을 흐린 건 곁에 있던 페라트도 마찬가지였다.

"내가 가만 안 둘 거야, 바인 자식. 두고 보자!"

그렇게 외치며 씩씩거리고 있는데 갑자기 몸이 공중으로 확 들렸다.

"꺅?!"

저를 마치 모래 자루처럼 짊어진 건 카이트였다.

"정신 사나워 죽겠군."

그는 사지를 파닥이며 반항하는 그녀의 몸을 가볍게 제압한 채, 그대로 침대 곁으로 뚜벅뚜벅 걸어갔다.

그러고는 털썩 소리가 나도록 침대 위로 내려놓았다.

"지금 네 얼굴이 얼마나 붉은지 거울은 봤나? 대체 술은 왜 그렇게 마셨어?"

"마시기는, 네가 더 많이 마셨는데…… 내가, 왜…….."

윤수는 그렇게 말하며 다시 몸을 일으키려고 했다.

그런데 이상한 일이었다. 정말 머리가 빙글빙글 돌더니, 마치 몸이 침대 아래로 녹아내리는 것 같은 기분이 들었다.

"카이트 님, 그런데 정말 괜찮으시겠습니까. 갑자기 투루니어 경기를 치르자는 그, 2황자님의 의도가…….."

어느새 차가운 물수건을 가져와서 윤수에게 건네며 페라트가 근심 어린 목소리로 물었다.

"의도는 뻔한 거 아닌가? 또 나를 망신당하게 하고 싶은 거겠지. 도른이 워낙 장기간 부재중인 탓에 기사단의 사기가 매우 낮아졌다고 들었다. 게다가 2황자의 통솔 능력에 불만을 지닌 자들도 늘어나고 있다고 하니, 이번 기회에 다시 한 번 자신의 입지를 탄탄히 하고 싶은 걸 거다. 본인이 가장 근사하게 돋보일 수 있는 무대를 만들어서 말이야."

"그렇습니다. 사실 그 경기는 그분이 거의 독주하다시피 하지 않습니까. 그러니 이건 명백히 카이트 님을 이용하려는 겁니다."

윤수는 뜨겁게 달아오른 눈자위를 꾹꾹 누르며 그들의 말을 가만히 경청했다.

투루니어 경기는 말을 타고 대략 한 시간 정도를 각종 장애물을 피해 달리는 시합으로, 페어라센 남자들이 가장 열광하는 오락 중 하나였다. 장애물은 튀어나온 나무뿌리부터 시작해 급류가 흐르는 거친 계곡이나 깊은 늪, 그리고 잘못 넘어지면 돌이킬 수 없는 부상으로 이어질 수 있는 험준한 암석 지대까지, 매우 여러 가지가 있었다.

그리고 바인은 이 경기에서 무려 8번이나 연달아 우승을 독식한 자였다. 바로 이것이 그의 인기의 원천이었다. 특히 기병대 기사들에게 바인은 거의 우상과도 같았다.

물론 카이트도 투루니어 경기가 아예 처음은 아니었다. 그도 딱 한 번 참가한 적이 있었다. 그리고 그 경기가 바로 2황자 바인이 3황자 카이트를 최초로 누른 사건으로 온 나라에 알려져 있었다. 매해 경기가 열리는 날이면 아직도 호사가들이 그때 일에 대해 입방아를 찧을 정도로 말이다. 그러니 카이트 본인에게는 인생에서 두 번 다시 겪고 싶지 않은 치욕스러웠던 경험으로 기억되고 있을 것이다.

당시 잘 나가던 3황자는 돌이킬 수 없는 실수를 저질러 말 위에서 굴러 떨어지고 말았다. 그는 결국 경기를 처음 참가하는 말단 기병에게까지 가볍게 추월당해 가장 꼴찌로 반환점을 돌았다. 덕분에 모든 귀족들의 웃음거리가 되었고 황실의 명예에 먹칠을 한 죄로 황제의 분노를 샀다.

물론 그때의 카이트는 아무것도 몰랐을 것이다.

일등으로 달리고 있다가 왜 갑자기 그런 일이 벌어지게 되었는지를.

……이제는 그 이유를 누구보다 잘 알고 있겠지만.

윤수는 꿀 먹은 벙어리처럼 입술을 가만히 다문 채 물수건으로 얼굴을 아프도록 문질렀다.

다시금 페라트의 걱정 가득한 목소리가 들려왔다.

"정말 참가하실 겁니까?"

"물론이다. 그 경기가 끝난 후 지하 카브를 열어주겠다고 약속했으니."

"……괜찮으시겠습니까?"

"…….."

하지만 그 질문에 카이트는 아무런 대답을 하지 않았다.

과거의 악몽 같은 기억이 그의 안에서 커다란 트라우마가 된 것이 틀림없었다.

"아무리 생각해도 이건 말이 안 돼!"

결국 차오르는 울분을 견디지 못하고 윤수가 오뚝이처럼 발딱 상체를 일으키며 외쳤다. 그녀는 다시 한 번 바인을 만나 그를 설득해볼 셈이었다. 그편이 카이트를 또 희생양으로 끼어들게 하는 것보다는 훨씬 낫다고 생각했다.

"왜 말이 안 되지? 바인은 원래 그러고도 남을 자다."

그녀의 곁에 다가온 카이트가 다정한 목소리로 말을 건넸다.

"내가 아무래도 너무 겁을 덜 준 모양이야. 네게 감히 그런 꼼수를 쓰려 했던 걸 눈물을 흘리며 철회하도록 만들어 주겠어."

하지만 윤수는 뿌드득 소리가 날 정도로 이를 갈았다. 그녀는 정말로 단단히 화가 나 있었다.

"내 생각은 좀 다른데 말이지. 이왕지사 말이 나왔으니 사실 나는 바인이 내게 그런 제안을 해준 걸 고맙게 생각하고 있다."

"뭐?"

"사실은 나 역시 언젠가는 줄곧 되갚아 주고 싶었거든. 그러니 부디 내게서 복수할 기회를 빼앗지 말아 주었으면 한다."

윤수는 어질거리는 고개를 번쩍 치켜들었다.

"이제 그만 잠을 좀 자는 게 낫겠군. 아직도 네 얼굴에 술기운이 가득하다."

카이트는 더 이상 아무런 말도 해주지 않았다. 다만 여전히 부드러운 미소를 띤 채 장난스러운 손길로 윤수의 머리를 마구 헝클어뜨렸을 따름이었다.

막상 2황자와의 이야기가 그렇게 흘러가자, 갑자기 할 일이 거짓말처럼 사라지고 없었다.

덕분에 그녀는 거의 하루 종일 푹 숙면을 취할 수 있었다. 아침에 먹은 술은 진즉 깬 지 오래고, 막사로 가 봐도 할 일이 없었다. 오늘만큼은 모든 병사들에게 자유 시간이 내려진 모양이었다.

아마도 축제를 즐기라는 상부의 배려일 것이다.

물론 미쉘을 비롯한 몇몇 병사들은 윤수와 함께 시간을 보내길 바랐지만, 정작 그녀는 그것보다는 다른 게 하고 싶었다. 하릴 없이 이 흘러가는 소중한 시간들을 함께 보내고 싶은 사람이 따로 있는 탓이었다.

"일어났군."

괜히 방문 앞에 서서 복도의 좌우를 기웃거리는데 마침 맞은편 방에서 카이트가 걸어 나왔다.

"벌써 저녁인데, 배고프지 않은가?"

윤수는 고개를 붕붕 저으며 대답했다.

"아니 전혀. 사실 아까 중간에 도리스가 해장 스프를 가져다줘서 그걸 먹고 잤더니……."

그러자 카이트가 팔짱을 낀 채 문 기둥에 기대어 서서 나지막이 웃었다.

"그래? 가끔 보면 참 신기하단 말이야. 그렇게 새 모이만큼 먹고 어떻게 그리 쌩쌩 검을 다룰 수가 있지?"

그의 미소를 보자 윤수는 또다시 심장이 뛰었다.

그러다 문득 요 근래 제 앞에서 유독 이상하게 굴던 그의 행동들을 떠올렸다.

"할 말이 있어서 왔다."

"사실 그동안 줄곧 전하고 싶은 말이 있었다."

대체 무슨 이야기를 그토록 뜸을 들이고 있는 걸까?

윤수의 마음속에도 이루 말할 수 없는 궁금증이 차올랐다. 하지만 복도에는 여전히 많은 하인들이 바삐 지나다니고 있었다. 지금 여기 서서 이야기를 나누는 것은 어쩐지 조금 멋이 없었다.

벽에 나 있는 창문으로 쉼 없이 바람이 불어왔다. 그리고 그 바람을 타고 저 멀리서 와자지껄한 웃음소리가 함께 새어 들었다.

에른테페스트 축제도 벌써 슬슬 종반을 향하고 있었다.

이제 공식적으로 남은 것은 전야제 때 열리는 무도회였다.

축제의 대미를 장식하는 그 행사에 참석하는 손님들의 명단도 이미 다 정해진 상태였다.

운켄트니스 황제와 1황자 오튼은 아쉽게도 불참을 밝혀 왔고, 대신 카이트의 어머니인 라우브루스트와 막내 프롤라인 황녀가 참석하겠노라고 전했다. 이것이 바로 막상 떠날 때가 되니 아쉬우면서도 그녀의 가슴이 여전히 긴장 반, 설렘 반으로 두근거리는 이유였다. 하지만 그것과는 별개로 지금 이 순간 윤수에게는 가장 큰 섭섭함이 하나 있었다.

그건 바로 카이트와 제대로 된 데이트다운 데이트 한 번 못 해 봤다는 거였다. 물론 이제 와서 너무 속 편한 소리를 하는 것일지는 몰라도, 그래도 즐거운 추억 하나쯤은 안고 돌아가고 싶었다. 두고두고 떠올릴 수 있도록.

"왜 그러지? 무언가 무척 아쉬워하는 얼굴인데."

늘 그녀의 일거수일투족을 살피던 카이트인지라, 윤수가 무언가 잔뜩 울상을 하고 있다는 것을 금방 깨달았다.

그런데 정말 이런 이야기를 꺼내도 될까?

만약 황족의 품위를 해친다고 생각해서 거절당하면 어떡하지?

"축제 구경을 하고 싶어."

그런데 미처 생각을 다 하기도 전에, 망할 입술이 먼저 움직여 버렸다.

"축제 구경?"

그가 한쪽 눈썹을 치켜세우며 의외라는 듯 되물었다. 그러더니 이내 웃으면서 대답했다.

"그러지. 그러고 보니 내내 성안에만 있어서 갑갑했겠군. 가서 페라트를 불러오겠다. 그래, 네가 좋아하는 도리스도 같이……."

그런 이야기를 하면서 분명 어딘가 이 근처에 있을 페라트를 찾기 위해 고개를 두리번거릴 때였다. 얼굴을 잔뜩 붉히고 서서, 자신의 옷소매 끝자락을 손으로 잡아당기고 있는 그녀가 보였다. 그가 왜 그러느냐고 묻기 전에, 윤수가 먼저 선수를 쳤다.

"두, 둘이서만. 안 될까?"

"갈까?"

그가 다시 한 번 후드를 깊숙이 눌러쓰며 다정하게 물었다.

윤수가 고개를 끄덕였다.

늘 입고 있었던 병사 제복을 벗어던진 그녀는 오랜만에 프릴이 잔뜩 달린 블라우스와 치마를 입고 있었다. 물론 그다지 특별하지 않은, 그냥 이 나라 여자들이 일상적으로 입는 평상복에 가까운 옷이었지만 그것만으로도 한결 기분전환이 되었다.

하지만 문제는 역시 카이트였다. 아무도 알아보는 사람 없는 윤수와는 달리 이곳에서 그는 너무나 유명 인사였다. 게다가 그 머리카락 덕에 저 멀리서도 눈에 뜨일 정도니, 머리끝부터 발끝까지 죄다 가릴 수밖에 없었다.

그는 정강이까지 내려오는 검은색의 긴 로브를 입고 있었다. 게다가 거기에 달린 후드까지 뒤집어쓰니, 마치 건장한 수도승처럼 보인다. 그들은 막사가 잔뜩 세워져 있는 뜰을 가로질러 성문 쪽으로 걸어갔다.

저 멀리서 그녀를 알아본 병사 몇몇이 알은체를 했다.

"누구지?"

"응?"

"저기."

그는 잔뜩 미간을 찌푸린 채 턱으로 어딘가를 가리켰다.

그곳에는 큰 소리로 저를 부르며 반갑게 마구 손을 흔들고 있는 한 남자가 있었다.

"어이, 검사님! 검―사―님! 어디 가요!"

남자치고는 하얀 피부에 마치 탈색한 것처럼 샛노란 금발, 장난기 가득한 음성.

분명 제가 만든 레위니옹에서 만났던 남자였다.

"어, 그러니까, 옆 분대 병사인데. 바이스 분대 소속이라고 했던가? 아무튼 이름이 프…… 프레드릭. 어, 아닌데. 프……프…….'"

이름을 생각해내기 위해 안간힘을 쓰고 있는 그녀의 말을 자르며 그가 물었다.

"흠. 바이스 분대라고?"

"응. 그렇다고 했어."

그러자 그가 기다렸다는 듯 거칠게 눈살을 구겼다.

"바이스 분대면 검사인가. 하, 저런 놈까지 검을 들고 설치다니. 정말 형편없군."

그는 왜인지 몹시 기분이 나빠 보였다. 혹시 면식이 있는 자인가 싶어 윤수가 물었다.

"네가 아는 사람이야?"

"아니. 모르는 자다."

……모르는 사람을 왜 욕 해?

하지만 윤수는 그렇게 되묻는 대신 어딘가를 바라보며 얕게 탄성을 질렀다.

"우와."

성문 근처에 몰려 있는 엄청난 사람들 때문이었다. 자칫하면 휩쓸릴 수도 있을 것 같은 엄청난 인파였다.

홀로 떨어진 섬처럼 우뚝 서 있는 카이트의 성은 길고 커다란 돌다리를 건너와야 비로소 성문 앞에 다다를 수 있지만, 바인의 성은 달랐다. 그의 성 앞은 바로 커다란 대로였는데, 그 대로는 곧바로 광장까지 이어진다고 했다.

그들을 알아본 문지기가 철컹거리는 소리를 내며, 대로가 시작되는 지점에 둘러져 있는 두꺼운 쇠줄을 풀어 주었다. 물론 평소에는 그런 것을 설치하지 않지만, 축제 때만큼은 예외였다.

기본적으로 크고 험상궂은 문지기들이 여럿 지키고 있어서 함부로 성 안으로 발을 들여 놓을 수는 없지만, 그 앞에는 성을 구경하려는 사람들이 구름처럼 몰려 있었다. 물론 바인 황자가 따로 정한 개방일에는 일반인들도 얼마든지 성 안을 구경할 수 있으나, 그날 방문자 예약을 잡기란 그야말로 하늘의 별 따기였다. 몇 년씩이나 걸려 겨우 한 자리 획득할 수 있었다는 사람들이 부지기수였으니 말이다. 따라서 이런 축제 때면 언제나 조금 더 가까이에서 성을 구경하고자 하는 사람들로 늘 성문 앞은 인산인해를 이루었다. 카이트는 나가면서 문지기에게 문 개방 시간을 확인했다.

"오늘 성문은 늦게까지 열려 있나?"

"그렇습니다. 내일 아침 6시부터 6시 30분까지, 딱 30분간의 교대식을 제외하면 줄곧 열려 있을 예정입니다."

그가 그렇게 대답하자 카이트가 고개를 끄덕였다.

그러고는 윤수를 향해 씩 웃으면서 이렇게 말했다.

"잘됐군. 내일 아침까지 열려 있다고 하니 밤새 들어오지 않아도 괜찮겠어."

"바, 밤새 안 들어와?"

뜬금없는 카이트의 말에 윤수가 저도 모르게 말을 더듬었다. 하지만 그는 되레 이상하다는 듯 어깨를 으쓱하며 대꾸했다.

"이 근처의 상점들은 모두 아침까지 영업을 할 테니까. 게다가 새벽에만 열리는 경매 같은 것도 있어서 볼거리가 많지."

"아, 그렇구나……."

윤수는 관자놀이 부근을 긁적이며 계속해서 걸음을 옮겼다.

문 밖으로 나서자 그 주위는 성을 구경하려는 사람들과 그들 사이에서 물건을 파는 사람들로 일대 혼잡을 이루고 있었다. 일행들과 함께 삼삼오오 모여 성의 아름다운 첨탑 위를 손으로 가리키며 감탄을 내뱉는 자들도 있었고, 성을 배경으로 한 풍경화를 팔고 있는 화가들도 심심치 않게 보였다.

그리고 그 사이사이, 시원한 음료수나 캐러멜 같은 것을 파는 행상들이 발 빠르게 지나다녔다. 특히 성문 앞과 그 주위의 성벽 일대는 일명 가장 목이 좋은 지역이었다.

물론 시가지의 중심부는 광장 쪽이었지만, 성 근처는 오고 가는 돈의 단위가 달랐다. 많은 귀족들이 들락날락하는 터라 유독 씀씀이가 큰 손님들이 많기 때문이었다.

따라서 그 자리를 선점한 것은 그들을 위한 고급 상점들이었다. 번쩍거리는 보석과 화려한 구두, 그리고 장인이 조합한 향수 같은 것을 파는. 그런 상점들이 밀집해 있는 거리는 따로 조성되어 있을 테지만 축제 때만큼은 고객을 위해 따로 작은 임시 점포를 열기도 하는 모양이었다.

"흠, 이동식 명품 상점이라는 건가? 아이디어 좋네."

세상 무엇 하나 신기하지 않은 게 없는 윤수는 연신 혼잣말을 중얼거렸다.

"뭐라고 그랬지?"

"아, 아무것도 아니야."

길로 나아가면 나가갈수록 점점 더 거리는 혼잡해졌다.

여기저기 소리를 지르며 뛰어다니는 아이들과 그들의 부모들, 그리고 벌써부터 술에 취해 비틀거리는 사람들도 있었다. 테라스가 열려 있는 레스토랑은 빈자리가 없을 정도로 손님들로 가득했고, 주먹만 한 마들렌을 판매하고 있는 어느 좌판 앞에는 그것을 사기 위해 긴 줄의 행렬이 생겨난 상태였다.

"대단한걸."

그 풍경들을 바라보던 카이트의 입에서도 순수한 감탄이 터졌다.

"뭐가?"

"엄청난 축제야."

"에이, 꼭 처음 보는 사람처럼."

"처음 보는 거니까."

가볍게 웃으면서 던진 이야기인데 또 무거운 대답이 돌아왔다. 그녀가 신경 쓰고 있는 것을 알았는지 카이트가 황급히 부연 설명을 곁들였다.

"어릴 때는 하루에 만나야 하는 가정교사가 거의 열 명에 달했지. 그 수업만으로도 일주일이 모자랐다. 심지어는 주말에도 수업이 있을 정도였어."

윤수는 이해했다는 듯 고개를 끄덕였다.

생각해 보면 황족이었으니 그가 일반 사람들과 똑같이 쉬고 놀 수 없는 건 당연한 일이었다. 게다가 당시의 카이트는 황제의 기대를 한 몸에 받는 똑똑한 영재였으니, 그를 위해 황실이 마련한 수업은 실로 어마어마했을 것이다.

그리고 그 후에는 뭐.

황국의 수치로 불리는 황자가 군중 속을 누비며 여유롭게 축제 구경을 할 수는 없었을 테지.

"와, 그런데 이 속도로 언제 광장까지 가지? 오늘 안으로 도착할 수나 있을까?"

그녀는 일부러 밝은 목소리로 화제를 돌렸다. 그만큼 사람이 많았다. 게다가 혼자서 유난히 체구가 작으니, 그녀는 살짝 부딪치기만 해도 몸이 뒤로 밀렸다.

방금 전에도 잔뜩 들뜬 젊은 아가씨와 어깨를 부딪쳤다.

그녀는 아무렇지도 않게 '어머, 죄송합니다' 하고 그대로 걸음을 옮겼으나 윤수는 두 다리가 또 휘청거리고 말았다.

"이렇게 많은 사람들 사이에 놓고 보니 정말 굉장히 작군."

"아니래도! 내가 누누이 말했잖아. 여기 사람들이 놀라운 거라고. 일반인조차 저 키에 저 다리 길이를 지니고 있다니, 아무튼 진짜 순 사기 캐릭터들뿐이라니까."

그녀의 항의에 카이트가 작게 웃었다. 그러고는 그녀의 손을 잡고는 자신의 뒤로 쓰윽 잡아당겼다.

"어어?"

"가자. 이러면 적어도 사람들한테 부딪쳐서 비틀대진 않겠지."

그의 말대로였다.

그의 넓은 등 뒤는 그녀를 다 가리고도 넉넉할 정도로 공간이 남아서 매우 여유롭고 또 아늑하기까지 했다.

또 심장이 콩닥콩닥 뛰었다. 윤수는 뒤에서 고개를 끄덕이며 다시 한 번 그의 손을 힘주어 잡았다.

"후우."

탁 트인 넓은 광장으로 나오니 그나마 한결 숨쉬기가 편했다. 시원스레 뿜어지는 분수를 바라보고 있자니 마음속에도 청량감이 솟아올랐다. 커다란 벤치에 앉아 멍하니 위로 쭉쭉 뿜어지는 물줄기를 구경하고 있는데, 카이트가 물었다.

"저것도 먹고 싶은가? 사 가지고 오지."

"뭐?"

그제야 퍼뜩 정신을 차려 보니, 분수대 근처에 커다란 사과 파이를 팔고 있는 장사꾼이 돌아다니고 있었다.

윤수는 고개를 마구 도리질 치며 성급히 몸을 일으키는 그의 로브를 마구 잡아당겼다. 그러면서 자신의 옆에 주욱 늘어놓은 예닐곱 개의 꾸러미를 손으로 가리켰다.

"지금 여기 들어 있는 게 뭔지 잊은 건 아니지? 이것도 다 어떻게 먹어야 할지 걱정인데, 이제 그만 사줘도 돼. 나 진짜로 배부르단 말이야."

하지만 그는 기어코 가서 두꺼운 책만 한 사과 파이를 세 덩이나 사왔다.

도리스에게 선물로 가져다주면 되지 않느냐면서 말이다.

아까부터 카이트는 쭉 이런 식이었다.

윤수가 무언가를 구경하거나 쳐다보고 있으면, 그게 무엇이든지 간에 거기 있는 것을 전부 사서 안겼다. 덕분에 그녀는 축제에 나와 있는 먹거리들을 골고루 맛볼 수 있었다. 물론 대부분 굉장히 맛이 좋았다.

만약 배가 고팠더라면 이 사과 파이도 앉은 자리에서 게 눈 감추듯 전부 먹어치웠을 것이다. 하지만 지금은 정말로 배가 터지기 일보 직전이었다. 숨을 쌕쌕 내쉬면서 그녀는 카이트가 건네는 물을 받아 꿀꺽꿀꺽 마셨다.

"아무튼 이제 정말로 그만 사. 앞으로 당분간은 밥 대신 이 빵과 과자들을 먹어야겠네."

"하루면 다 먹을 수 있지 않을까?"

"뭐?"

"가끔 보면 식사를 다 마치고도 도리스랑 둘이서 커다란 케이크 한 판을 마치 굶은 사람처럼 먹어치우던데."

요즘 카이트는 윤수를 놀리는 것에 재미를 붙인 게 틀림없었다. 그걸 알면서도 즉각 항의가 튀어나왔다.

"내, 내가 언제?"

그렇게 투덕거릴 때였다.

그녀의 앞에 웬 꼬마가 조촘거리며 다가왔다.

한 대여섯 살쯤 되었을까? 뺨과 배가 통통하니 아주 귀엽게 생긴 꼬마였다. 호기심이 가득한 갈색 눈을 한 이 아이는 아까부터 밤톨 같이 생긴 머리를 갸웃거리며 그들 주위를 왔다 갔다 하던 녀석이었다.

"넌 뭐지?"

카이트가 무뚝뚝한 목소리로 묻자, 아이는 순식간에 겁먹은 표정으로 그 자리에서 오도카니 멈춰 섰다.

"꼬마야, 너 부모님 어디 계셔?"

"저, 저기요."

윤수의 질문에 아이는 손을 들어 분수대 뒤편을 가리켰다. 고개를 빼고 그곳을 보니, 또 다른 아이 두 명을 안고 있는 젊은 부부가 보였다.

"다행히 미아는 아닌가 보네."

그녀는 땀이 촉촉하게 배어난 아이의 말랑말랑한 뺨을 살짝 쓰다듬으며 웃었다. 그러자 꼬마는 그제야 용기가 생겼는지 폴짝폴짝 뛰며 그녀의 무릎에 매달렸다.

그 모습에 카이트가 저도 모르게 눈살을 찌푸렸다.

"후……."

결국 그는 옅은 한숨을 뱉으며 후드를 더더욱 깊숙이 눌러 썼다. 미쳐도 단단히 미친 것 같았다.

저런 쥐톨만 한 녀석한테까지 질투를 느끼다니…….

"와, 너 아주 붙임성이 좋은 녀석이로구나."

하지만 그런 카이트의 마음을 알 길 없는 윤수는 아이의 머리를 쓰다듬어 주며 웃었다.

"저기요, 저기요!"

"응?"

"호, 혹시 검사님이세요?"

그녀는 그제야 아이가 왜 자꾸 제 주위를 맴돌았는지 눈치챌 수 있었다. 그녀는 프릴이 달린 치마를 입고 있었지만, 옆에는 여전히 검을 차고 있었다. 사실 이건 요즘 페어라센에서는 꽤나 유행인 차림이었다.

물론 길고 치렁치렁한 드레스 옆으로 삐져나온 검은 좀 보기 이상하지만, 대부분의 여검사들은 이런 평상복에도 아무렇지도 않게 검을 차고 다녔다. 심지어 치마용으로 제작된 검 허리띠마저 인기리에 팔리고 있으니 더 말해 무엇하랴. 물론 이 모든 것은 전부 도른이 유행시킨 거였다.

"검사님이죠, 그죠! 검사님 맞죠?!"

"그래, 맞아."

그러자 아이가 흥분하여 소리쳤다.

"우와아아아! 이거 한 번만 만져 봐도 돼요?"

윤수가 고개를 끄덕이며 허락하자 아이는 경탄이 가득한 눈길로 그녀의 화려한 검집을 조심스레 쓰다듬었다.

"저도 나중에 커서 꼭 검사가 될 거예요!"

"그래, 열심히 해라, 짜식."

마치 우상이라도 만난 듯 팔짝팔짝 뛰는 꼬마가 귀여워서 아이의 머리를 한 번 더 쓰다듬어 줄 때였다.

"그런데 검사님은 누구 편이에요!?"

"응?"

그게 무슨 소리인지 헷갈려 잠시 고개를 갸웃할 때였다.

"누구를 위해 일하는 검사냐고 묻는 거다. 어느 소속이냐는 거지."

관심 없는 척했지만 그들의 대화를 다 듣고 있었던 카이트가 끼어들었다.

"아."

그제야 꼬마의 말을 알아들은 윤수가 의기양양한 표정으로 대답했다.

"이 누나는 말야, 바로 3황자 아인젠카이트 님 소속이지!"

"……네?"

그런데 그 순간 꼬마의 얼굴이 일그러졌다.

"이런. 또 울겠군."

그 모습을 보고 카이트가 나지막이 중얼거렸다.

아니나 다를까.

"으, 으흐……윽."

아이는 눈물을 그렁그렁 매단 채로 잠시 끅끅거리더니.

"으아아앙!"

이윽고 큰 소리로 울음을 터뜨렸다. 그러고는 그대로 몸을 돌려 제 엄마가 있는 곳으로 뛰어가 버렸다.

"엄마, 어어엉! 엄마!"

"왜 그러니, 에딘? 혹시 넘어졌니? 어머, 다친 곳은 아무 데도 없는데? 괜찮아. 울지 말렴, 뚝!"

빼액 악을 쓰며 울어 대는 꼬마와 그런 녀석을 달래는 젊은 부인의 목소리가 들려왔다.

"내 이름만 들으면 이 나라 애들은 십중팔구 다 울어."

그는 벤치에 등을 기댄 채 긴 다리를 꼬고는 큭큭대며 웃었다.

윤수는 그저 콧잔등을 손으로 쓱쓱 문질렀다. 하지만 너무나도 머쓱해진 이 기분을 감추기엔 역부족이었다.

*   *   *

그들은 원 없이 걷고, 또 원 없이 축제를 구경했다.

둘이서 이런 소소한 것들을 공유하는 건 처음 있는 일이었는데, 생각보다 시간이 너무 빠르게 흘러서 깜짝 놀랐다.

서로 많은 이야기를 나눴고, 또 그만큼 웃었다.

손도 줄곧 잡고 있었다.

하지만 윤수는 무언가가 조금 모자라다고 생각했다.

데이트는 데이트인 것 같은데, 왜 자꾸만 마음 한구석이 허전할까?

정말 이런 추억만으로 충분한 건가?

그러던 찰나, 그녀의 눈에 희한한 구조물이 들어왔다.

이런 시가지 한복판에는 어울리지 않는 크고 작은 나무로 이루어진 작은 숲 같은 게 우뚝 서 있었다.

"저게 뭐야?"

그쪽을 바라본 카이트가 반갑게 외쳤다.

"아아, 이어가르텐이군. 저건 오랜만인데."

"이어가르텐?"

"그래. 미로놀이야. 저것 역시도 아이들이 좋아하지."

그는 그렇게 말하면서 그쪽으로 성큼성큼 다가갔다.

입구마저도 꽤나 큰 수목원의 초입 같았다. 그 앞에 작은 테이블을 놓고 표를 파는 사내가 있었다.

"흐음. 손님은 보아하니 최상급자용으로 가서야 할 것 같구려. 어쩐다. 지금 최상급자용은 수리 중인데."

남자는 카이트의 큰 키를 흘끗 보더니 그렇게 말했다.

"다른 곳은 없습니까?"

"아, 물론 있긴 있지요. 초보자용부터 중상급자용까지 골고루 있답니다. 하지만 손님은 키가 워낙 커서 최상급자 아래로 가면 덤불 위로 고개가 쑥 나올 거요. 명색이 이어가르텐인데 그 구불구불한 미로가 다 보이면 무슨 재미야?"

그러고 보니 들어가는 여러 입구마다 나무의 모양과 종류가 다 달랐다. 허리 근처까지 오는 철쭉 넝쿨부터 시작해서 웬만한 성인 남성의 키를 훌쩍 넘는 나무까지, 연령과 수준을 고려해 만들어 놓은 미로들이 몇 군데씩 문을 열어놓고 성업 중이었다.

"그렇군. 사실 굳이 미로놀이를 즐기려 한다기보단, 이어가르텐이라는 곳을 처음 와 보는 일행이 있어서."

카이트는 그러면서 윤수를 쓰윽 가리켰다.

"그러면 더 제대로 재미를 느끼고 돌아가야지!"

남자는 잠시 고민하더니 붉은 색깔의 표를 두 장 건넸다.

"에이, 좋아. 인심 썼다. 내 특별히 손님만 들여보내주겠소. 사실 수리 중인 건 중앙 지점 근처 한 곳뿐이거든. 그쪽으로 가면 벽이 두 개 정도 트여있어서 길이 좀 합쳐진 것처럼 보이긴 하지만, 그래도 즐기기엔 썩 나쁘지 않을 거요. 대신 원래 가격의 반만 내요. 아, 짐들은 다 여기에 맡기시구려. 나올 때 표를 반납하고 찾아가면 된다오."

"고맙소."

카이트는 예의 바르게 인사를 건네고는 표값을 지불했다. 그러고는 그녀의 손을 잡고 덤불로 우거진 아치형 문 안으로 성큼성큼 들어갔다. 어두컴컴한 통로를 빠져나가자, 두 사람 정도가 겨우 함께 지나갈 수 있을 만한 좁은 길 하나가 눈앞에 나타났다. 양 옆으로는 벽 대신 높은 나무들이 빽빽하게 들어차 있었다. 사방이 몹시 고요해 바깥의 소란이 마치 전부 다 거짓처럼 느껴졌다.

원래는 손님을 받으면 안 되는 코스라고 하더니, 정말 안쪽에는 사람이 단 한 명도 없었다.

미로에 들어서자마자 카이트는 답답했는지 뒤집어쓰고 있던 후드를 벗었다. 어둠 속에서도 숨겨지지 않는 그의 머리카락 색깔이 오늘따라 유독 붉었다.

"와, 되게 잘 만들었다."

안으로 들어서자 생각보다 복잡하고 촘촘한 구조에 윤수는 혀를 내둘렀다.

"이런 미로는 이 지역의 것이 가장 유명하지. 이건 축제를 위해 임시로 만든 거지만, 제대로 공들여서 만든 거는 거의 하나의 예술 작품 취급을 받을 정도니까."

"이게 임시로 만든 거라고?"

믿을 수 없다는 듯 되묻는 그녀의 손을 잡고 카이트는 거침없는 걸음으로 미로의 안으로 걸어 들어갔다.

좌측으로 꺾었다가, 또 우측으로, 그리고 다시 좌측으로.

"근데 지금 길은 알고 가는 거야?"

계속해서 안으로 깊이 들어가고만 있는 그를 향해 윤수가 불안한 얼굴로 물었다.

"아니."

"어, 나도 방향은 잘 안 보고 있었는데."

목소리에 곧바로 당황한 기색이 서렸다. 하도 자신 있게 발걸음을 옮기기에 저도 그저 멍하니 따라가기만 한 건데, 혹시 길을 잃지는 않을까 뒤늦게 염려가 되었다.

허둥거리는 그녀를 향해 카이트가 나직이 웃었다.

"뭐, 아침까지 못 나가면 관리자가 찾으러 오겠지."

그러고는 그렇게 밤새 둘만 있으면 더 좋지 않나, 하고 농담 반 진담 반으로 이야기하려다가 그만두었다.

그녀의 얼굴이 울상으로 변했기 때문이었다.

이제는 이 여자가 아주 약간 안색이 달라지는 것만으로도 안절부절못하게 된다.

"길 잃을 일은 없으니 안심해. 어릴 때 자주 놀았던 미로는 이것보다 열 배는 더 복잡했으니까."

"그래."

찡그린 미간이 풀어지자 비로소 안심이 되었다.

그는 다시금 열심히 걸었다. 아까부터 놓지 않고 계속 잡고 있는 그녀의 손의 열기를 의식하지 않으려 애쓰며. 그런데 아직도 어딘가 걱정에 잔뜩 잠식된 목소리가 들렸다.

"그런데 2황자와의 일이 이렇게 되어서 어쩌지."

"어쩌냐니. 그거라면 잘 풀려서 다행 아닌가?"

"결국 투루니어 경기에 나가게 생겼잖아."

그녀는 그게 못내 마음에 안 든 모양이었다. 그 이유가 왜인지도 알 것 같았다. 물론 별로 떠올리고 싶지 않은 기억이지만 이제 와서 딱히 숨길 생각은 없었다. 어차피 숨겨지지도 않을 테니 말이다.

"오랜만에 정식 경기에 출전하려면 최소 연습 시합이라도 해 봐야 할 텐데, 큰일이네…… 게다가 바인은 최다 우승자인 만큼 등장할 수 있는 대부분의 장애물을 모두 섭렵한 상태일 거 아냐. 이건 누가 봐도 너무 공정하지 못……."

"넌 내가 질 거라고 생각하나?"

카이트가 쉴 없는 그녀의 걱정을 잘랐다.

그 말에 깜짝 놀라 고개를 드니, 위로 슬쩍 치켜 올라간 그의 입가가 보였다.

윤수는 황급히 고개를 저었다.

"아니야. 나는 너를 믿어. 다만……."

"다만?"

"……."

요즘 들어 마음속에서 단 한시도 떠나지 않고 있는 남자가 더이상 좌절하지 않기를 바라는 마음. 오로지 그것만이 걱정이었다. 하지만 끝까지 말을 잇지 못하는 윤수에게 카이트는 알쏭달쏭한 이야기를 던졌다.

"함께 시합에 출전했을 당시, 바인에게는 꼭 나를 이겨야만 하는 절대적인 이유가 있었지, 안 그래?"

그 말에 윤수가 천천히 두 눈을 깜빡거렸다.

"그래. 당시에는 그가 주인공이었으니까 누구보다 활약이 돋보여야 했어. 그래서 차마 지게 할 수는 없었어……."

"그건 지금도 유효한 이야기인가? 이번 경기 역시 그가 반드시 이기지 않으면 안 되는, 아니, 내가 이길 수 없는 이유가 있다고 생각하나?"

윤수는 대답하지 못했다. 그런 그녀를 대신해서 카이트는 계속해서 조용히 말을 이어나갔다.

"만약 이것이 아무것도 정해진 흐름이 없는 이야기라면, 나는 절대로 지지 않는다. 오히려 처음으로 내 의지로 겨루는 승부를 할 수 있게 되어서 몹시 기쁠 정도야. 그러니 네가 미안해할 필요는 없다."

그의 말을 경청하고 있던 윤수의 가슴속에 놀랍게도 따뜻한 위로가 차올랐다.

그래, 생각해보면 실로 대단한 일이었다. 그는 계속해서 불행

한 일들로만 점철되던 삶에 단 한 번도 굴복하지 않았다. 아주 작은 희망조차 없는 상황에서 끝까지 꿈을 놓지 않는다는 게 얼마나 쉽지 않은 일인가?

그것은 카이트가 단순히 권력을 욕심내는 자여서가 아니었다. 그는 늘 자기 자신을 믿었던 거다. 그리고 그렇게 되기 위해 누구보다도 열심히 노력했다는 것을, 그녀는 너무나 잘 알고 있었다.

"그래. 네 말이 맞아. 너는 반드시 이길 거야."

윤수는 진심을 담아 한 자 한 자 또박또박 이야기했다. 그러고는 곧 경쾌한 목소리로 농담처럼 말을 이었다.

"게다가 이제는 줄곧 널 방해했던 원수 같은 여자도 없잖아."

"그래. 날 방해하는 여자는 이제 사라지고 없지. 그 대신……."

커다랗고 둥근 나무의 그림자가 허리 아래로 지나갔다.

마침맞게 머리 위로 흘러가는 구름 탓에 잠시 서로의 얼굴이 보이지 않게 된 그 때였다.

"내가 좋아하는 여자가 있다."

동시에 거짓말처럼 달빛이 쏟아졌다.

그의 머리끝부터 아주 천천히, 이마를 지나 턱 끝까지.

그리고 다시 그녀의 오똑한 콧날 위로 미끄러졌다가 가늘게 떨리는 어깨를 타고 손끝을 향해 사라졌다.

"나는 지금까지 내 삶을 망친 마녀 같은 여자를 줄곧 증오했고, 원망했다. 하지만 나의 야망을 위해서 놓칠 수 없었다. 그리

고 지금은…… 내 삶을 위해 너를 놓치기 싫다. 무엇과도 바꿀
수 없을 정도로 소중하기에 곁에 두고 아껴주고 싶다는 생각뿐
이야."

눈부신 은빛이 두 사람 사이를 밝혔다. 아니, 마음이 빛처럼
터졌다. 무엇으로도 도저히 막을 수 없는 벅찬 고백이 주체할 수
없이 흘렀다.

"나는 너를, 마음 깊이 좋아하고 있어."

동요하지도, 격하지도 않은 차분한 음성.

그러나 아주 고요한 바다에 가라앉은 듯 귀를 먹먹하게 만드
는 진심 어린 목소리였다.

"이 마음을 줄곧 이야기하고 싶었다. 언제 전할까 고민하고,
또 고민하다 이제야 겨우 솔직하게 말하지만……."

하지만 지금 이 순간에도 카이트는 믿을 수 없었다.

줄곧 외로웠던 인생을 홀로 걸어왔던 자신이 누군가를 좋아
하는 감정을 지니게 될 줄은, 그리고 그걸 상대에게 전할 수 있
으리라고는 정말 꿈에도 생각하지 못한 일이었다.

"나, 나는……."

윤수는 가만히 늘어뜨린 손 안에 잡히는 것을 아무렇게나 쥐
어댔다. 무언가가 투둑 끊어지는 소리와 함께, 나뭇잎들이 발밑
에 떨어졌다. 꺾어진 가지에서 풍겨져 나오는 연한 풋내가 마치
미약처럼 정신을 어지럽게 만들었다.

그런 그녀의 반응을 본 카이트가 고개를 갸웃하며 한 발자국

더 앞으로 다가섰다. 혹시라도 자신의 말이 제대로 전달되지 않은 것은 아닐까, 괜한 우려가 들었기 때문이었다. 그는 지금까지 단 한 번도, 그에게 주어진 일을 대충 한 적이 없다.

검술은 물론이고, 황실의 수업 역시 마찬가지였다.

게다가 난생처음 접하는 익숙하지 않은 것을 마주할 때면, 자신의 모든 것을 쏟아붓다시피 해서 그것을 익히고야 마는 천성도 지니고 있었다.

그러니 처음 해보는 이 고백도 마찬가지였다.

그는 필사적이었다.

"참고로 내가 말하는 좋아한다는 의미는, 페라트라든지 내 성에서 일하고 있는 다른 소중한 하인들을 아낀다는 의미와는 전혀 다르다. 너와 있으면 황족으로서의 품위를 완전히 잊게 돼. 자꾸 끌어안고 싶고, 그리고 입 맞추고 싶고……."

"자, 잠깐!"

더 이상은 가만히 듣고만 있을 수 없었던 윤수가 황급히 그의 말을 잘랐다.

"네가 무슨 이야기를 하려는 건지 잘 알고 있으니까……!"

하지만 마음속으로는,

'지금도 저렇게 터질 듯 새빨개진 얼굴을 하고서, 대체 무슨 말을 하는 거야?!'

이렇게 외치며 계속해서 소리 없는 비명을 질렀다. 마치 누군가가 줄을 감아 돌리듯 손발이 배배 꼬이는 것 같았다. 하지만 이루 말할 수 없이 기쁘고, 행복했다.

왜 나를 좋아하는지, 또 언제부터 좋아하게 된 건지 하는 의문도 지금만큼은 들지 않았다. 열렬하고도 진심 어린 고백 앞에서 그런 건 더 이상 중요하지 않았다.

하지만 반면에 이루 말할 수 없는 초조함이 밀려왔다.

'대답을 해 줄 수 있을까. 나도 너를 좋아하고 있다고 말해도 될까. 하지만 여태까지 아무것도 누리지 못한 네가 만약 꿈마저 포기한다면, 나는 그런 너를 보고 아무렇지 않을 수 있을까.'

그리고 그 순간이었다.

가장 듣기 두려웠던 이야기를.

"만약 너와 함께 있을 수만 있다면, 나는."

그가 입에 담았다.

"황제가 되는 것을 포기하라고 해도 기꺼이 그렇게 할 수 있다."

순간 나뭇잎을 뜯고 있던 윤수의 손이 스르르 멈췄다.

그녀는 지금까지 카이트가 황제의 꿈을 이룰 수 있도록 해주는 것이 그의 마음에 보답할 수 있는 유일한 길이라고 줄곧 스스로를 타일렀다. 그런데 그것을 포기할 수도 있다고 말한다. 자꾸 뜨거운 것이 차오르는 두 눈을 연신 깜박였다.

"나는— 카이트 나는, 내 생각에는……"

카이트는 계속해서 '나는'이라든가 '내 생각' 같은 단어를 연발하는 윤수를 바라보았다. 덕분에 그의 마음속에는 이제 오로지 하나의 의문만이 차오르기 시작했다.

'그래, 그래서 너는 나를 어떻게 생각하지?'

그걸 떠올리자마자 고백하던 순간만큼이나, 아니 그때보다 더 심장이 뛰었다. 며칠 동안 물을 한 모금도 마시지 못한 사람처럼 입술이 탔다. 하지만 그녀의 입에서 흘러나온 이야기는 기대와는 조금 달랐다.

"……황제가 되지 않아도 좋다니. 다 같이 힘을 모아 여기까지 왔는데 이제 와서 아깝게 포기하겠다는 거야? 게다가 그건 너의 가장 이루고 싶은 소망이었잖아."

그의 입에서 비릿한 웃음이 흘렀다.

이건 그러니까, 역시 거절인 걸까?

원래의 세계로 돌아가는 것만큼 그녀에게 중요한 건 없다는 마음의 우회적인 표현인 걸까?

"그래, 이곳 2황자의 성까지 무척 어렵게 오긴 했지. 하지만 조금 더 솔직히 말하면."

파도처럼 속수무책으로 밀려오는 실망감을 감추기 위해 애쓰며 카이트는 입을 열었다.

"그 또 다른 장치에 대한 여러 가지 이야기를 들은 이후부터는 아침에 눈뜨자마자 밤에 잠들기 전까지 하루 종일 그 생각에만 골몰하게 된다. 내게 있어서는 한 번 나가면 닫힐 가능성이 큰 지하 카브보다 그곳이 더욱 매력적으로 느껴지니까."

"그건 역시 황제의 성으로 가고 싶다는 이야기지? 하지만……."

윤수는 혼란스러워지기 시작했다.

카이트의 성격상, 그는 좋아한다고 해서 제게 원래의 세계로 가지 말라고 말할 정도로 뻔뻔한 남자가 아니었다.

그러니 우선은 절 돌려보낼 것을 전제로 하지만, 꼭 다시 만날 수 있는 방법을 애타게 강구했을 것이다.

황제의 성에 있는 벽.

그거라면 확실히 싱크홀이 무너지는 것보다는 훨씬 더 안정적인 미래였다. 두 사람 모두에게. 그런 그가 황제의 성에 들어갈 수 있는 가장 확실하고도 안전한 방법. 그것은 바로 그 자신이 하루라도 빨리 황제가 되는 거였다.

만약 황제가 된 후라면 손쉽게 그 장치를 이용할 수 있다. 그걸 카이트도 모르지는 않을 것이다.

"네가 황제가 된 후에도 그 성에 그러한 장치가 있다는 것을 잊어버리지만 않는다면…… 분명 또, 만날 수 있지 않을까. 그 장치를 어떻게 쓰느냐는 오로지 네 손에 달린 거야. 나는 줄곧 그렇게 생각해 왔어."

그런 그녀의 말에 카이트는 잠시 침묵을 지켰다.

그러다 결국, 지금까지 아무에게도 꺼내 보인 적이 없었던 근원적인 두려움을 털어 놓기로 결심했다.

"그런데 말이야, 지금 이 이야기의 주인공이 만약 너와 나라면, 완결은 역시 처음 목표했던 그대로 내가 황제가 되는 것이 가장 자연스럽겠지?"

"뭐?"

"책 속으로 끌려 들어온 작가와 황제를 꿈꾸던 3황자에 대한 새로운 소설이 쓰이고 있다고 가정하면 말이다. 3황자가 어차피 황제가 되었다는 결말이 나왔는데, 더 이상 새로운 통로가 필요할까?"

아…….

윤수는 그제야 그가 무슨 말을 하려는지를 이해했다.

"예를 들어 도른과 바인이 성대한 결혼식을 치렀을 때만 해도, 이 세상 어디에도 그들보다 행복한 연인은 없었다. 온 나라 사람들 모두가 그 둘은 누구보다 잘살 거라고 믿었다고."

"그건 완결이 그렇게 되었던 탓에……."

"그래. 하지만 결국 이혼을 해 버리고 말았지. 그런데 만약 둘이 헤어지지 않고, 바인이 자신의 비밀을 기꺼이 도른에게 공개했더라면 어찌 되었을 것 같나? 우리에게 지하 카브를 쓸 수 있는 기회가 있었을까?"

윤수의 눈빛이 깊게 가라앉았다. 그것을 주시하며 카이트가 줄곧 생각해 왔던 가설을 마무리 지었다.

"바꿔 말하면 그 둘의 사이가 틀어진 것 자체가 예전의 설정이 변한 거라는 소리다. 너와 내가 주인공이 된, 새로운 이야기를 끌고 가기 위해."

윤수는 두 눈을 깜박이며 생각에 잠겼다.

'그래. 어차피 이 세계에 들어온 이상 나도 지금은 그저 책의

일부일 뿐이야.'

그의 말대로 불운함을 딛고 일어선 3황자가 황제가 되는 게 정말 이 이야기의 완결이라 치자. 그 후에도 그 통로에 대한 설정이 변함이 없으리라는 것은.

……그의 말이 맞았다.

장담할 수 없었다.

동시에 그가 짧고 무겁게 동의했다.

"나는 그게 무엇보다 두렵다. 너를 만나고 싶은데, 그럴 수 없을까 봐."

물론 그녀가 그간 모든 것을 관장했던 작가라는 사실은 변함이 없지만, 이야기 속으로 뛰어들어 벌써 많은 변화를 주도했다.

그녀도 어느새 이곳의 새로운 캐릭터가 되어 있었다.

"그렇다면 돌아가서 아예 새로운 설정을 넣은 이야기를 쓴다면 어떨까. 황제가 된 3황자와 현실 세계의 내가 계속해서 만날 수 있다는 전제를 집어넣는다면……."

어찌나 생각에 집중했는지 그녀는 자신이 입 밖으로 소리 내어 말하고 있다는 사실도 인지하지 못하고 있었다.

그걸 가만히 듣고 있던 카이트가 또다시 입을 열었다.

"너는 원래 세계에서도 전능한 존재인가?"

"뭐……?"

윤수는 또다시 멍하니 반문했다.

"이곳과 마찬가지로 무엇이든지 할 수 있고, 또 마물을 다루는 것처럼 다른 자들을 자유자재로 부릴 수 있느냐는 거다."

"……."

뼈아픈 질문이었다.

현실 세계로 돌아가면 자신은 그저, 퇴근 후 짬이 날 때마다 틈틈이 소설을 써왔던 직장인 이윤수일 뿐이다.

덕분에 곧 깨달을 수 있었다.

소설 속 캐릭터인 카이트를 언제든 만날 수 있는 설정의 이야기를 쓰면 어떨까 하고 믿는 건, 또다시 현실과 가상세계를 마음대로 넘나들겠다는 소리나 마찬가지라는 것을.

그야말로 영화나 소설 속에서나 있을 법한 일이다.

물론 해 보지 않고서는 모르는 일이다. 하지만 그런 대답조차 할 수 없었다. 현실적으로 가능한 일과 불가능한 일의 경계가 너무나 명확히 느껴진 탓이었다.

윤수는 저도 모르게 얼굴이 화끈거렸다.

"내가 모든 것을 너무 부정적으로만 바라보고 있다고 생각하지는 말아주었으면 한다."

카이트가 팔을 뻗어, 아무런 말도 잇지 못하고 그저 눈을 내리깔고 있는 그녀의 뺨을 천천히 어루만졌다.

"다만 나 역시 네가 생각했던 모든 것을 미리 고민해 보았을 뿐이다. 그러고 나니, 이토록 불확실한 상황들에 어떻게 우리의 미래를 맡길 수 있을까 하는 생각이 들었다. 너를 계속 곁에 둘 수 있느냐 마느냐 하는 상황을 그리 안일하게 여길 수는 없어."

또 다시 달빛에 구름이 드리워졌다. 발끝으로 어둠과 함께 침묵이 흘렀다.

"그러니 지금은……."

하지만 이미 흘러넘친 둑을 그도 막을 수는 없었다.

"가장 가능성이 있는 것에 내 모든 걸 기꺼이 걸고 싶다. 그걸 위해서라면 아무것도 두렵지 않아."

"나는……."

윤수는 여전히 대답을 저어했다.

그의 마음속에 또다시 조바심이 차올랐다.

"아직도 네겐 내가 소설 속의 인물로만 보이는 건가? 그저 안쓰러운 책임감만이 전부인?"

"……."

여전히 입술은 굳게 닫혀 열리지 않았다.

그녀가 그럴수록 어딘가 커다란 구멍이 난 듯 그의 인내심이 막을 수 없이 새어나가기 시작했다.

"넌 나를 감싸다 대신 다쳤고, 할 수 있는 모든 능력을 동원해 지하 카브의 비밀을 기어코 캐냈지. 게다가 온갖 것을 감수하면서까지 2황자와의 협상을 이끌었어. 그래, 넌 네 존재를 스스로 밝히는 위험도 불사했다! 네가 나를 위해 행했던 이 모든 것들이, 그저 원래의 세계로 돌아가기 위한 수단이었나……?!"

그건 아니었다.

그럴 수 있을 리 없었다.

단순히 집에 가는 것만이 목적이었다면, 어떻게든 더욱 손쉬운 길을 택했을 것이다.

"하……."

입술을 달싹이다가도 다시 꼭 깨물기를 수차례 반복하는 윤수를 바라보던 카이트의 입에서 낮은 탄식이 새어나왔다.

"미안하다. 내가 너무 흥분한 것 같군."

모든 것을 얼어붙게 만들 수 있을 법한 싸늘한 목소리가 윤수의 귓전을 때렸다.

놀라서 고개를 바짝 치켜들자, 한없이 냉정한 표정을 하고 있는 그가 눈에 들어왔다. 마치 처음 만났을 때처럼.

"……잠시 머리를 좀 식혀야겠어. 이따가 입구에서 만나지."

그는 그렇게 말하고는 즉시 몸을 돌렸다. 그리고 지금까지 함께 손을 잡고 걸어왔던 길을 홀로 저벅저벅 되돌아갔다.

*　　　*　　　*

"후우……."

아무리 뛰어 봐도 길은 끝이 없었다. 그래서 오히려 더 좋았다. 계속해서 아무 생각 하지 않고 무작정 달릴 수 있었으니까.

"훗."

하지만 결국 윤수는 격한 숨을 토해냈다. 더불어 눈물도 함께 쏟아졌다.

"아직도 네겐 내가 소설 속의 인물로만 보이는 건가?"

그렇게 말하던 그의 음성이 귓가에 생생했다. 그 모습을 떠올리면 떠올릴수록 마음 속 근심은 더욱 커져만 갔다.

계속된 상상은 원래의 기억에 절망을 덧입혔다.

처음에는 낙담하던 것 같은 카이트의 얼굴이 어느새 주체할 수 없이 화를 내는 얼굴로 바뀌어져 있었다.

"하아……."

다시금 눈물이 쏟아졌다.

그 순간 그토록 솔직하게 표현해준 그의 마음에 아무 대답도 해주지 못한 자신이 실망스러워서. 그럼에도 불구하고 여전히 그 말을 감히 입에 담기 어려운 저 자신이 원망스러워서. 비록 고의가 아니었다 하더라도 자신이 누군가의 인생을 좌절로 몰고 갔다는 건 변치 않는 사실이었다.

그런데 그 당사자가 저를 좋아하게 되었다고 해서, 이 커다란 죄책감이 한순간에 사라질 수는 없었다.

"차라리 그렇게라도 해서 면죄부를 받을 수 있다면 얼마나 좋을까."

그러면 저 역시 속편하게 말할 수 있을 텐데.

어서 황제의 성으로 가자고, 하지만 만약 그것이 실패해도 염려하지 말라고, 그저 네 곁에 쭉 있을 수 있다면 그것으로 좋다고 말이다. 하지만 그것은 달리 말하면 나를 위해 위험을 감수하라는 소리다. 평생 동안 바랐던 소망을, 단 하나의 꿈을 포기하라는 강요에 불과했다.

너무나도 이기적이다.

그리고 뻔뻔하다.

'과거를 어그러뜨린 것도 모자라 미래까지 포기하게 만든 존재가 되었는데, 그걸 알면서도 그의 곁에서 쭉 당당할 수 있을까? 행복할까? 시간이 흘렀을 때 그래도 후회는 없었노라고 과연 자부할 수 있나?'

여러 가지 생각이 끝없이 꼬리에 꼬리를 물었다.

"그럴 수 있을 리 없잖아……!"

하아.

벌컥 화내듯이 소리 내어 외치자 또다시 감정이 북받쳤다.

자꾸만 눈물이 흘렀다. 헐떡임이 진정될 새가 없었다.

게다가 견디기 힘든 건 그것뿐만이 아니었다.

그는 벌어질 수 있는 모든 상황에 대해 어느새 작가인 자신보다도 훨씬 많은 것을 꿰뚫고 있었다.

카이트라고 해서 황제의 성으로 가는 것이 얼마나 위험한지 왜 모르겠는가?

하지만 그럼에도 불구하고 그가 그것을 주장하는 건 단순히 눈앞에 보이는 길이 그것뿐이어서가 아니었다. 여러 가지를 생각하고 고민해서, 원치 않는 방향으로 변할 수도 있는 모든 상황까지 전부 고려한 후 결정한 거다.

윤수는 얼마 전 막사에 누워 제가 밤새도록 했던 다짐을 떠올려 보았다.

"그곳에 남겨져 있는 통로를 황제가 된 이후 카이트가 어떻게 쓰느냐는 순전히 그의 마음이라고 생각했었지."

미래를 위해 그것을 소중히 간직하든 혹은 아예 없애든 간에, 그를 이해해 주자고 말이다.

"그거야말로 안일하기 짝이 없는 생각이었어."

냉소적인 목소리가 끝도 없이 흘러나왔다. 정말이지 부끄럽기 짝이 없었다. 그의 고민은 자신보다 훨씬 더 깊고, 비교할 수 없이 무거운 거였다.

"후우……."

그녀는 씩씩거리며 호흡을 토해냈다. 그러고는 사나움이 잔뜩 실린 발걸음으로 무작정 앞을 향해 걸었다.

그런데 얼마 지나지 않아, 발이 묶여버리고 말았다.

윤수를 방해한 건 미로를 정비하면서 베어낸 것 같은 커다란 나뭇가지들이었다. 그것들이 길 한가운데 잔뜩 쌓여 있었다. 마침 울분을 해소할 길이 필요했던 그녀의 허리춤에서 빼어진 검날이 지체 없이 허공을 갈랐다.

휘익!

날카로운 소리와 함께 단단해 보이는 나무들이 죄다 두 동강이 났다. 와르르 소리를 내며 무너지는 잔해를 보자 또다시 알 수 없는 화가 치밀어 올랐다.

윤수는 저도 모르게 소리쳤다.

"게다가 내가 널 안 좋아할 리가 없잖아!"

획!

검 끝에서 바람 소리가 잇달아 아우성쳤다. 멈추지 않고 계속되는 거친 행동에 이마에는 금세 땀이 맺혔다.

"좋아하지도 않는 남자를 위해 어떻게 그런 일들을 할 수 있었겠어? 계속 곁에 있고 싶다는 말이 목 끝까지 차오를 정도로 나도 황자 너를 좋아한다고!"

이렇게 입 밖으로 꺼내어 말하면 좀 후련해질까.

거의 톱밥 수준으로 만들었다고 해도 좋을 정도로 잘게 토막난 가지들이 땅 위를 굴렀다.

"후우, 하아…….."

얼마나 세게 쳐냈는지, 오른쪽 팔 전체가 저릿했다.

"……나도 널 예전부터 좋아하고 있었단 말이야."

어렵사리 내뱉은 고백이 허공 속에 흔적도 없이 사라졌다. 마음은 여전히 먹먹하기 그지없었다. 고개를 숙이니 기껏 차려입은 하얀색 블라우스에 지저분한 나무껍질과 이파리 따위가 잔뜩 달라붙어 있는 게 보였다.

그 잔해를 털며 그녀는 길의 모퉁이를 따라 획 돌았다.

……그런데.

분명 벽이 있어야 하는 자리에 아무것도 없었다.

아니, 아무것도 없는 건 아니었다.

그곳에 벽 대신 석상처럼 우두커니 서 있는 것은 온 몸이 잔뜩 굳어버린 한 남자였다. 달이 다시 얼굴을 내밀었다. 그의 붉은색 머리카락이 화사하게 빛났다.

*　　　*　　　*

그녀는 결국 아무런 말도 해 주지 않았다. 그런 윤수의 앞에 서, 카이트는 더 이상 화를 억누를 수가 없었다.

더 이상 얼굴을 마주하고 서 있지 못할 정도로 말이다.

그 화는 다름 아닌 자기 자신을 향한 거였다. 결국 뒤에 그녀를 남겨 둔 채 그는 재빨리 걸음을 재촉했다.

'……그저 고백하는 것으로 만족한다고? 기꺼이 보내줄 준비가 되어 있어?'

조금도 지킬 수 없었던 다짐.

그것을 굳게 믿고 있었던 어리석은 자신을 떠올리자, 입가에 차가운 조소가 피어올랐다.

그래, 저는 무엇 하나 준비가 되어 있지 않았다.

'정녕 고백하는 것으로 만족한다면 그녀를 그렇게 몰아세우지 말았어야 했다. 보내줄 준비가 되어 있다면서 결국 나는…….'

카이트는 두 눈을 감으며 신음하듯 중얼거렸다.

"이렇게나 무책임하다니."

그럼에도 불구하고 이내 짙은 후회가 들었다.

끝까지 자신의 감정을 이기지 못해 그녀를 혼자 남겨두고 휙 가 버린 제 모습이 얼마나 어리석어 보였을까.

게다가 벌써 그리움이 밀려들어왔다. 잠시 머리를 식히자고 말했던 주제에 그새 그녀가 보고 싶어 견딜 수가 없었다.

"……대체 나는 어디까지 더 우스워질 셈인가."

그는 스스로를 저주하며 다시 발길을 돌렸다.

그런데 마음이 너무 앞섰던 탓일까. 그만 길을 잃고 말았다.

"젠장."

카이트는 한동안 같은 자리를 계속해서 빙글빙글 맴돌았다. 그러다가 벽 없이 뚫려있는 길 하나를 발견했다. 이곳이 바로 수 리 중인 곳인 듯했다. 카이트는 그 사이로 성큼 들어섰다. 그곳 이 제대로 된 길이든 길이 아니든 간에, 지금 그에겐 아무런 상 관도 없는 일이었다.

입구를 찾는 것이 목적이 아니었으니까.

그런데 바로 옆에서 크게 외치는 목소리가 들려왔다.

"게다가 내가 널 안 좋아할 리가 없잖아!"

"……!"

카이트는 갑자기 온 몸이 돌로 변한 것처럼 꼼짝할 수 없었 다. 믿을 수 없는 이야기였다.

"……계속 곁에 있고 싶다는 말이 목 끝까지 차오를 정도로 나도 황자 너를 좋아한다고!"

그 순간에는 틀림없이 이건 꿈이라고 생각했다.

*　　*　　*

"어……?"

화들짝 놀란 그녀의 눈이 카이트에게 와서 박혔다. 여태까지 본 것 중 제일 크고 둥근 눈동자가. 바람이 불자 나뭇잎들이 바스락거리는 소리를 내며 제각기 수선을 떨었다.

"아…… 나, 나는…….."

긴장과 당황으로 잔뜩 갈라진 목소리였지만, 그걸 듣자마자 돌처럼 굳어진 사지에 거짓말처럼 힘이 차올랐다.

떨리는 호흡을 내쉬었을 때, 비로소 차가웠던 심장에도 피가 돌았다. 그리고 그와 거의 동시에.

"앗……!"

검은색 로브가 마치 너울처럼 펄럭이며 그녀를 안았다.

수심을 가늠할 수 없는 깊은 바다에 풍덩 빠지듯 넓은 품 안으로 순식간에 몸이 빨려 들어갔다. 커다란 손이 뒤통수를 부드럽게 감싼 순간, 벌린 입술 위로 해일 같은 숨이 쏟아졌다.

누가 먼저랄 것도 없이 서로의 입술이 닿았다.

그리고 그 안으로 매끄럽고 뜨거운 것이 휘몰아쳤다.

부드럽게, 때론 거칠게.

두 사람은 숨을 쉬는 것도 잊었다. 몸이 심연으로 천천히 가라앉는 것만 같았다.

파도를 뒤집어쓴 것처럼 윤수의 몸이 휘청거렸다.

물론 커다란 손이 등허리를 단단히 감싸고 있어주긴 했지만, 흔들리지 않고 버티기엔 도저히 무리인 뜨거운 키스가 쏟아졌다.

발이 뒤로 밀리면 또다시 그가 잡아당기듯 안았다.

조금도 놓아주지 않겠다.

절대로 잠시도 떨어지지 못한다.

마치 그렇게 말하는 듯이.

카이트의 고개가 더욱 깊숙이 기울어졌다. 정신없이 입술 안쪽을 이곳저곳 헤집다가도, 매끄럽게 혀를 감아왔다.

그때마다 그녀를 안은 손에는 더욱 힘이 들어갔다.

상체가 아프도록 눌리자 이제는 도무지 견딜 수 없을 정도로 숨이 막혔다. 윤수는 어질거리는 정신에도 불구하고 용케 손을 들어 그의 가슴팍을 슬쩍 밀어보았다. 탁탁 두드리기도 했다. 하지만 소용없었다.

카이트는 지금 아무것도 느끼지 못하는 상태인 것 같았다.

그 와중에도 발은 끊임없이 뒤로 주춤주춤 밀려났다. 그녀의 등에는 이내 푹신한 덤불이 닿았다. 그러나 단단하지 못하고 무른 가지들이라 기대기에는 무리였다.

"으응……."

결국 그녀는 힘 빠진 숨소리를 흘리며 카이트의 목에 양팔을 두르고 매달리듯 안겼다. 그 순간, 탐욕스럽게 호흡을 얽어대고 빠짐없이 입술 안을 헤집던 그의 움직임이 일순 정지된 것처럼 굳었다. 동시에 뒤통수를 쥐었던 손이 스르륵 아래로 향했다. 하얗게 드러난 목덜미에 긴 손가락이 감겼다. 부드러운 피부 위를 살짝 두드리듯 매만지는 그의 손끝 위로 망설임이 묻어난 것도 잠시.

벌어진 옷깃 사이, 드러난 살결을 타고 오싹하도록 저릿한 감각이 조금씩 내려왔다. 봉긋하게 솟아 있는 가슴 언저리에서 그가 안타깝게 맴돌았다. 생애 처음으로 느껴본 남자로서의 욕망에 카이트는 완전히 잠식당한 상태였다.

간질거리는 쾌감이 차올랐다. 윤수도 점점 호흡이 가빠지기 시작했다.

"흐으."

아주 살짝 벌어진 틈새를 놓치지 않고 필사적으로 호흡을 내쉬는데, 그가 마치 허락을 구하듯 빨갛게 부푼 입술을 살짝 잘근거렸다.

"……아."

그 순간 목 안쪽에 억지로 꾹꾹 눌러놓았던 신음이 민망하리만치 선연히 새어 나왔다.

그 때문일까. 그의 어깨가 위로 화들짝 솟구쳤다. 이성을 잃고 옷 속으로 파고들던 손이 황급히 제자리로 돌아왔다.

"이런."

순식간에 입술을 떨어트린 그의 얼굴이 낭패로 가득했다.

내가 잠시 꿈을 꿨나?

카이트는 계속해서 거친 숨을 몰아쉬었다.

꿈이 아니라면 대체 이게 뭐지?

달빛이 무척이나 밝은 밤인데, 주위의 사물이 마치 안개에 휩싸인 것처럼 그저 뿌옇게만 보였다.

순식간에 텅 빈 머릿속에는 아직도 열기가 들끓었다.

카이트는 정신을 차리려고 애를 썼다. 하지만 쉽지 않았다.

지금은 그저 무언가 몹시 더운 느낌이 들 뿐이었다.

역시 꿈속인가?

하지만 눈앞에는 아직도 붉게 물든 그녀의 얼굴이 있었다. 어찌나 세게 머금었는지 눈에 띌 정도로 확연히 부풀어 있는 촉촉한 입술은, 아예 눈동자 안에서 떨어질 생각을 않는다.

그래, 꿈이 아니었다.

"하……."

카이트는 심장을 터뜨릴 기세로 뻗쳐오르는 열기를 견디지 못하고 짧게 신음했다.

동시에 참을 수 없는 민망함이 그를 거세게 강타했다.

하마터면 욕망을 이기지 못하고 그녀의 몸에 손을 뻗기 일보 직전이었다.

‘미치겠군. 또 이런 무례한 짓을 저지를 뻔하다니…….’

카이트는 얼굴을 감싸며 자신을 향해 소리 없는 욕을 퍼부었다.

이런 일은 있을 수 없었다.

생애 처음으로 해 보는 입맞춤의 순간은 적어도 신성하고 고결해야 하는 것인데!

그래, 이건 바로 내 첫…….

순간 심장이 또다시 하늘 끝까지 날아올랐다.

"카이트?"

그런데 하필이면 그때 그녀가 자신의 이름을 불렀다.

"아."

그 순간 다리에 힘이—정말이지 어떻게든 버텨 보려고 했는데—도저히 견딜 수 없을 정도로 풀려버리고 말았다.

그는 결국 한쪽 무릎을 꿇고 땅에 주저앉았다.

심장은 아직도 기세등등하게 뛰어대고, 점차 되돌아온 이성이 대체 뭘 잘했느냐며 그런 심장을 사정없이 두들겨 팼다.

덕분에 온몸이 북이 된 것처럼 둥둥 울렸다.

"왜, 왜 그래?!"

무릎에 팔을 괴고 그 위로 얼굴을 푹 묻자, 정수리에서 당황한 기색이 역력한 목소리가 쏟아졌다.

이게 대체 무슨 기분일까.

눈을 감으니 아직도 입술 사이사이에 남아 있는 그 황홀한 감각들이 기다렸다는 듯이 꼬리를 물고 흘러나왔다. 그러더니 뇌리 속에서 파바박 소리를 내며 작은 기포처럼 일제히 터졌다.

덕분에 정신이 번쩍 들었다.

잠깐. 그때 그 순간 그녀의 입에서 흘러나온 건 분명 자신이 고대하고, 고대하던 그 대답이지 않았었나?

"너, 그게 정말인가!?"

그가 순식간에 몸을 벌떡 일으키며 다급하게 외쳤다.

"윽!"

동시에 윤수가 짧은 신음을 토해 내며 입가를 손으로 가렸다. 그만 혀끝을 깨물어 버린 그녀의 눈에 눈물이 핑 돌았다.

"까, 까짜기야……."

얼얼한 통증 탓에 발음이 샜지만 윤수는 아무렇지도 않은 척 시치미를 뗐다. 카이트가 안 보는 틈을 타, 잠시 입술을 매만지며 조금 전 폭풍 같았던 입맞춤의 여운을 몰래 즐기고 있는 걸 들켜버릴까 말이다.

"다시 한 번 말해 봐."

"뭘?"

"아까 여기서…… 너도 분명 내가 좋다고 소리치지 않았나."

역시 더 이상 평정을 유지하는 건 무리였다.

윤수는 마치 물이 든 것처럼 발그스레해진 볼을 쓱쓱 문지르면서 저도 모르게 말을 더듬었다.

"그, 그게."

"아니라고 할 생각은 말아라. 내 귀로 전부 다 똑똑히 들었으니까."

다 들었으면 물어보지 말지!

하지만 사실은 그녀도 더 이상은 숨기고 싶지 않았다.

모퉁이를 돌자마자 눈앞에 생각하지도 못했던 카이트가 서 있는 걸 본 순간. 그의 품으로 뛰어든 건 그가 절 끌어안았던 것과 거의 동시에 이루어진 일이었다. 또한 그가 뜨거운 호흡을 흘리며 고개를 기울였을 때, 그 유혹을 참지 못하고 먼저 입술을 가져다 댔던 것도 사실은 저였다.

그만큼 카이트가 저를 좋아하고 있다는 사실이 기뻤다.

누구보다 아끼고 싶고 소중히 하고 싶다는 그 솔직한 고백이 그녀의 마지막 번뇌를 몰아냈다.

더 이상 아닌 척 마음을 감추고 싶지 않았다.

"그래."

윤수는 가만히 고개를 끄덕였다. 그러고는 조심히 손을 뻗어서 여전히 돌처럼 굳어 있는 그의 손을 두 손으로 살그머니 잡았다.

"나도 너를 좋아해."

행여나 자신의 말을 못 알아들었을까 걱정이 된 건 윤수도 마찬가지였다. 그녀는 부끄러움을 있는 힘껏 누르고 다시 한 번 용기를 냈다.

"물론 소설의 캐릭터가 아닌, 그…… 한 사람의 남자로서 널 줄곧 좋아하고 있었어."

그러고는 턱 끝까지 빨개진 얼굴을 스르륵 떨구었다.

좋아한다고 말하던 순간에는 견딜 수 없이 떨렸지만, 막상 입 밖으로 소리 내어 인정하고 나니 그리 마음이 후련할 수가 없었다.

한동안 수줍은 정적이 계속되었다.

커다란 구름이 달 위를 몇 차례나 덮었다가, 또 몇 번이고 흘러갔다. 하지만 그의 붙은 입은 떨어질 줄을 몰랐다.

"⋯⋯카이트?"

결국 먼저 말문을 연 것은 더 이상 침묵을 견딜 수 없던 윤수 쪽이었다. 사실은 고백을 전한 이후, 그녀는 사이사이 슬쩍 눈을 감았다 떴다 반복하고 있었다.

혹시라도 또, 아까처럼 뜨겁게 키스를 퍼부을까 봐서.

사심 가득한 마음으로 괜히 입술을 쪽 내밀어보기도 했다. 하지만 그는 요지부동이었다. 결국 참을 수 없는 궁금증에 고개를 바짝 치켜든 그때였다.

"⋯⋯응?"

초점이 나가 있는 그의 눈동자가 들어왔다.

저 앞에 있는 나무를 보는 것 같기도 하고, 아닌 거 같기도 한 그런 몽롱한 눈빛이다.

"왜 그래?"

그녀가 그를 흔들었다.

그저 손을 잡고 가볍게 두어 번 휙휙 들었다 놨을 뿐인데, 마치 붉은 잉크를 넣고 펌프질을 한 것처럼 카이트의 얼굴이 온통 벌겋게 변해가기 시작했다.

윤수의 마음에 점점 걱정이 차올랐다.

"카이트, 카이트! 야아, 황자아!"

있는 힘껏 까치발을 들고 그의 이름을 소리 높여 연달아 불러보았다. 그제야 천천히 눈동자가 움직였다.

"대체 왜 그러는 거야?"

"아아."

하지만 그는 연신 정체불명의 신음을 흘리고 서 있을 뿐이었다. 결국 윤수는 자신이라도 정신을 차리기로 했다.

"언제까지 여기 있을 거야. 이러다 정말 관리인이 찾으러 오면 어떻게 해. 일단 나가자. 저 트여 있는 벽 쪽으로 나가면 출구는 금방 찾을 수 있을 것 같아."

그렇게 말하고는 앞으로 발걸음을 옮겼다.

그런데 한 다섯 발자국쯤 걸었을까? 이상한 느낌에 그녀는 휙 뒤를 돌아보았다.

아니나 다를까. 카이트는 여전히 그 자리에 우두커니 서 있었다.

"얼른 나가자니까?"

"아, 그래."

윤수가 재촉하자 그제야 카이트의 오른발이 스르륵 움직였다. 그러고는 뒤에 남은 왼발을 마저 옮기는데, 그것이 그만 오른쪽 뒤꿈치를 거세게 차버렸다.

"윽."

"어, 조심해!"

카이트의 커다란 몸이 휘청댔다. 그러더니 덤불속으로 푹 파묻히듯 넘어지고 말았다.

"아이참, 진짜 대체 왜 이러는 거야?"

윤수가 얼른 달려와 그의 팔을 잡고 낑낑대면서 일으켜 주었다.

"으윽."

커다란 로브 위로, 그리고 붉은색 머리카락 사이로 자잘한 나뭇잎들이 잔뜩 묻어 나왔다. 그것들을 탁탁 털어주며 그녀는 걱정스러운 목소리로 물었다.

"밤이라서 잘 안 보여서 그래?"

하지만 이 정도면 거의 야맹중 수준인데.

그녀는 저도 모르게 미간을 살짝 찌푸렸다.

"조심해서 걸어, 응?"

결국 그렇게 다정스레 당부하고는 다시 몸을 돌려 길을 찾기 위해 고개를 두리번거리던 때였다. 커다란 팔이 쓰윽 뻗어 나와 윤수를 뒤에서부터 거세게 끌어안았다.

아까보다 조금 더 뜨거운 체온을 간직하고 있는 손이 그녀의 눈을 부드럽게 감쌌다. 그러고는 그대로 고개를 살짝 당겨 제 가슴에 기대게 했다. 마치 작은 북을 바로 옆에서 두드리는 것처럼 요란한 소리가 귓가에 울렸다.

"내 심장이 지금 이 정도로 뛰는데. 이게 정상인가? 이래도 괜찮은 건가?"

또다시 떨리는 목소리가 들려왔다.

그녀는 아무 말 없이 고개를 끄덕였다.

"그렇군. 이런 게 서로…… 좋아한다는 기분인 거였어."

고개가 계속해서 끄덕끄덕, 움직였다.

"맞아, 원래 그런 거야."

왜냐하면 내 심장도 너와 똑같이 뛰고 있으니까.

하지만 윤수는 그 말을 끝까지 하지 못했다.

그 대신, 절 돌려세우고는 또 한 차례 제 입술을 욕심껏 차지한 그의 입술 안으로 그 마음을 기꺼이 흘려보냈다.

* * *

"어땠소, 손님. 우리 이어가르텐은?"

밖으로 나오자 표를 팔던 남자가 환하게 웃으며 물었다.

"규모가 그리 큰 편은 아니지만, 그래도 그 안은 제법 좋았지요?"

그런 그를 향해 카이트가 진지하게 고개를 끄덕였다.

"그냥 좋은 정도가 아니라."

거기까지 이야기하고 그는 떨리는 호흡을 가만히 내뱉었다.

"음. 그 안에서 있었던 일은 정말이지 믿을 수 없을 정도라서."

순간 윤수는 아까 미로에 들어갈 때와는 다르게 유독 부풀어 오른 자신의 입술을 감추며 그의 옆구리를 쿡 찔렀다. 하지만 카이트는 아랑곳 않고 술회했다.

"페어라센에서 이처럼 근사한 이어가르텐은 아마…… 없을 것 같군."

"손님이 그렇게 말씀해 주시다니, 기쁘군요."

그들이 맡겨놓았던 짐을 꺼내면서 남자는 다시 한 번 카이트를 찬찬히 살폈다. 연신 행복한 미소가 떠나지 않는 입가가 뒤집 어쓴 후드 사이로 언뜻 보였다.

페어라센에는 각기 다른 이름의 수많은 이어가르텐이 있는데, 그래서인지 이 구조물에 푹 빠져 열광하는 자들이 유독 많았다.

일명 이어가르텐 애호가들 말이다.

듣자 하니 그들은 저마다 언제, 어디서, 어떤 류의 미로를 얼마 만에 탈출했는지를 기록해서 후에 크나큰 자랑거리로 삼는다고 했다. 서로 승부를 겨루는 일도 왕왕 있고 말이다.

눈앞에 있는 이 키 큰 손님도 어쩌면 그런 부류인지도 몰랐다.

저 부들부들 떨리는 손 하며, 환희로 들썩이는 어깨.

생각보다 기록을 엄청 단축했나 보지?

그리 단정 지은 남자는 박수를 치며 흥겨운 목소리로 말했다.

"그렇다면 이거 주변에 소문을 자자하게 내야 하는 거 아니요? 손님이 이곳, 우리 메트헨 이어가르텐에서 해내셨다고 말이오. 좋은 일일수록 널리 알려야지!"

"그, 그래? 역시 그래야 하는 건가! 내가 드디어 처음으로…… 읍."

순간 윤수가 팔을 다급히 뻗어 그의 입을 단단히 틀어막았다.

"이, 이만 가야지. 안녕히 계세요!"

그렇게 말함과 동시에 그녀는 남자의 손에 들린 짐 꾸러미들을 낚아채듯 가져갔다.

Chapter 14
악역의 연인

어느새 자정이 지난 시각. 아까 저녁때와는 비할 바가 아니었
지만 그래도 거리는 여전히 많은 사람들로 넘쳐났다.

"대체 왜 그랬어?"

"내가 뭘?"

"왜 거기서 그런 이야기를 해?"

"좋은 일일수록 알려야 한다지 않나."

그렇게 말하면서 그는 더더욱 윤수의 손을 힘주어 잡았다. 싱
글벙글하는 미소가 떠나질 않는 그의 얼굴을 바라보며, 윤수는
저도 모르게 살짝 한숨을 쉬었다.

아까부터 카이트는 그야말로 하늘로 날아갈 기세였다.

하지만—

"으음."

이렇게 티가 나는 것은 사실 조금 곤란했다. 무엇보다 당장 도리스와 페라트의 얼굴을 어찌 봐야 할지가 걱정이었다. 물론 숨기거나 비밀로 할 생각은 아니지만, 그래도 드디어 연인 사이가 되었음을 대놓고 공표할 생각을 하니 쑥스러움이 절로 앞섰다.

"걱정하지 마라. 다른 황족이라든지 다수의 사람들에게 결코 이 일을 알릴 생각은 없으니까."

그러한 생각으로 조용히 입술을 잘근잘근 씹고 있는데, 카이트가 뜬금없는 이야기를 해 왔다.

"응?"

"악마의 피를 지닌 잔혹한 황자라고 불리는 남자의 연인 같은 건, 여자 입장에서도 그다지 기분 좋은 일이 아니겠지."

솔직한 카이트의 말에 윤수의 마음에 무언가 뜨거운 것이 울컥 솟았다.

"왜 그런 소리를 해? 난 기분 나쁘지 않아, 하나도. 게다가 네가 정말은 그런 사람이 아니라는 걸 누구보다 잘 알고 있는데! 내가 그럴 리 없잖아!"

그녀는 진심으로 화를 내고 있었다. 카이트가 놀랍다는 듯 두 눈을 휘둥그레 떴다. 윤수는 이제 그가 저런 소리를 하면 그저 안쓰럽다거나 미안한 감정만이 드는 게 아니었다. 눈물이 날 정도로 속상했고, 그를 그렇게 만든 사람들에게―물론 그녀 자신을 포함해―커다란 화가 솟구쳤다. 그리고 그런 그녀를 보고 있자니, 카이트의 마음속에서는 놀랍게도 지금까지 전혀 모르고 있었던 미지(未知)의 행복이 주체할 수 없이 차올랐다.

사실 본인이 이 여자를 무척이나 의지하고 있다는 것은 원래 잘 알고 있던 사실이었다. 그건 꽤 이전부터 그래 왔던 거였다. 하지만 누군가가 이처럼 몸도 마음도 전부 다, 자신의 사람이 된 것 같은 느낌은 태어나서 처음이었다.

줄곧 품고 있기만 했던 감정을 인정하고 전달하기까지는 확실히 꽤나 쉽지 않은 과정을 거쳐야만 했다. 하지만 그만큼 서로에게 더욱 커다란 결실을 안겨주었다.

아까부터 한 치도 떨어지지 않고 줄곧 잡고 있었던 손 안으로 따스한 체온이 가득 스몄다.

여전히 사람으로 가득한 시가지.

잠시 걸음을 멈추고 그가 갑자기 주위를 둘러보았다.

"왜 그러……."

무슨 일이냐고 물으려던 그녀의 말문이 막혔다.

살짝 벌려진 입술에 그의 입술이 쪽— 소리를 내며 붙었다 떨어졌다. 다시 뺨이 확확 달아올랐다.

"도, 도대체 황족이 길거리에서 이 무슨……."

다른 사람도 아닌 3황자 카이트가 이런 곳에서 이런 행동을 했다는 게 믿기지 않았던 윤수는, 저도 모르게 황망한 표정으로 말을 더듬었다.

"우리를 알아보는 자들이 많은 성 안에서는 이렇게 친밀하게 굴 수 없지 않나. 게다가 다른 연인들은 상당히, 음, 더한 것도 서슴지 않고 하는데……."

그의 말에 주변을 둘러보니 과연 여기저기서 꽤나 농도 짙은 애정 행각을 펼치는 남녀들이 심심치 않게 눈에 띄었다. 야심한 시각이 다가오면 다가올수록 그 끈적임은 더욱 농밀해져 갔다.

"기분 나빴다면 미안하다. 그리고 보니 또 허락도 맡지 않고 무례를 저질렀군. 앞으로는 주의하지."

그가 시무룩한 목소리로 사과를 했다.

"아니, 기분 나빴던 건 아니니까 사과하지 않아도 괜찮아."

커다란 덩치에 어울리지 않게 풀이 팍 죽어 있는 이 남자가 너무나 귀여웠다. 윤수의 목소리에서도 웃음이 배어났다.

"정말인가?"

"그래."

"그럼 조금만 더 해도 괜찮을……."

"안 돼."

그러자 또 어깨가 추욱 처졌다.

평소 같으면 상상도 할 수 없는 그의 모습에 윤수가 결국 참지 못하고 웃음을 터뜨리는데.

"어?"

저 멀리 믿을 수 없는 광경이 보였다.

범상치 않은 숫자의 호위 기사들과, 그 곁에 몰려든 수많은 사람들. 그들이 저마다 내지르는 거센 환호와 탄성.

그 가운데에는 바인이 있었다. 그리고 그 곁에 있는 저 여자는……

도무지 그 광경을 믿을 수 없었던 윤수는 제 눈을 쓱쓱 문질렀다. 하지만 제아무리 몇 번이고 찬찬히 뜯어보아도, 그녀는 미틀러렌의 슈타티스트 공주였다.

두 사람은 마치 사이좋은 연인처럼 팔짱을 끼고 있었다.

서로 귓속말을 주고받을 때면, 공주는 유독 더 턱을 높게 치켜들고 웃었다. 그들은 아마 대놓고 축제 구경을 나선 듯했다. 날카로운 눈빛을 지닌 호위 기사들이 저리 물 샐 틈 없이 사위를 경계하는 것을 보면 말이다.

하지만 주변에 사람들은 점점 더 늘어만 갔다.

당연한 일이었다.

황족이 직접 모습을 드러내는 것도 흔치 않은 일이지만, 그 황족이 이웃나라의 아름다운 공주님과 함께 있다는 것은 더더욱 경이로운 광경임에 틀림없을 테니까.

"와아아! 황자님! 우리들의 바인 황자님!"

"아름다우신 공주님! 미틀러렌의 영원한 번영과 평화를 기원합니다!"

그러자 슈타티스트는 세상에 둘도 없는 아름다운 미소를 지으며 주위를 향해 손을 흔들었다. 드디어 자신이 있을 곳을 비로소 찾았다는 듯 얼굴에는 당당한 품위가 넘쳤고 도도하게 들린 콧날에는 살아난 자존심이 엿보일 정도였다.

야심한 시각임에도 불구하고 군중들 그야말로 땅이 들썩일 정도로 환호했다. 꽃이나 화려한 양초 등을 들고 와 그들이 밟고 지나간 길 위로 그것을 놓으며 땅에 엎드려 입 맞추는 사람들도 있었다.

"저 여자가 왜 저기 있어? 지금 쟤들 뭐하는 거야?!"

일찌감치 장사를 접었는지, 판매대를 다 올려 버린 키오스크 상점의 뒤편에 서서 그들을 몰래 바라보던 윤수가 불쾌한 목소리로 외쳤다.

"공주는 나보다 2황자 바인이 더 마음에 들었나 보군."

그런 그녀의 뒤에서 카이트가 덤덤한 목소리로 대꾸했다.

하지만 윤수는 연신 씩씩거림을 멈추지 않았다.

성에 홀로 남아 있을 도른 생각이 났기 때문이었다.

물론 이제는 이혼한 사이니 바인이 누굴 만나든 상관없지만, 도른이 여전히 제 전남편을 좋아하고 있다는 게 문제였다. 바인을 바라볼 때면 도른의 눈에서는 아직도 미련과 아쉬움이 뚝뚝 흘러 넘쳤다. 성에서 그것을 모르는 사람은 아무도 없었다. 아니, 이 도시에서 그 사실을 모르는 사람은 아무도 없다고 해야 맞으리라.

게다가 둘이 이혼한 지도 아직 그리 오랜 시간이 흐르지 않았다. 그런 만큼 전 부인이 성에 와 있을 때만이라도 좀 자중하면 좋으련만. 저건 단순히 엉덩이가 가벼운 게 아니라 예의가 없는 거 아닌가.

그녀의 눈살이 더더욱 찌푸려졌다.

"근데 저래도 되는 거야?"

"뭘?"

"아니, 엄밀히 말하면 공주는 꽃의 기사와 한 쌍이 되어 움직여야 하는 거잖아. 게다가 슈타티스트가 사실은 동생의 상대자였다는 걸 바인도 모르지는 않을 텐데."

그러자 카이트가 고개를 저으며 대답했다.

"꽃의 기사라는 건 그냥 예법의 한 형태일 뿐이다. 그러므로 저 상황이 그리 큰 결례는 아니야. 공주든 꽃의 기사든 더 마음에 드는 상대가 나타나면 그 사람과도 얼마든지 시간을 보낼 자유가 있지. 물론 서로 혼인이나 약혼을 한 상태가 아니라는 전제하에서 말이다. 게다가 바인은 분명……."

카이트는 잠시 곰곰이 생각하더니 다시 말을 이었다.

"아마 이미 모든 것을 다 알고 있었을 거다. 전에 우리의 앞에 갑자기 나타나 창을 겨눴을 때 말이야. 기억하나? 그때 분명 그는 공주에게 관심도 없으면서 왜 꽃의 기사를 자처한 거냐는 식의 말을 했었지. 그러니 나와 공주가 연인 관계가 아니라는 것도 진즉 알았을 테고."

"아."

윤수는 고개를 크게 끄덕이는 것으로 그의 말에 동조를 표했다. 그러고 보니 바인은 줄곧 두 사람의 뒤를 캤던 게 틀림없었다. 아니, 먼저 윤수의 얼굴을 알아보고서야 비로소 뒤를 캐지 않으면 안 된다고 생각했을 것이다.

예전 삶 속에서 다녔던 회사의 신입 사원 얼굴을—정확히 말하자면 신입 사원에게 투영당한 윤수의 얼굴을—알아보고서는 아마 기절초풍했을 테니까. 그러니 그 여자가 왜 이곳에 카이트와 함께 나타났는지를 알아내려면 공주를 공략하는 게 제일 손쉬운 방법이었으리라.

카이트가 꽃의 기사를 맡은 방법과 이유, 그리고 실제 꽃의 기사로서 그의 행동이 어떠했는지를 슈타티스트로부터 낱낱이 듣고서야 의심을 확정했던 거다.

무언가 꿍꿍이가 있음을 말이다.

그는 그 모든 증거를 쥔 채 그들을 기다렸다. 수십의 병사들과 함께 길목을 막고서는. 예상보다 더 치밀한 바인의 성격에 윤수는 속으로 저도 모르게 혀를 내둘렀다.

사실 바인과 둘이서 비밀을 하나씩 오픈하기 전까지, 윤수는 그가 자신을 알아보았다는 사실을 전혀 모르고 있었다.

그녀뿐만이 아니라 그 누구도 눈치채지 못했다.

그만큼 윤수를 대하는 태도가 평소처럼 자연스러웠기 때문이었다.

그렇다면 대체 언제 알아보았던 걸까?

윤수는 조용히 기억을 더듬어 보았다.

그를 처음으로 만난 숲 속과, 숙소 문제로 카이트와 대립하던 성 안, 그리고 그 외에도 그저 스치듯 지나갔던 복도나 연회

홀……. 하지만 아무리 생각해도 이렇다 할 명확한 순간은 없었다. 그저 느낌으로는 처음 만났을 때는 확실히 아니었고, 그 두 번째 정도의 만남에서 확신하지 않았나 싶다.

물론 어디까지나 자신이 만들어준 성격과 습관을 바탕으로 그저 추측해 본 것일 따름이었다. 바인 일행은 어느새 그들의 앞을 지나 광장 쪽으로 향하고 있었다.

"뭐 어쨌든 공주도 짝을 찾았으니 잘되었군. 미틀러렌의 여왕이 과연 바인을 반겨줄까에 대해서는 장담할 수 없지만, 그녀가 더 이상 날 귀찮게 할 일은 없겠지."

그런 그들에게서 여전히 눈을 떼지 못하고 있는 윤수의 머리를 살짝 쓰다듬으며 카이트가 담담한 어조로 이야기를 마무리 지었다.

"카이트."

"응?"

그녀가 저를 부르자 눈이 또 활짝 휘어졌다. 그는 웃음을 담뿍 담은 목소리로 다정하게 대답했다.

"왜 그러지?"

"혹시 말이야. 바인이 정말 공주를 마음에 두고 있는 걸까? 네가 보기엔 어때 보여?"

윤수의 질문에 카이트는 고개를 들어 멀어져 가고 있는 바인을 찬찬히 살폈다. 가히 완벽하다고 말할 수 있는 에스코트와 줄곧 공주를 향해 시선을 두고 있는 두 눈, 쉴 새 없이 피어오르는 다정한 미소.

연인을 대하는 남자의 모습 그 자체였다.

"뭐, 바인은 워낙 여자를 좋아하니까. 게다가 저 모습은 누가 봐도 그런 것 같지 않나? 좋아하지도 않는 여자에게 저렇게까지 하는 남자는 이 세상에 없어."

그 말을 하며 카이트는 저도 모르게 코끝을 문질렀다.

저도 좋아하는 사람과 이것저것 하고 싶은 게 많음을 상기시켰기 때문이었다.

그동안은 그런 대상 자체가 없었으니까 생각하지 않았을 뿐, 이제는 너무 많아서 곤란할 정도다.

"이제 또 어디로 가 볼까? 무언가하고 싶은 거라도 있어? 배가 고프지는 않나?"

카이트가 윤수의 손을 이끌며 다정다감하게 물었다.

하지만 그의 손을 잡고서 다시 발걸음을 움직이는 그 순간까지도, 윤수는 계속해서 바인의 뒤통수에서 눈을 떼지 못하고 있었다.

그녀의 귀에 방금 전 카이트가 한 말이 맴돌았다.

"좋아하지도 않는 여자에게 저렇게까지 하는 남자는 이 세상에 없어."

물론 바인이 아닌 다른 사람이라면, 윤수도 그렇게 생각했을

지 모른다. 지금 저 남자는 막 사랑에 빠진 모양이라고.

하지만 그녀는 바인이 처음 도른을 좋아한다고 자각하기 시작했을 때를 누구보다도 잘 알고 있었다. 당시 그가 황족과 기사단장이라는 신분 차이를 이용해 얼마나 그녀를 쉼 없이 괴롭혔는지를 말이다.

물론 그 괴롭힘이라는 게 다소 유치하다고 말할 수 있는 것이긴 했다. 게다가 다른 사람 앞에서는 녹을 것 같은 미소를 잘도 짓다가, 도른만 오면 얼굴을 딱딱하게 굳혔다.

그것이 바인이었다.

진짜 좋아하는 상대 앞에서는 긴장되고 떨려서 오히려 마음과는 정반대의 행동이 나가고야 마는. 그녀는 다시 한 번 떨떠름한 눈으로 이제는 사람들에 가려 제대로 보이지도 않는 바인의 뒷모습을 조용히 좇았다.

윤수와 카이트는 정말로 동이 틀 때 즈음 성으로 돌아왔다. 밤새 온 거리를 쏘다니며 실컷 축제를 즐겼으니, 그녀가 침대에 눕자마자 곯아떨어진 것도 무리는 아니었다.

게다가 카이트와 서로 마음을 확인했던 그 일련의 사건들로 인해 줄곧 마음을 졸인 터라, 그녀는 도리스가 점심 식사를 쟁반에 들고 들어왔을 때까지도 자리에서 일어나질 못했다.

"바서 님, 바서 님!"

"으응⋯⋯."

"일어나세요, 어서! 벌써 한낮이라구요."

"으응, 걱정 마. 일어났어…… 오 분만…… 딱 오 분만 더 누워 있다가 얼른 출근 준비……."

"도대체 무슨 말씀을 하시는 거예요? 아이참, 얼른 일어나시라니까요!?"

도리스는 잠에 취해 정신을 차리지 못하는 윤수를 기어코 일으켜 세웠다.

"자요. 여기 물에 적신 수건을 드릴게요. 아니지, 내가 해드리는 게 낫겠어. 자, 얼굴을 조금만 만지겠습니다. 아휴, 침 자국으로 입 주변이 온통 엉망이네!"

그녀는 그렇게 끊임없이 잔소리를 해가며 윤수의 얼굴을 박박 닦았다.

"아, 아얏!"

"가만히 좀 계세요. 아무리 자다 일어나셨다지만 숙녀가 얼굴이 이게 뭐예요? 이젠 이런 모습은 안 돼요!"

비몽사몽간인지라 윤수는 어쩔 수 없이 도리스에게 몸을 맡겼다. 그러면서도 참으로 희한한 일이라고 생각했다.

원래 도리스는 윤수가 아무리 늦잠을 자도 웬만하면 깨우는 일이 없었다. 아니, 그럴 때면 더더욱 그녀를 그대로 침대에 머물게 했다. 원래 잠은 잠이 쏟아질 때일수록 더 자야 하는 법이라면서 말이다. 그렇게 말하며 윤수의 숙면을 마치 지옥의 사자처럼 지켜주던 그녀였다. 심지어 어쩔 때는 용무가 있어 찾아온 페라트마저 돌려보낸 적이 있을 정도다. 하지만 지금은 굉장히 열성적으로, 아니 다소 극성이라고 말할 수 있을 정도로 윤수의 시중을 들고 있었다.

"아, 아앗! 내가, 내가 할게요. 도리스. 가서 세수하고 올 테니까요."

결국 잠에서 깬 윤수는 그렇게 말하며 계속해서 제 얼굴을 문지르고 있는 도리스의 손길을 만류했다.

"어머, 그러시겠어요, 그럼? 자, 여기 물을 떠왔어요."

그녀가 함박웃음을 지으며 커다랗고 하얀 사기그릇을 내밀었다. 깨끗한 물이 찰랑거리고 있는 커다란 그릇을 바라보던 윤수는 그저 어안이 벙벙했다.

왜냐하면 도리스는 절 위해 원래 이런 시중을 들지 않던 사람이기 때문이었다. 물론 그녀는 윤수의 시중을 들어줄 사람은 자신밖에 없다며 그 일을 무척이나 바라긴 했지만, 윤수가 원하지 않았다.

카이트나 다른 황족들에게는 매우 익숙한 일일지 몰라도 그녀에게는 누군가가 매일 아침마다 세숫물을 들고 옆에서 대기한다는 게, 또 일일이 머리를 빗겨주고 옷을 입혀준다는 게 너무나도 귀찮았다. 그래서 늘 습관대로 혼자 씻은 후, 그저 혼자 잠글 수 없는 등 뒤의 단추를 채워준다든가 하는 식의 도움을 받는 게 전부였는데…….

오늘따라 도리스가 대체 왜 이러지?

"자아. 얼른 씻으셔야죠. 그리고 오늘은 머리를 좀 예쁘게 땋아드릴까요? 아직 좀 짧긴 하지만 그래도 옆을 돌리면 충분히 땋아 볼 만할 거여요."

하지만 윤수가 그러거나 말거나 도리스는 옆에 서서 계속 말을 건넸다. 그러고는 정말 빗을 들고 머리를 손질해 주기 시작했다.

"아니, 잠깐만요, 도리스. 오늘 대체 왜 이러는 거예요?"

"왜긴요! 그동안은 바서 님께서 워낙 시중드는 걸 원치 않으셔서 줄곧 그 마음을 들어드렸지만, 이제는 그럴 수 없어요. 왜냐하면 곧 황비가 되실 몸이니까요. 세상 그 어떤 황비도 혼자서 씻고 몸단장을 하진 않는답니다. 그러니 이제부터 이런 거에 익숙해지셔야 해요!"

"아, 그래요, 그렇구나…… 어? 잠깐만요. 내, 내가 뭐가 된다고요!?"

종알거리는 도리스의 이야기에 건성으로 고개를 끄덕이며 무심코 대답하던 윤수가 두 눈을 동그랗게 떴다.

"카이트 황자님하고 이제 결실을 맺으셨으니, 드디어 우리들의 황비님이 되어 주시는 거잖아요? 아, 또 눈물이 나오려고 하네. 죄송해요, 바서 님. 전 생각만 해도 가슴이 벅차서……."

도리스는 그렇게 말하며 또다시 소매 끝으로 눈물을 훔쳐냈다. 윤수의 얼굴이 순간 새하얗게 변했다.

하지만 그것도 잠시.

이대로 타버리는 것은 아닐까 하고 염려될 정도로 이마 끝까지 홍조가 차올랐다.

"겨, 결실이라니, 그건 또 무슨 소리…… 도, 도리스도 가끔 참 재미있는 이야기를 자, 잘해요……."

그녀는 당황한 나머지 말을 마구 더듬거렸다. 하지만 도리스는 윤수가 그러면 그럴수록 더 히죽거릴 뿐이었다.

"제 눈을 또 속이시려고요? 다른 사람은 몰라도 제겐 안 된다고 수차례나 말씀드렸는데. 언제쯤이면 포기하실까."

도리스는 한숨을 쉬며 고개를 절레절레 흔들었다. 그러더니 두 눈을 빛내며 윤수의 곁에 바짝 다가와 앉았다.

"오늘 아침에 카이트 황자님이 바서 님이 일어났는지를 몇 번이나 물어보셨는지 알아요? 무언가 이상함을 감지한 제가 세어 봤더니 글쎄, 그것만도 무려 여섯 번이 넘어요!"

그 말에 윤수는 애써 대답을 얼버무렸다.

"뭐 제게 할 말이 있었나 보죠."

"후후, 그런 게 아니란 걸 잘 아실 텐데요? 게다가 황자님은 줄곧 바서 님을 걱정하고 계신다고요. 혹시 어딘가 몸이 아픈 건 아닐까, 늦게까지 자는 건 좋지만 식사는 거르지 말아야 할 텐데, 하고 말예요! 그래서 제가 궁금한 나머지 어제 야간 시중 조였던 하인에게 슬쩍 물어봤거든요? 그랬더니 글쎄, 글쎄……."

이쯤 되니 입이 바싹 마른 건 윤수 쪽이었다.

"그, 그랬더니……?"

"두 분이 어젯밤 함께 축제 구경을 나갔다가, 오늘 아침이 되어서야 비로소 돌아오셨다고, 흐흐, 그렇게 말해 주지 뭐예요. 게다가 우리 바서 님은 그 후로 이렇게 침대에서 잠만 주무시고. 으흐흐, 세상에!"

잠자코 그녀의 말을 듣고만 있던 윤수는 부들부들 사지를 떨었다. 아마 옷을 벗겨놓으면 틀림없이 온 피부가 모든 새빨개져 있을지도 모른다고 생각될 정도로 전신에 확확 열이 돌았다. 도리스가 몸을 배배 꼬며 연신 꺄꺅댔다.

"하긴, 카이트 황자님은 워낙 어릴 때부터 검술을 연마하신 분이니 그 체력은 의심할 여지가 없죠. 아마 며칠 밤을 샌다 하더라도 끄떡없으실 거예요. 어머, 어머멋! 호호호!"

그리고 거기까지 이야기가 진행되었을 때. 더 이상 참을 수 없었던 윤수는 황급히 몸을 날렸다. 어찌나 힘이 셌는지, 도리스가 그만 침대 위로 풀썩 쓰러지고 말았다.

"지, 지금 무슨 소리를 하는 거예요!? 그런 거 아니에요! 우리는 키스밖에 안 했다고요!"

"네에?!"

윤수의 밑에 깔려 바르작거리던 도리스의 얼굴이 순간 경직되었다. 그러더니 이내 곧 숨길 수 없는 환희가 드러났다.

"그럼 역시 두 분이 그렇고 그런 관계가 되신 건 확실한 거군요! 긴가민가했었는데 어쩜, 너무 기뻐요!"

아…….

윤수는 당혹스러운 한숨을 토해 냈다.

그녀는 그제야 눈치챌 수 있었다.

지금 저는 도리스에게 당했다.

그것도 완벽하게 당했다.

"어차피 축제는 원래 24시간 내내 하는 거니까 두 분이 늦게 돌아오실 거라고 예상은 했지만, 행여나 아무 일도 없이, 아니, 서로의 마음을 여전히 감춘 채면 어떡하나 하고 걱정했었는데……!"

도리스의 두 눈에 눈물이 차오르기 시작했다.

"바서 님! 이제 정말로 황자님과 함께 우리들의 주인이 되어주시는 거군요……. 앞으로 아무 데도 가시지 않고……."

그녀는 말도 끝까지 잇지 못하고 계속해서 줄줄 눈물을 흘렸다.

"아니, 그게, 난……."

도리스가 이토록 기뻐해주니, 차마 그 앞에서 화도 낼 수가 없었다. 결국 이러지도 못하고 저러지도 못한 채 도리스의 어깨를 짓누르고 있던 상체를 슬그머니 일으키려는데.

"윽!"

그녀가 손을 뻗어 윤수의 목을 거칠게 안았다. 그러고는 흐느끼며 소리쳤다.

"부디 한 번만 이런 무례를 저지르는 것을 허락해 주세요, 바서 님. 흐흑, 지금 저는 세상에서 제일 기쁜 여자니까요! 제가 앞으로 모든 마음을 다해 잘 모실게요. 부디 잘 부탁드려요, 바서 님, 감사합니다. 오오, 오늘 밤에는 신께도 감사를 드려야지!"

엄밀히 말하면 눈앞에 있는 윤수에게 감사를 표하는 것이 곧 신에게 감사를 표하는 것이 될 테지만, 도리스는 아직 그걸 몰랐다. 흑흑 소리 내어 울고 있는 도리스를 보니 윤수의 가슴속에도 이루 말할 수 없는 뭉클함이 차올랐다. 생각해 보면 눈앞의 이 여인은 단 한 순간도 자신의 편이 되어주지 않은 적이 없었다.

제가 줄곧 외면했을 뿐이다.

어차피 이곳을 떠날 사람이었으니까.

윤수도 결국 더 이상 아무 말도 하지 못했다. 그 대신 더할 나위 없이 다정한 손길로 땀으로 가득한 도리스의 이마를 가만히 쓰다듬어 줄 때였다.

"이제 일어났군. 잠깐 들어가도 되나?"

열려진 문틈 사이로 누군가 똑똑 노크를 하며 이렇게 말했다. 그는 마침맞게 방 밖으로 나왔다가 윤수의 방에서 들려오는 여자들의 소란을 감지한 카이트였다.

"음……?"

아직 들어와도 된다는 허락은 없었지만, 급한 마음에 저도 모르게 방 안으로 슬쩍 몸을 들이민 카이트의 눈에 비친 건 여자 둘이 침대에 몸을 포갠 채 끌어안고 있는, 참으로 희한한 광경이었다.

그는 지체 없이 그 곁으로 뚜벅뚜벅 다가왔다. 그러고는 윤수에게 안겨 있는 도리스를 달랑 일으켜 세웠다.

"아."

"지금 대체 둘이 뭘 하고 있는 건가?"

놀랍도록 퉁명스러운 목소리였다.

그 속에 담긴 마뜩찮은 감정을 눈치챈 도리스는 감히 황자님의 앞에서 소리 내어 웃지 않기 위해 황급히 입술을 물었다. 세상에, 설마 나한테까지 질투를 하시다니. 그리고 한편으로는 늘 고독하고 외로웠던 자신의 주인님에게 찾아온 저 놀라운 변화를 마음속으로 크게 기뻐했다.

*　　　*　　　*

윤수는 오후에도 줄곧 도리스와 함께 시간을 보냈다.

그녀는 도리스를 데리고 한 번 더 축제를 구경했다.

두 사람은 시가지를 돌아보고, 광장에서 재미있는 야외 연극을 보았다. 늘 붙어 다니다시피 한 사이이긴 하지만 사실 이런 건 두 사람 사이에 처음 있는 일이었다.

여기 와서 성 밖으로 한 번도 나가보지 못한 건 도리스도 마찬가지였고, 그런 그녀가 바깥 구경을 할 수 있는 건 윤수가 데리고 다녀주지 않는 이상 불가능했다.

물론 윤수도 그동안 그걸 몰랐던 것은 아니었다.

하지만 저 자신도 이런 개인 시간을 가진 지 얼마 안 된 데다가, 그 전까지는 확실히 그런 기회를 의식적으로 멀리했었다.

처음에는 카이트도 조금 마뜩찮아 했지만 도리스와 윤수가 둘이서 시내를 나가는 것을 곧 기꺼이 허락해 주었다. 그도 그녀의 심경에 무언가 변화가 있음을 눈치챌 수 있었다.

사실 윤수는 도리스는 물론이요, 성의 그 어떤 시종들에게도 한 번도 함부로 대한 적이 없었다. 오히려 자신이 필요 이상으로 불편을 끼칠까 봐 되레 그들의 사정을 먼저 돌보기도 했다.

세상에 그 어떤 귀족이나 황족도 시종의 사정을 먼저 고려하지는 않는다. 하물며 그녀는 이 세계의 창조자인데.

카이트는 그런 윤수의 따듯한 마음씨를 누구보다도 좋아했다. 그럼에도 불구하고 그녀는 도리스에게 쉽사리 곁을 내주지 않았다. 즉, 도리스를 누구보다 아끼고 배려하긴 하지만, 마음을 터놓는 것은 늘 주저했다고 해야 할까.

그는 그것이 늘 이상했다. 그리고 요즘에서야 그 사실을 이해할 수 있었다.

'아마도 언제나 떠날 준비를 했던 거겠지. 어차피 돌아갈 거라면, 쓸데없는 정을 붙이지 않는 편이 더 나으니까. 그런 건 오히려 발걸음을 주저하게 만들 뿐이라는 걸 알았던 거다.'

그렇다면 지금은?

그는 습관대로 손을 허리춤에 가져다 댔다. 그러고는 그곳에 있는 검 손잡이를 가만히 문질렀다.

사실 제 마음을 전달하고 또 그녀의 대답을 받기는 했지만 아직 자신들은 무엇 하나 달라진 게 없었다.

윤수가 그에게 황제의 성으로 가자고 쉽게 말할 수 없는 것처럼, 카이트 역시 차마 그녀에게 원래의 세계로 돌아가지 말라고 말하지 못했다. 그런데 이제는 무언가를 권유하거나, 배려해 주거나, 누군가를 설득하려는 말을 하는 것은 별로 중요하지 않게 되었다.

왜냐하면 이제 카이트에게 있어서 그녀와 헤어진다는 것은 정말로 불가능한 일이 되어버렸기 때문이다.

그의 눈빛이 무겁게 가라앉았다.

여러 가지 생각들이 머릿속에서 풀어졌지만 결국은 하나로 합쳐졌다. 모두 새하얗게 지운 상태에서 그리는 그림만이 아름다운 건 아니었다.

황제가 되고 싶었던 3황자 아인젠카이트는, 줄곧 꿈꾸었던 그 소망 위에 새로운 꿈을 덧그리기 시작했다.

"바서 님, 이거 봐요! 너무 예쁘죠!"

신이 나서 거리 이곳저곳을 누비고 다니던 도리스가 발걸음을 멈춘 곳은 작은 물품들을 파는 좌판 앞이었다.

유리로 만든 조그마한 공예품부터 시작해서 은 액세서리까지, 그 가짓수도 다양했다. 평소 예쁘고 귀여운 것들을 모으기 좋아하는 도리스의 두 눈이 반짝였다.

"이거랑, 이거랑…… 아, 저것도 주세요."

그런 그녀의 곁에서 윤수는 자연스럽게 몇 가지의 것들을 골랐다. 전부 다 도리스가 좋아할 만한 것들이었다.

계산을 치른 후 그것들을 제게 안기는 윤수를 향해 그녀가 손사래를 쳤다.

"아니에요, 바서 님! 이미 사 주신 선물만 해도 충분한데……! 이렇게 자꾸 챙겨주지 않으셔도 괜찮아요."

"괜찮아요, 어차피 돈 쓸 데도 없는걸요."

"그래도요……."

"게다가 아시잖아요. 저 급료 받은 거."

그렇게 말하며 살짝 윙크를 하자, 도리스의 미간에 그어진 주름이 그제야 펴졌다. 어젯밤에는 제가 지불할라치면 카이트가 하도 인상을 쓰는 바람에 그에게 전부 얻어먹기는 했지만, 사실 윤수도 돈이 아주 없는 것은 아니었다.

아니, 그녀는 갓 벌기 시작한 것치고는 의외로 꽤 지갑이 두둑했다. 바로 얼마 전 호위 병사로서 일을 하고 받은 첫 주급이 나왔기 때문이었다. 이 나라의 군대는 바인과 도른 덕분에 급료가 상당히 높은 편에 속했다.

그뿐만 아니라 대우와 복지도 좋았다.

옷에 달린 브로치만 내보이면 계급이 에어스테든 드리테든 상관할 것 없이, 모든 상점들이 각각 반값으로 물건 가격을 할인해 줬다. 뿐만 아니라 덤을 얹어 주는 건 기본이요 가게 주인들이 다과까지 대접해 줄 정도였으니, 병사 제복을 입은 그녀의 어깨가 절로 으쓱거려지는 것은 당연한 일이었다.

아직도 좌판 앞을 떠나지 못하고 계속해서 구경에 정신이 팔린 도리스를 따라 천천히 물건을 둘러보던 윤수의 눈에 작은 은 반지 하나가 들어왔다. 둘레를 따라 작은 꽃문양이 자잘하게 새겨진 깜찍한 반지였다.

그걸 집어 들고 마저 계산을 치르는 윤수를 향해, 도리스가 의아하다는 듯이 물었다.

"어머, 바서 님. 그게 마음에 드세요? 꽃무늬가 너무 자잘하지 않아요?"

윤수는 그저 가만히 웃기만 했다.

이 반지를 보니 생각나는 사람이 한 명 있었기 때문이었다. 이 액세서리는 그녀가 좋아할 만한 물건이었다.

"바서 님이 착용하시려구요?"

하지만 그 반지의 쓰임새가 도리스는 못내 궁금한 모양이었다.

"아니요. 제가 끼려는 건 아니고……."

"그렇죠? 그래요. 역시 반지는 카이트 님께 선물받으셔야 마땅하죠!"

"아니, 저…… 그건 좀……."

또다시 윤수의 양 볼이 복숭아 색처럼 변했다.

"뭘 계속 부끄러워하고 그러세요? 이제는 숨길 것도 없는데. 페어라센은 미혼 남녀들의 연애에 매우 개방적인 나라라구요?! 게다가 결혼이란 건 남자도 그렇지만 여자에게 정말 중요한 문제라서…… 아, 그렇지!"

도리스는 갑자기 무언가 중요한 것이 떠오른 듯 손뼉을 짝! 하고 쳤다.

"왜요?"

"카이트 님의 성으로 돌아간 후에 기거하시게 될 곳 말인데요, 혹시 황자님과 방을 같이 쓰시겠어요? 만약 그러실 생각이라면 제가 짐을 옮겨드릴게요. 두 분이 보아하니 아직이신 것 같아서……."

순간 윤수는 손에 들린 꾸러미를 툭, 떨어뜨리고 말았다.

"……네?"

그러고는 도리스가 그것을 주워 다시 손에 들려줄 때까지 돌처럼 딱딱하게 굳어 움직이질 못했다. 아마도 도리스는 윤수가 이제 이곳을 떠날 일은 없을 거라고 굳게 믿고 있는 듯했다. 하지만 지금 그녀가 이토록 당황한 이유는 그것 때문이 아니었다.

"제, 제가 왜 황자와 같은 방을……."

윤수의 터질 것 같은 얼굴을 바라보며 도리스가 이상하다는 듯 고개를 갸웃거렸다.

"왜라니요? 보통 여기서는 다들 그러는걸요. 특히 밤 생활이 서로 맞지 않으면 결혼을 해서도 결코 행복할 수 없는지라 그런 걸 미연에 방지하려면 뭐니뭐니해도 먼저 확인해 보는 게 도움이…… 어머, 바서 님? 어디 가세요? 같이 가요!"

도리스의 마음속에 윤수와 카이트의 행복한 결혼은 이미 기정사실화되어 있었다. 그래서 그녀는 마치 친언니처럼 자신이 윤수를 보살펴 주지 않으면 안 된다고 단단히 벼르고 있었다. 게다가 페어라센에서는 결혼 전 동거가 매우 보편화 된 일이고 말이다. 하지만 도리스는 끝까지 말을 잇지 못했다. 갑자기 어딘가를 향해 도망치듯 바삐 걸어 나가는 윤수를 쫓아가느라고 말이다.

그때 윤수의 얼굴은 지나가는 사람들이 죄다 한 번씩 뒤돌아볼 정도로 새빨갛게 변해 있었다.

*　　*　　*

축제에서 돌아온 다음에는 바로 레위니옹 모임을 가야 했다. 덕분에 윤수는 카이트의 저녁 식사 제의를 어쩔 수 없이 거절해야만 했다. 물론 지금까지 대부분의 시간을 같이 보냈으므로 식사를 함께한다는 게 딱히 큰 의미가 있는 것은 아니었다. 하지만 그래도 이건 그가 처음으로 데이트를 신청한 것과 마찬가지인데.

카이트가 툴툴댔던 것만큼이나 그녀도 아쉽기는 마찬가지였다. 그래도 모임을 취소할 수 없었던 이유는 이미 대련장을 미리 대관해 놓았기 때문이었다. 모두 부지런한 미셸 덕분이었다.

그녀의 레위니옹은 매일같이 꾸준히 사람이 늘고 있었다. 처음에는 그저 호기심으로 참가했던 병사들도 많았지만 그녀와의 대련 후에는 약속이나 한 것처럼 그런 가벼운 마음을 죄다 버렸다.

게다가 여기저기 제대로 된 입소문이 퍼진 탓에 이제는 진짜 검을 맞대보고자 찾아온 사람들이 대부분이었다.

"여어, 예쁜이 검사님. 오셨어요?"

하지만 개중에는 분명히 이렇게 저급한 흥미를 가지고 기웃거리는 자들이 없지 않아 있었다. 비록 기사단장은 여자이나 아직도 기사단 안에는 보이지 않는 성차별이 크게 존재했다. 게다가 윤수는 유달리 체구도 작고 일반 여검사들과는 달리 팔다리도 상당히 가느다란 느낌을 지녔기에 그것에 묘한 흥미를 보이는 남자 병사들의 입방아에 자주 오르내렸다.

하지만 오늘 새로 가입한 자는 몹시 질이 좋지 않았다.

"키도 작고 엉덩이도 작은 게, 어린애 같아서 영 대련할 마음이 안 생기네, 낄낄."

그는 자신이 먼저 대련 신청을 했음에도 불구하고 그렇게 주절거렸다. 모르긴 몰라도 벌써 여러 레위니옹에서 쫓겨났을 가능성이 커 보였다. 왜냐하면 보통 신규 가입을 신청하는 자들은 아주 숙련자가 아닌 이상에야 이렇게 당당하게 대련 신청을 하지 못했다. 보통 첫날은 대부분의 사람들이 레위니옹의 분위기를 파악하는 데 주력하기 때문이었다.

그렇다고 해서 숙련자일 리도 없었다.

만약 정말 숙련자였다면 일찍이 자신의 레위니옹을 만들었을 테니까.

"만약에 내가 이기면 오빠랑 한번 밖에서 따로 만날까? 응? 내가 너 어른으로 확, 만들어 줘?"

남자의 계속되는 불쾌한 언사에 거기 모인 많은 병사들이 눈살을 찌푸렸다.

"하아……."

윤수가 낮게 한숨을 내쉬었다.

남자는 목에 초록색 띠를 두르고 있었으니, 그가 바인의 병사라는 것은 충분히 예상 가능한 일이었다. 사실 이 성에서 초록색이 아닌 다른 색을 두르고 있는 자는 매우 적었다. 소속 분대 이름은…… 어딘지 몰랐다. 그러나 찾고자 하면 금방 찾아질 것이다. 왜냐하면 그는 브로치 4개짜리의 피어테 계급이었는데, 저 정도로 재수 없는 피어테라면 아마 이 근방에서도 악명이 자자할 것이다.

"오빠 만날 거야, 말 거야. 예쁜아."

계속해서 이죽대는 남자에게 윤수가 덤덤한 목소리로 대답했다.

"제 검에 당신의 검날이 한 번이라도 닿는다면, 기꺼이 만나드릴게요."

"뭐?"

대련에서 이기면, 이라는 전제도 아니고, 고작 검날을 갖다 대기만 해도 만나 주겠다고?

이건 명백한 무시라는 걸 그도 잘 알 수 있었다.

남자의 지저분한 눈빛이 그 순간 날카롭게 번뜩였다.

"우리 예쁜이 그 말 후회 안 하냐?"

"물론이지. 대신 당신은 나한테 지면 다시는 여검사들이 있는 레위니옹에 들어가지 마. 어때, 자신 있어?"

윤수도 반말로 화끈하게 응수했다. 그러자 한쪽에서 작은 환호성이 들렸다. 저런 작자들이 하는 짓이란 대부분 비슷해서 다른 곳에서 이미 비슷한 경험을 당한 여검사들이 있는 모양이었다.

"건방진 계집애."

그의 입에서 또 킬킬대는 웃음이 흘러나왔다.

"좋아, 그렇게 하지."

그러면서 그는 검 손잡이 안에 숨겨 놓은 비밀 공간에 슬쩍 손을 집어넣었다.

거기에 들어 있는 것은 작은 주머니였다.

그 안에는 정체불명의 회색 가루가 들어 있었는데, 그것이 피부에 들러붙게 되면 물로 장시간 씻어내기 전까지 일시적으로 근육이 뻣뻣하게 굳었다.

마치 마비된 것처럼 말이다.

칼을 휘두를 수도 없고, 손목을 돌리는 것도 불가능했다.

원래는 기사단에서 잡아들인 죄수들에게나 쓰이는 약이었다. 그들의 시력을 빼앗거나 하는 등의 형벌을 내릴 때, 놈들이 몸부림치면 곤란했으므로. 그런데 예전에 딱 한 번, 남자의 근무지 근처에서 흉악한 범죄자가 잡힌 적이 있었다. 당시 기사단은 임시 감옥을 세우고 죄인을 그 안에 가두어 놓았는데, 그는 그 감옥의 호위 근무를 선 적이 있었다. 그때 이것을 간 크게도 몰래 훔쳐냈다.

근육을 마비시켜 움직이지 못하게 하는 약이라는 건 생각만 해도 짜릿함을 불러일으켰다.

특히나 주체할 수 없는 성욕이 솟구칠 때면, 이 약을 써볼까 하는 생각이 늘 간절했다. 지나가는 여자들을 상대로 말이다.

'하지만 저런 계집을 맛보는 것도 괜찮지. 갓 기사단에 들어와서 검 좀 다룬다는 이유로 세상 무서운 줄 모르고 날뛰는 년!'

가까이에서 본 소문의 여검사는 굉장히 작고, 또 생각보다도 훨씬 더 팔다리가 여리여리했다.

덕분에 남자의 아랫도리에는 흉물스러운 힘이 실렸다.

그는 지금 이 순간을 위해 이 가루약을 쓰지 않고 남겨두길 잘 했다고 스스로를 칭찬하며 검을 세웠다.

"나중에 오빠 원망하기 없기다?"

그러고는 슬쩍 손잡이의 비밀 뚜껑을 열어 가루약을 손에 쥔 채 윤수를 향해 돌진하려는 그때였다.

"멈춰라."

웅성거리는 사람들 사이를 뚫고 유독 낮은 목소리가 들려왔다. 동시에 그곳을 돌아본 모든 병사들의 눈이 믿을 수 없다는 듯 크게 올라갔다. 대련장 안으로 성큼 들어온 사람은 피처럼 붉은 머리를 가진 3황자 아인젠카이트였다.

"화, 황자님!"

당황한 병사들은 절도 있는 동작으로 자신들의 검을 꺼내 얼른 옆구리에 붙였다.

철커덕, 착! 하는 소리가 일사불란하게 울려 퍼졌다.

"어?"

갑작스러운 그의 등장에 놀란 것은 윤수도 마찬가지였다. 하지만 그는 아랑곳 않고 그들 사이로 성큼성큼 다가왔다. 그러고는 그녀의 앞에 서 있는 남자를 향해 서늘한 음성으로 물었다.

"이봐, 너."

"……네, 네!"

"인사는?"

"네?"

"내가 누군 줄 알고 감히 입을 붙이고 서 있는 건가."

그제야 정신을 차린 그는 큰 소리로 외쳤다.

"죄, 죄송합니다, 황자님! 저는 쵤벤 분대의 피어테 계급, 슈타테 하크입니다."

그러자 카이트가 고개를 끄덕였다.

"쵤벤 분대의 하크 검사라. 그렇군. 피어테 계급씩이나 되어서 이런 레위니옹에 몸소 가입을 하다니 검에 대한 열정이 대단한 모양이야."

"네…… 네에."

그러자 그가 코끝을 긁으며 실실 웃었다.

하크라 불리는 이 남자는 평소 카이트를 단번에 묵사발로 만들어 버릴 수 있다며 허언을 일삼는 부류 중 하나였다. 하지만 그것은 어디까지나 그가 듣지 않는 곳에서 가능한 이야기일 뿐이다. 하크는 카이트 황자가 저를 몸소 칭찬했다는 사실에 이루 말할 수 없는 뿌듯함이 차올랐다.

"보아하니 내 소속 병사에게 한 수 가르쳐 주려는 모양이지?"

"아, 네. 뭐 그렇습니다. 크큭."

그는 여전히 헤실거렸다. 그런 하크를 향해 카이트 역시 천연덕스럽게 말을 이었다.

"그런데 아무리 계급 차가 있다지만 검이 그게 뭔가."

"예?"

"내 병사는 수도에서 제일가는 장인이 만든 검을 들고 있는데 그대는 보급품 중에서도 가장 낮은 급의 검으로 상대해 주려 하다니. 그 뜻은 무척이나 고맙지만 그래서야 내가 영 체면이 안 서지. 그러니 부디 이걸 써 주지 않겠나?"

그러면서 카이트는 무언가를 그의 눈앞에 쓱 내밀었다.

"오, 오오!"

"우와!"

동시에 주위의 병사들이 크게 탄성을 질렀다.

두 눈을 쓱쓱 비빈 뒤 카이트와 그의 손에 들린 것을 번갈아 가며 쳐다보는 자들도 있었다. 이 상황에 얼굴이 새파랗게 질려 가는 건 오로지 하크 한 사람뿐이었다.

카이트가 남자에게 건넨 것은 자신의 검이었다.

너도 나도 탄성을 지르던 분위기는, 어느새 쥐 죽은 듯이 조용히 가라앉아 있었다. 그 사이사이 침을 꼴깍 삼키는 소리만이 들리는 것 같았다.

'저게 바로 운켄트니스 황제가 하사하신……!'

'페어라센 최고의 검사 3황자 아인젠카이트가 늘 한 몸처럼 지니고 다닌다는 검!'

소리 내어 말하는 사람은 아무도 없었지만 마음속에서 울리는 장단은 모두 비슷했다. 그리고 그들 중 가장 큰 압박감을 받았을 하크는 두 무릎을 바들바들 떨어댈 정도였다.

"왜 그러지? 내 검이 별로인가?"

"그, 그럴 리가 있겠습니까."

"그래. 그러면 사양하지 말고 받아라."

말투는 상냥했지만 어딘가 모르게 몹시 강압적이고도 서늘한 음성이었다.

결국 하크는 두 손바닥을 펴 그의 앞에 살며시 내밀었다.

철컹.

"윽."

그곳에 카이트는 자신의 검을 검집째 풀어 던지듯 내려놓았다. 다른 검보다 몇 배는 더 무거운 무게에 그의 팔이 아래로 훅 떨어졌다.

"훌륭한 검사라면 이 정도 검은 써야지."

그는 계속해서 몸을 바들바들 떨어대는 하크를 향해 씨익 웃어 보인 후, 그대로 대련장 한가운데에서 벗어났다.

그러더니 팔짱을 끼고 벽에 기댄 채 나지막이 신호했다.

“시작해.”

하크는 하는 수 없이 검집에서 검을 꺼냈다.

스르릉— 하는 소리와 함께, 보기만 해도 오금이 저릴 정도로 날카로운 칼날이 눈이 부시도록 빛났다.

“와…….”

병사들 중 누군가가 부지불식간에 탄성을 질렀다.

3황자 아인젠카이트가 이곳 바인의 성에 와있다는 이야기는 들었지만, 대부분의 병사들은 카이트를 먼발치에서나 얼핏 보았을 뿐이었다. 그도 아니면 아예 마주치지 못했다는 사람이 부지기수였다. 어차피 행사에는 잘 참여하지 않았고, 성내를 이리저리 마구 돌아다닌 적도 없었기 때문이었다. 그런데 그런 그를 이런 자리에서 마주한 것도 모자라 그의 검까지 직접 보게 되다니!

모두의 얼굴이 붉게 상기되었다.

하지만 하크는 다른 의미로 얼굴이 벌게져 있었다.

“젠장.”

카이트의 검은 너무 무거웠다. 자신도 칼밥 깨나 먹었다는 피어테 계급인데 이게 이렇게 무겁게 느껴질 줄은 몰랐다.

당연하다면 당연한 일이었다.

그건 황제의 하사품이었던 만큼 황국에서 가장 뛰어난 장인이 손수 제작한 검이었다. 그리고 계속해서 향상되는 카이트의 실력에 맞게끔 조금씩 변형을 가해 왔다.

그러니 시정잡배나 다름없는 하크가 그 검 한 자루에 휘청대는 것도 무리는 아니었다.

"그래서 승부 판정은 어떻게 내기로 했지?"

그러자 윤수가 대답했다.

"제 검에 피어테 병사님의 검날이 한 번이라도 닿으면 승리하는, 그런 조건입니다."

"그렇군. 그럼 빨리 시작해."

카이트는 다시 벽에 몸을 기대며 재촉했다.

"공정한 대련을 위해서 내가 직접 참관하겠다. 나도 마침 약속이 취소되어서 시간이 많거든."

그의 말에 윤수는 속으로 가만히 웃었다. 취소된 약속이란 건자신이 거절한 저녁 식사이리라. 하지만 그가 하크에게 왜 군이자신의 검을 쥐어 주었는지는 그녀도 아직 모르고 있었다. 하크는 한동안 가만히 한숨을 푹푹 내쉬다가 이내 결심했는지 검을머리 위로 치켜들었다.

"크윽."

그것만으로도 마치 벌을 서는 듯 팔꿈치가 덜덜 떨렸다.

그러나 카이트 황자가 이렇게까지 나오는데, 자신은 못 하겠다거나 포기하고 싶다는 이야기 같은 건 도무지 할 수 없었다.

"이얍!"

하크는 소리를 지르며 달려들었다.

그 모습을 바라본 윤수는 너무나 놀라서 저도 모르게 엇, 하는 소리를 낼 뻔했다. 왜냐하면 그가 정말 너무나 형편없이 느렸기 때문이었다. 안 그래도 실력이 그다지 출중하지 못해 보이는 자인데, 무거운 검까지 억지로 들었으니 마치 나이 든 부인이 커다란 검을 들고 다가오는 것만 같았다.

그녀는 마치 물 흐르듯이 그의 옆으로 스윽 비켜났다.

그러고는 일부러 도발하듯이 눈앞에서 검을 휘리릭 돌렸다.

"조금 더 빨리 안 됩니까? 하크 검사님?"

줄곧 깔봤던 계집애가 이런 식으로 나오니 하크도 걷잡을 수 없이 화가 뻗치는 모양이었다.

"기다려라, 그 낯짝을 뭉개 주마!"

하크의 발이 또 한 번 바닥을 요란스레 굴렀다. 하지만 낯짝을 뭉개 주고 싶다는 것은 어디까지나 그의 소망일 뿐이었다. 아무리 달려들어도 검날이 닿을 듯, 닿을 듯하며 절대로 닿지 않았다. 그녀는 계속해서 요리조리 날쌔게 몸을 피해가며 그를 더욱더 애태웠다.무릎을 살짝 꺾은 채 허리를 슬쩍 뒤로 젖혔다가, 한쪽 어깨만을 옆으로 돌려 피하기도 했다. 또 마치 재미있는 놀이라도 하듯 아이처럼 그 자리에서 깡총 뛰었다가 주저앉기도 했다.

"으으윽! 저년이⋯⋯!"

하크는 닥치는 대로 검을 휘둘렀다. 하지만 곧 한계가 찾아왔다. 마치 어깨가 끊어질 것 같은 통증을 참아가며 젖 먹던 힘까지 다해 검을 높이 치켜들었을 때.

드디어 마지막 힘을 다 쓴 그의 손아귀가 스르르 풀렸다.

"아⋯⋯으⋯⋯."

하크의 손에서 검이 주룩 빠지자 윤수가 재빠르게 그 손잡이 끝을 자신의 검 끝으로 톡 쳐냈다.

"흐어엉!"

날카로운 검날이 마치 단두대처럼 하크의 콧날 위로 아슬아슬하게 떨어져 내렸다. 너무 놀란 나머지 그가 요상한 괴성을 지르며 두 다리를 곱게 모으고 바닥에 풀썩 주저앉았다. 그리고 윤수는 카이트의 검이 땅에 떨어지기 전에 잽싸게 낚아챘다. 그의 소중한 검에 먼지를 묻힐 수는 없었다. 그 나비와도 같은 움직임에 대련장 곳곳에서 감탄이 흘러나왔다.

"쯧쯧."

카이트가 혀를 차면서 하크의 곁으로 올라왔다.

"피어테 계급이라면서 부끄럽지도 않나? 대체 어떻게 피어테를 달았는지 도무지 이해가 가지 않는군."

그는 그러면서 하크의 옆으로 무언가를 툭 던졌다. 약이 숨겨져 있는 검이었다.

"원래 이런 건 안 하지만, 이번만큼은 특별히 직접 지도해 주지."

"와아아아!"

카이트의 말이 끝나자마자 또다시 그 주변은 열광의 도가니로 변했다.

저 3황자와 직접 대련이라니!

부럽다! 조금 무섭지만 그래도 부럽다!

설마 진짜 죽이는 건 아니겠지! 아, 어찌 되었든 부럽다!

저마다 그런 속마음을 교환하며 눈을 초롱초롱 빛냈다.

'젠장. 저 자식이 나를 가지고 놀려 들어? 이름만 황족인 주제에!'

하크의 얼굴이 수치심으로 검붉게 변했다.

방금 전까지는 제게 맞지 않는 카이트의 검으로 대련을 하느라 그런 꼴을 보였다지만 지금은 달랐다. 이건 자신의 검이었다. 게 다가 여차하는 순간에는 그 안에 몰래 숨겨 놓은 약까지 있었다.

하크는 조심스레 손잡이 안쪽으로 다시 손가락을 넣어 보았 다. 다행히 약은 아직 그 자리에 얌전히 있었다.

순식간에 자신감이 차오른 그는 몸을 벌떡 일으켰다.

"카이트 황자님께서 그렇게까지 말씀해 주셨으니 저도 사양 하지 않겠습니다. 감히 황족에게 검을 겨눴다고 나중에 다른 말 하지 마십시오."

"물론이다. 내가 어떻게 일개 병사에게 그런 비열한 짓을."

"으아아압!"

그 말이 채 끝나기도 전에 하크가 소리를 지르며 달려들었다. 기습이었다. 하지만 이상한 일이 일어났다.

챙!

"어?"

무언가 금속이 부딪치는 소리가 나긴 났는데, 자신의 검이 어 느샌가 저 구석에 날아가 있었다.

"너무 느리군. 가서 주워 와."

뜨거운 물을 뒤집어쓴 것처럼 하크의 체온이 상승했다.

얼른 뛰어가서 헐레벌떡 검을 주워 온 그는 이번에는 측면을 노리며 날쌔게 뛰어들어 왔다.

챙!

"다시."

또 검이 날아갔다.

그 뒤로는 계속 그 동작의 반복이었다.

카이트가 다시, 라고 말하면 하크는 옆구리를 부여잡고 검을 줍기 위해 뛰어갔다.

쉴 틈도 없이 또 휘리릭 날아갔다. 때론 새처럼, 때론 너무 반복되어 지루할 정도로 쉴 틈 없이 날아갔다.

"허, 허억. 허……억!"

"다시 해."

"화, 황자님. 저는 이제 더 이상…… 커억, 컥!"

"지금 내 명령에 불복하는 건가? 다시."

하크는 거의 입에서 침을 줄줄 흘리고 있었다.

하지만 숨소리 하나 흐트러지지 않은 카이트는 그저 야속하게 다시, 를 연발할 뿐이었다. 결국 그의 다리가 걸음마를 갓 배우는 아이처럼 휘청대기 시작했다. 그럼에도 불구하고 명령에 불복할 수 없어 경중경중 뛰어오던 하크는 그만 자신의 꼬인 발에 걸려 그대로 고꾸라지고 말았다.

"어, 어?"

검을 놓치지 않으려고 손을 허우적대던 하크의 손이 실수로 손잡이에 숨겨 놓은 구멍을 열고 말았다.

"끄에엑!"

그곳에서 터져 나온 회색 가루를 머리서부터 뒤집어쓴 그는 또다시 괴상한 비명을 질렀다. 조금만 뿌려도 지독한 효과가 나타나는 그 약이 온몸에 달라붙자 하크는 팔다리를 앞으로 붙인 채 구워지기 일보 직전인 돼지처럼 옆으로 쿵 쓰러졌다.

"쟤 왜 저래?"

"앗. 저 자식 오, 오줌 싼다!"

"악. 더러워!"

온몸이 굳은 채 모로 누워 있는 하크의 엉덩이 부근에서 진한 색깔의 물이 흘러나왔다. 주변에 몰려든 병사들이 저마다 눈살을 찌푸리며 인상을 썼다. 그리고 그 틈을 타 카이트는 윤수의 손을 잡고 재빠르게 대련장을 빠져나갔다.

*　　　*　　　*

그들은 이런저런 이야기를 나누며 줄곧 성벽을 따라 걸었다. 그러던 중에 윤수는 생각지도 못했던 사실을 알게 되었다.

"뭐어? 이상한 약을 가지고 있었어?"

"그래."

"아, 어쩐지 처음부터 느낌이 이상하더라니."

"……처음부터?"

"응. 뭐 자기가 이기면 밖에서 따로 만나자는 둥, 날 어른으로 만들어 주겠다는 둥…… 나, 참. 내가 그렇게 아이처럼 보여? 솔직히 여기에서나 키가 작은 거지, 원래 세계에서는……."

윤수는 그렇게 재잘대다 말고 우뚝 발걸음을 멈췄다.

옆에서 줄곧 함께 걷고 있던 카이트가 그 자리에서 움직이지 않고 있었기 때문이다.

"카이트?"

그녀가 다시 한 번 카이트를 불러보았지만, 그는 요지부동이었다. 슬쩍 바라본 그는 숨이 멎을 정도로 싸늘한 얼굴을 하고 있었다.

"그 자식, 죽여 버리겠어."

그는 섬뜩한 목소리로 나지막이 읊조리고는 거칠게 몸을 돌렸다.

"자, 잠깐! 카이트! 이미 의무대로 갔을 거야."

그런 그의 팔을 잡고 윤수가 필사적으로 매달렸다. 하지만 카이트는 막무가내였다.

"그럼 의무대에서 죽이면 되겠군."

"아, 안 된다니까! 게다가 이미 다 지난 일이잖아."

그렇게 몇 번을 실랑이한 끝에 겨우 그를 진정시킬 수 있었다.

"어떻게 그런 놈이 기사단엘 다 들어왔지? 남자 망신은 다 시키는군."

하지만 그는 여전히 씩씩대는 것을 멈추지 못했다. 그녀를 감히 희롱했다는 걸 알았더라면 진짜 묵사발을 내줬을 것이다.

"뭐, 제아무리 명령 체계가 엄격한 기사단이라고 해도, 워낙 많은 사람들이 모인 곳이다 보니 별의별 이상한 놈들이 있을 수 있겠지."

"그래, 그런 곳이니 만큼 조심 좀 해. 게다가 너는 진짜 병사도 아닌데 그렇게 무리할 필요 없다."

카이트는 윤수의 손을 힘주어 잡으며 당부했다. 그러자 그녀가 순순히 고개를 끄덕였다.

"안 그래도 레위니옹도 이제 슬슬 접을까 해. 차라리 미쉘만 따로 만난다든지 해야겠어. 많은 사람들을 상대하려니 꽤 부담스러워. 게다가 여유도 없고."

"여유가 없다니?"

카이트의 물음에 윤수는 그저 고개를 들어 그를 물끄러미 바라보았다. 사실 그녀는 지금 이런 레위니옹에 열정을 쏟을 정신이 없다는 뜻이었다. 카이트의 꿈을 접게 만들지 않으면서도 계속해서 그의 곁에 있을 수 있는 방법을 이것저것 강구하느라고 말이다.

그렇다.

자신은 그의 곁에 있기로 결정했다.

바로 오늘 아침, 자리에서 눈을 떴을 때 그렇게 하기로 마음먹었다. 그걸 정하는 건 의외로 어렵지 않았다.

그렇다고 해서 번갯불에 콩 튀기듯이 즉흥적으로 정해진 답은 결코 아니었다. 그저 아주 오래전부터 그것을 원했던 마음이 자연스럽게 흘렀을 뿐이었다.

"카이트."

"왜 그러지?"

그녀는 벅찬 마음을 누르지 못하고 그의 이름을 가만히 불렀다.

"오늘 데이트 신청 거절해서 미안해."

뜬금없이 튀어나온 이야기에 그의 입술 끝이 살며시 위로 향했다.

"괜찮다. 오늘만 날이 아니니까."

"그 대신……"

그녀는 무언가 할 말이 있는지 연신 입술을 달싹였다. 그러고는 주위를 몇 번 휘휘 둘러보더니 갑자기 그의 목에 팔을 둘렀다.

"왜……."

아래로 저를 강하게 잡아끄는 힘에 버티지 못하고 그가 고개를 숙였다.

밤바람에 살짝 차가워진 입술에, 보드랍고 따뜻한 숨결과 함께 말캉거리는 그녀의 입술이 닿았다 떨어졌다.

"미안해서 주는 선물이야."

아주 작은 부딪힘 뒤에 들려오는, 부끄러워하는 것임에 틀림없는 예쁜 목소리. 하지만 온 영혼을 빼앗기는 것처럼 강렬한 파동이 카이트의 심장에 전해져 왔다.

*   *   *

바인과 약속한 시간에 집무실의 문을 열고 들어가자, 부기사단장 슐루크가 벌떡 몸을 일으키며 검을 빼내 옆구리에 붙였다.

"인사를 여쭙습니다, 카이트 황자님."

그렇게 예를 표한 이 나이 든 검사는, 그 후에도 카이트가 별도로 손짓을 할 때까지 쭈욱 부동자세로 서 있었다.

조금의 흔들림도 없는 절도 있는 모습.

그걸 바라보는 바인의 눈이 옆으로 가늘게 찢어졌다.

부기사단장은 제게는 단 한 번도 저런 식의 예를 표한 적이 없던 자였다. 이 검사라는 족속들은 온 나라 사람들이 눈조차 마주치기 싫어하는 황자라 해도 그저 검만 잘 다루면 괜찮은 모양이었다.

"제아무리 혐오스러운 녀석이라도 자주 얼굴을 보니 정이 드는 것 같구나."

바인은 이내 그런 속내를 숨기고 카이트를 향해 활짝 웃으며 인사를 건넸다. 차라리 대놓고 욕을 하는 게 나은 그런 인사였다. 하지만 카이트는 일언반구도 하지 않았다.

그는 바인을 무시한 채 부기사단장의 앞으로 뚜벅뚜벅 걸어갔다. 그러고는 빨간색의 실크 주머니를 말없이 건넸다.

"그럼 이것으로 진행해 드려도 되겠습니까?"

슐루크가 묻자 카이트가 고개를 끄덕였다.

주머니 안에는 은으로 만든 작고 네모난 무언가가 들어 있었다. 그것을 꺼내 옆에다 조심스럽게 놓고, 그는 새빨간 색의 밀랍을 잘라서 두루마리 위에 붙였다. 불을 대자 딱딱하게 굳었던 밀랍은 즉시 녹았다. 그 위에 은색의 물체를 가져대 대고 꾸욱 누른 후 다시 천천히 떼자, 말랑말랑한 표면 위에 사자 문양과 함께 글자가 새겨졌다.

E. KEIT

윤수는 말없이 그 글자를 천천히 두 눈에 담았다.

"이것으로 3황자님의 투루니어 시합 출전 등록이 완료되었습니다. 여러 가지 주의 사항에 대해서는 시합 전에 담당 기사가 직접 방문하여 이야기해 드리겠습니다."

슐루크는 은색의 물체를 주머니에 곱게 담아 그에게 건네며 이렇게 말했다. 카이트는 그때까지도 아무런 말도 하지 않은 채 그저 고개를 끄덕일 뿐이었다.

지금 대체 무슨 생각을 하고 있을까?

궁금해진 윤수는 그의 옆얼굴을 슬쩍 훔쳐보았다. 하지만 아무것도 읽을 수가 없는 표정이었다.

그저 차분하고, 평온했다.

덕분에 그녀의 마음속에도 이루 말할 수 없는 담담한 기운이 차오르던 그때였다.

"아, 그래. 이 이야기를 깜박할 뻔했군."

바인이 뒤에서 입을 열었다.

"그 이야기라니?"

"경기 날짜 말인데 원래대로라면 축제가 끝난 그 이튿날 바로 열리는 것이 정석이나, 이번에는 보름 뒤로 미뤄지게 되었지 뭐야."

카이트에 가려진 윤수는 바인의 얼굴은 볼 수 없었다. 하지만 더할 나위 없이 아무렇지 않은, 오히려 살짝 들떴다고 해야 하나 싶을 정도로 경쾌한 목소리가 그저 의뭉스럽게만 들렸다. 카이트의 눈동자에도 날카로움이 실렸다.

"보름 뒤……?"

원래대로라면 투루니어 경기는 에른테페스트의 종료를 알리는 마지막 폐회제. 그러므로 너무 긴 준비 시간은 오히려 그간 지속되어 온 이 열기에 찬물을 끼얹었을 가능성이 크다. 성을 찾았던 손님들이 집으로 돌아가 버려 관중석이 썰렁할지도 모른다. 물론 그렇지 않다 해도 바인 입장에서는 좋을 게 없었다. 손님들과 그들이 데리고 온 시종들─대부분은 귀족들이었으므로─을 포함해 수많은 사람들의 체류비를 그만큼 더 부담해야 하기 때문이었다.

"경기장을 새로 만들어야 하는 것도 아니고. 상당히 오래 걸리는군."

그러자 바인이 모르는 소리 하지 말라는 듯 투덜댔다.

"올해는 이쪽에 유독 비가 많이 내리지 않았느냐. 너도 그 사실을 모르진 않을 텐데? 덕분에 숲 속 길이 엉망이야. 투루니어 경기는 기본적으로 여러 가지 장애물들을 가장 잘, 누구보다도 빨리 피하는 사람이 우승하는 경기이지, 사람을 다치게 만드는 경기가 아니라고."

그러면서 다시금 웃음기 가득한 어투로 말을 이었다.

"게다가 어차피 시간이 넉넉히 주어지는 편이 너에게도 좋을 테지. 경기가 열리는 숲은 공정성을 위해 출입 금지 상태지만 이 주변에는 그곳과 비슷한 느낌의 다른 숲들이 많거든. 그러니 부디 연습이라도 좀 해 두려무나. 예전처럼 또 네가 애먼 곳에 처박혀 웃음을 살까 걱정이다."

그러자 저 멀리 서 있던 시종의 어깨가 들썩이는 게 보였다. 감히 소리 내어 웃지는 못했지만 성의 일개 하인마저도 카이트를 업신여기고 있음이 틀림없었다.

조롱의 의미가 명백한 유치한 도발.

그러니 여기에 넘어가는 쪽이 되레 지는 거라는 걸 윤수도 잘 알고 있었다. 게다가 카이트의 일에 본인이 감정적으로 나서는 것을 바인이 이상하게 여긴다면 좋을 게 없겠지. 그녀는 얼굴이 일그러지는 것을 막기 위해 계속해서 필사적으로 노력했다.

"그렇군. 참고하지."

카이트는 여전히 덤덤했다. 다만 이렇게 덧붙였을 뿐이다.

"하지만 연습 시간까지 낼 수 있을지 잘 모르겠군. 그동안 나도 좀 바쁠 예정이라서 말이야."

"바쁘다고? 네가 나의 성에서 바쁠 일이 뭐가 있지?"

바인의 눈썹이 살짝 치켜 올라갔다. 하지만 카이트는 그 말에는 대답하지 않았다.

그건 그가 알 필요 없었고 알려 줄 이유도 없었다.

바인은 물론이고 1황자 오튼이 알게 되면 그들은 분명 놀라서 한동안 돌처럼 굳어 있게 될 테니까.

카이트는 여전히 평정심을 잃지 않은 무심한 얼굴로 몸을 돌려 집무실 밖으로 뚜벅뚜벅 걸어 나갔다.

황제가 되려는 꿈 위에 새로운 소망을 덧그리는 작업은, 이제 막 시작되었을 뿐이었다.

*　　　*　　　*

'이제부터 내가 하려는 일에 가장 필요한 것. 그러나 지금까지 내가 조금도 가져보지 못한 것.'

그것은 과연 무엇일까?

윤수와 함께 축제 구경을 나갔다가 돌아온 그 날부터, 카이트는 줄곧 이런 생각을 하고 있었다. 물론 스스로도 해답을 잘 안다. 그건 바로 저만의 '군대'였다.

바인에게 선언한 대로 카이트는 정말 바빠 보였다.

그도 그럴 것이, 윤수가 끌어안고 어쩔 줄 몰라 하던 레위니옹을 본인이 챙기겠다며 나섰기 때문이었다.

사실 그새 인원이 꾸준히 늘어 그녀의 레위니옹 가입자는 어느새 백 명 가까이 불어나 있었다. 기사단 내부에 존재하는 이 수많은 레위니옹들은 원래 그것을 조직한 사람의 명성이나 실력에 따라 그 인기도가 정해지는 것이 보통이지만, 반드시 그게 전부는 아니었다. 때로는 그 모임을 통해 본인과는 일면식도 없는 상부에 연줄을 대려는 사람들도 적지 않았다. 그래서 보통 레위니옹은 그것을 조직한 사람과 그 사람이 지니고 있는 인맥이 매우 중요한 역할을 했다. 바인이나 도른도 특별히 정기적으로 챙기는 레위니옹이 몇 개씩 있었다.

그러니 3황자 카이트가 자신의 유일한 호위 검사인 윤수의 레위니옹에 얼굴을 내민 것도 이상한 일은 아니었다.

하지만 왜 갑자기?

무슨 심경의 변화라도 있는 걸까?

그러한 의문은 윤수뿐만이 아니라 모임에 가입한 모두가 지니고 있었다. 3황자는 원래 황실에서 배척당한 황족인 만큼 철저히 베일에 싸여 있었던 인물이었다. 게다가 사람들도 별로 찾지 않는 북쪽에서 줄곧 혼자 지냈으니 그의 진짜 모습을 아는 사람은 거의 없었다. 그러다 보니 별의별 안 좋은 소문들이 눈덩이처럼 불어났고, 결국에는 이름만 들으면 아이들이 울음을 터뜨릴 정도의 악인(惡人)으로 전락하고 말았다.

덕분에 괴상한, 그러나 믿을 수 없는 천재 검사로 소문난 윤수의 레위니옹에 흥미를 느껴 찾아온 사람들 중 몇몇은, 3황자가 직접 지도에 나선다는 소리를 듣고 기겁을 하며 그 자리에서 탈퇴 의사를 밝히기도 했다.

하지만 그것도 일시적인 일일 뿐이었다.

병사들은 다시금 몰려들기 시작했다.

소문은 일파만파 퍼졌고 시간이 흐르면 흐를수록 수많은 사람들이 개미 떼처럼 줄을 지어 찾아왔다. 덕분에 레위니옹을 신청, 관리하는 막사 앞에는 오늘도 진풍경이 벌어졌다.

"어, 이야. 이게 누구야. 블라우 분대의 드리테 코프 카를 아니야? 자네도 여기 가입할 건가?"

"오랜만입니다. 그라우 분대의 피어테 프리츠 님!"

이런 식으로 숫제 여기저기서 만남의 장이 이뤄지고 있었다. 그간 오랫동안 보지 못했던 반가운 동료나 선후배를 만나 인사하는 풍경이 심심찮게 보였다.

"자네도 여기 가입할 건가?"

"그렇습니다. 소문의 3황자를 직접 대면할 수 있는 기회를 놓치기 아깝더군요."

"그렇지. 그가 북쪽 성으로 돌아가 버리면 이런 기회는 두 번 다시 가질 수 없을 테니까! 고향에 있는 부모님께 이 사실을 알렸더니, 우리 어머니는 입에 거품을 무셨다네."

"어째서요?"

"어째서긴. 그 악마의 근처에 갈 생각일랑 꿈에도 말라는 거지. 그럴 거면 아예 다 때려치우고 고향으로 내려오라고 성화시다. 하지만 검사가 되어서 어찌 이런 소식을 듣고 모른 척할 수 있겠나. 안 그래도 소속 병사 따위 없는 황자님인데 말이야."

"그건 그렇죠. 그의 실력이 생각보다 실망스럽다거나 하면 탈퇴해 버리면 그만입니다. 그러니 일단은 한번 지켜보는 것도 나쁘지 않다고 생각합니다. 게다가 여긴 2황자님의 성 안이고, 사방이 병사투성이니 그도 섣불리 나쁜 짓을 저지르진 못할 겁니다."

그들이 그런 잡담을 나누고 있을 때였다.

"저 뒤쪽에 서계신 대원들! 네, 그쪽 말입니다! 줄을 좀 옆으로 비켜 서 주지 않겠습니까? 지나가는 사람들에게 방해가 되고 있군요! 아니, 조금만 더 왼쪽으로. 좋습니다. 자, 이제 그대로 열 맞춰 기다려 주십시오!"

커다란 테이블에 앉아서 의기양양한 목소리로 미쉘이 외쳤다. 3황자 카이트가 직접 레위니옹에 얼굴을 내민 덕에 그녀는 정말 눈코 뜰 새 없이 바빠졌다.

하지만 그것이 싫지는 않았다.

"네가 바로 미쉘이군."

미쉘은 자신을 직접 찾아와서 저리 말하고 간 3황자 카이트를 떠올려 보았다. 벌써 몇 번이나 생각했는지 모른다.

물론 그녀도 처음에는 다른 병사들과 마찬가지로 겁을 집어 먹었다. 사람을 압도하는 커다란 몸집과 날카로운 눈매. 워낙 차갑게 보이는 얼굴에다가 그것을 한층 더 강조해 주는 무뚝뚝한 입매까지.

하지만 그러한 느낌은 곧 정반대로 뒤집혔다.

　"내 호위 병사가 많은 신세를 졌다고 들었다. 그런데 이
　왕 신세를 진 김에, 내 부탁도 하나만 더 들어주지 않겠나?"

그것도 대면한 지 몇 분도 채 지나지 않아 순식간에 뒤집히고 말았다. 그 커다란 키와 군살 따위 존재하지 않는 조각 같은 몸매, 타는 듯 붉은 머리카락과 눈동자.

미쉘의 입가가 또다시 헤실헤실 벌어졌다.

심지어는 왼쪽 눈에 둘러진 안대마저 너무나 멋있었다.

그 느낌을 과연 무어라 말할 수 있을까.

마치 그 누구도 조련할 수 없는 사납고 거친 맹수 같다고 해야 하나?

온몸에 비싼 액세서리를 휘감은 세련된 남자들이 제아무리 도전장을 내밀어도, 절대 이길 수 없을 거다.

그 정도로 3황자 아인젠카이트에게는 여심을 쥐고 흔드는 본능적인 무언가가 있었다.

그런데 그런 황자님께서 손수 부탁을 하시다니!

그것도 매우 정중한 말투로, 그 낮지만 부드러운 음성으로!

"만약 레위니웅에 관심을 가지고 찾아오는 병사들이 있다면, 몇이든 상관없으니 전부 가입시키도록. 내가 직접 지도하고, 관리하겠다고 미리 귀띔해 줘도 좋다. 안 그래도 하는 일이 많은 에어스테 병사에게…… 이런 부탁까지 해서 미안하군."

"전혀 미안해하지 않으셔도 됩니다, 카이트 황자님! 제가 도움이 될 수 있다니 기쁠 따름입니다!"

그러자 그는 제게 씨익 웃어 주었다. 이렇게 말하면서 말이다.

"고맙다. 그대 같이 훌륭한 병사가 있다니, 무척이나 든든하군."

그 미소가 또 기가 막히게 눈이 부셨다.

3황자가 이토록 잘생기고 멋진 남자였나?

아무튼 간에 좋았다. 미쉘은 이제 아무리 바빠도 이 레위니웅 일이라면 만사를 제쳐 놓고 열과 성의를 다해 달려들기로 정했으니까. 3황자 카이트 이름만 들어도 벌벌 몸을 떠는 그녀의 고향 사람들에게 이런 무용담을 얘기해 줄 생각만으로 절로 흥이 났다. 미쉘이 잠시 콧노래를 부르는 사이, 계속해서 수많은 사람들이 와서 차례대로 두루마리에 자신의 이름을 적고 사라졌다.

*　　　*　　　*

카이트가 하루 종일 밖에서 레위니옹 일을 처리하고 있는 사이, 윤수는 반대로 방에 틀어박혀 시간을 보냈다.

처음에 바인이 투루니어 경기까지 약 2주간의 유예를 제시했을 때는 그녀도 당황하긴 했다.

하지만 지금 생각해 보면 차라리 잘된 일일지도 몰랐다.

사실 그녀는 줄곧 생각하고 있었다.

현실 세계로 올라가더라도 만약 이곳과 연결되어 있는 통로가 닫히기 전에 돌아올 수 있다면, 카이트에게 무엇도 포기시키지 않아도 된다고 말이다.

도리스가 가져다준 한 묶음의 새 두루마리들과 잉크, 그리고 펜을 바라보며 그녀가 눈을 빛냈다.

즉 다시 한 번 작가로서의 의무를 다하고, 이곳의 캐릭터로 돌아올 수 있다면. 하지만 그것이 제 생각대로 잘되려면, 지금부터 하려는 일에 절대 실수가 있으면 안 되었다.

특히 기억이라는 것은 보통 망각되거나 아예 잘못 새겨져 있는 것을 사실이라고 믿어버리는 일이 일어나기 마련이니까. 그런 생각을 하며 윤수는 펜을 콕콕 잉크에 찍었다. 그리고 최대한 정신을 집중했다.

"바서 님께서는 지금 뭘 하시는 겁니까?"

"쉬잇, 조용히 해 주세요. 페라트 님!"

페라트가 방 앞으로 다가오자 도리스가 입술에 검지를 가져다 대며 난리를 피웠다.

"지금 식사도 잊으신 상태라고요. 뭘 도와 드릴 수 있는 게 없으니 그저 조용히 지켜보는 수밖에요!"

그는 그러면서 슬쩍 방 안을 들여다보았다.

"뭘 또 저렇게 열심히 하고 계시지요?"

"저도 모르죠. 그러니 페라트 님도 방해 말고 나중에 다시 오세요."

도리스가 절 그렇게 밀어내니 버틸 수 있는 재간은 없었다.

페라트는 고개를 절레절레 저었다.

오늘은 참으로 이상한 날이었다. 그도 그럴 것이 방금 전 낯선 풍경을 목도하고 돌아온 길 아닌가.

낯선 풍경이란 바로 병사들을 상대로 대련을 해 주고 있는 카이트의 모습이었다.

카이트는 대련에 들어가기 앞서 오늘은 인정사정 봐주지 않을 거라고 선포했다. 레위니웅에 모인 자들의 수준을 알아보기 위함이라고 덧붙이는 것도 잊지 않았다. 그가 허공에 날린 검만 해도 수십 자루가 넘었을 뿐만 아니라 각 분대의 내로라하는 검사들을 그대로 땅에 주저앉혔다.

그러고는 쉬지도 않고 이렇게 말했다.

"다음."

한 명을 상대하는 데 채 5분도 걸리지 않은 시간.

하지만 아직도 수많은 병사들이 자신의 차례를 기다리고 있었다. 그 수는 줄어들긴커녕 점점 더 늘어만 갔다. 카이트 황자의 진면목이 드러나면 드러날수록 열광하는 사람들이 자꾸만 모여 들었기 때문이었다. 덕분에 그가 처음 대련장에 발을 들인 이후 상당히 오랜 시간이 흘렀다. 저러다 내일 체력에 무리가 가진 않을까 걱정될 정도로 말이다.

그걸 계속해서 지켜보던 페라트는 사실 일부러 윤수를 찾아온 거였다. 도저히 오늘 밤 안으로 끝날 것 같지 않아 저 대신 황자를 좀 말려 주었으면 해서 말이다.

그런데 그녀는 더 바빠 보였다.

두 사람이 모두 제각기 무언가에 몰두해 있었다.

언제나 차분함을 잃지 않는 이 은발의 남자는 작게 한숨을 쉬며 자신에 손에 들린 작은 두루마리를 내려다보았다.

그곳에는 투루니어 경기에 대해 그가 나름대로 모은 여러 가지 정보들이 있었다. 어떤 지형인지, 어떤 상태의 장애물들이 나오는지, 초반에 선두 주자로 나설 수 있는 방법은 무언지 등을 알아내기 위해 열심히 발품을 팔았다.

하지만 그들은 오히려 투루니어 경기에는 전혀 신경을 쓰지 않는 것 같았다.

"나중에 언제 다시 오면 좋을까요?"

"글쎄요. 이따 따로 말씀이 있으시면 그때 알려드릴게요. 아무튼 바서 님이 지금은 좀 집중할 수 있게 해 달라고 하셨어요."

그렇게 말하며 도리스는 기어코 페라트의 등을 막무가내로 떠밀었다.

밖에서 그런 해프닝이 벌어지는 줄도 모르고 윤수는 계속해서 고개를 아래로 떨구고 무언가를 사각사각 적느라 정신이 없었다.

의미를 알 수 없는 말을 끊임없이 중얼거리기도 했다.

지금 그녀는 2황자의 지하 카브가 과연 원래 세계의 '어떤 지역'과 연결되어 있을 것인가를 추리하는 데 집중해 있었다.

'카이트는 바로 내가 살던 빌라 앞에 싱크홀 형식으로 생겨난 통로를 따라 올라온 거지만, 2황자는 달라. 지하 카브랑 연결되는 곳은 아마도 우리 집 앞이 아니라 다른 곳이겠지.'

하지만 확실한 건 오로지 이것뿐이었다.

2황자의 통로를 따라 올라가면 나오는 장소가 따로 있다는 건 기존 소설의 설정이었다. 애초에 2황자 시리즈 자체가 주류 회사의 직원이었던 바인, 즉 한선호 대리가 해고당한 상실감에 지하 창고에서 술을 마시고 난 후 이세계의 황자에게 빙의된 거다, 라는 도입부를 지니고 있으니 말이다. 즉 그 내용대로라면 성에 있는 지하통로는 기영 주류의 창고와 이어져 있을 것이다.

그런데 기영 주류는 가상의 회사다.

"하지만 분명히 기영 주류란 곳을 묘사했을 때 참조한 곳이 있었지. 그게 어디였는지 생각해 내야만 해."

그런데 불행하게도 그게 잘 기억나지 않았다.

회사 근처일 수도 있고 아니면 아예 서울이 아닐 수도 있다. 어쩌면 산속이나 외딴 섬일지도 모른다. 그걸 아느냐 모르느냐는 윤수가 하고자 마음먹은 일에 굉장히 큰 영향을 끼쳤다. 그야말로 커다란 결심이 필요했던 일.

바로 카이트를 황제로 만들어 주는 것과 동시에 그의 곁으로 돌아오리라는 결심이었다.

한번 열린 통로가 닫히기 전에 꼭 돌아오고 싶다. 아니 반드시 돌아올 것이다.

윤수는 바인 앞에서 또다시 마물을 불러내 보였던 얼마 전의 일을 상기시켰다. 이번에는 마물들로 하여금 조금 더 난장판을 치게 만들었다. 그건 카이트와 투루니어 경기를 가지고 협상을 한 대가, 즉 복수이기도 했다.

"저, 점점 늘어나고 있잖아! 너, 설마 마물에 잠식되어 가는 건가?!"

당시 바인은 이렇게 말하며 하얗게 바랜 입술을 두려움으로 덜덜 떨었다. 막사에 있는 모든 기사들을 총출동시키면 제압할 수 있을지 모른다. 하지만 바인은 그렇게 할 생각도 없었다. 성에 머무르고 있는 수많은 귀족들의 눈을 의식한 탓이었다.

풍요롭고 활기찬 동쪽의 도시는 특히 그의 자랑이었다.

살고 있는 사람들의 생활수준도 그렇고 규모면에서도 수도 다음으로 제일가는 곳이었다. 결국 바인은 윤수에게 신신당부를 했다. 투루니어 경기가 끝나고 약속대로 문을 열어줄 때까지만 제발 제대로 통제해 달라고.

질리도록 공포가 가득한 목소리로 미루어 보았을 때 그는 더이상 통로를 가지고 무언가 협상을 하려 든다거나 하지는 않을 것이다. 그러므로 투루니어 경기만 무사히 끝내면 이제 통로가 열리는 것은 시간문제.

그저 단순히 옆에 서 있기만 할 거라면 카이트의 곁에 머무는 의미가 없었다.

모든 미래를 그의 손에만 맡기려는 생각도 없었다.

따라서 이왕 여기까지 온 거 그녀는 자신의 모든 것을 전부 아낌없이 걸고 싶었다.

원래의 세계로 돌아가서 해야 할 일은 어차피 딱 하나.

아주 간단하고도 명료한 한 줄의 결말을 완성시키는 것뿐이었다.

'그렇게 해서 황제가 된 카이트 곁에 있을 수 있다면 그걸로 좋아. 게다가 그 후에도 여전히 황제의 성에 통로 역할을 해 주는 벽이 남아 있다면, 그래서 계속 왔다 갔다 하는 것이 가능하기만 하다면……'

원래의 세계에서 자신이 이십여 년 동안 만들어 쌓아왔던 것들, 그리고 가족.

그 모든 게 한데 어우러져 일렁였다.

윤수는 두 눈을 질끈 감았다 천천히 떴다.

물론 확률은 반반이다. 하지만 걸어봄직했다.

가슴속에 강한 의지가 차올랐다.

덕분에 윤수는 기꺼이 결심을 다질 수 있었다.

카이트를 위해, 그리고 저 스스로를 위해.

한편 바인의 통로가 어디로 연결되느냐에 집중하는 것 외에, 윤수가 이토록 쉴 새 없이 바쁘게 손을 놀리는 것에는 또 다른 이유가 존재했다.

지금 그녀가 쓰고 있는 것은 일종의 시놉시스였다.

아니, 시놉시스라고 하기에는 매우 구체적이고 자세했다.

그건 이미 자신이 써내려간 황자 시리즈의 모든 줄거리들이었다.

1황자 오튼과 2황자 바인의 비밀, 그리고 그들이 펼친 새로운 삶에 대한 이야기들.

거기서 있었던 중요한 장면이나 에피소드를 마치 바둑을 복기(復碁)하는 것처럼 하나도 빠짐없이 적어 내려가기 위해 윤수는 온 정신을 집중한 상태였다.

물론 이 역시 이유가 있는 행동이었다.

1황자 오튼과 2황자 바인의 이야기를 담은 황자 시리즈는, 총

글자 수 200만자가 넘는 초 장편의 로맨스 판타지 소설로, 연재 때의 회차 수만 해도 두 시리즈 합쳐 400회가 넘고, 발행된 종이 책도 각각 5권씩 해서 총 10권에 달하는 양이었다. 이 모든 건 윤수의 머릿속에서 나온 것이긴 하지만, 저 엄청난 분량을 있는 그대로 다시 한 번 자세히 적어 내려가는 것은 쉽지 않았다.

그럼에도 불구하고 그녀는 손을 멈추지 않았다.

황자시리즈의 모든 이야기가 적혀 있는 이 두루마리는 카이트를 위한 선물이자 행여나 일이 잘못되었을 때를 대비한 최후의 수단이었다.

이 세계를 만들어낸 작가로부터 모든 비밀을 전수받는다는 것은 카이트에게 커다란 힘을 실어줄 것이다.

"⋯⋯그러니까 설령 무슨 일이 생긴다 하더라도 계속 곁에 있어주는 거나 다름없어."

입 밖으로 소리 내어 꺼내고 나니 소망은 더욱 깊고 간절한 것이 되었다. 윤수의 동그란 두 눈동자가 테이블 위에 펼쳐 놓은 두루마리 위에 소리 없이 도르륵 굴렀다.

진도는 아직도 1황자의 이야기에 머물러 있었다. 이제 삼 분의 일 정도 썼을 뿐인데 마치 샘물에 머리를 적신 것처럼 기억이 확확 돌아왔다. 그녀는 다시 펜을 들었다.

어느새 창밖으로는, 윤수의 눈동자 색과 꼭 같은 검은 밤이 고요히 내려앉고 있었다.

Chapter 15
당신에게 바치는 그림

"좋아. 다음은 네 차례인가?"

카이트가 이마의 땀을 훔쳐 내며 물었다.

"네, 그, 그렇습니다."

그의 앞에 서있던 병사가 잔뜩 주눅 든 목소리로 대답했다.

땀으로 젖어 이마 아래로 살짝 내려온 붉은 머리카락, 다소 거
칠어진 호흡. 그럼에도 불구하고 그는 압도적이었다. 조금의 빈
틈도, 지친 기색도 보이질 않는다.

'정말 대단하신 분이구나. 나는 이제야 고작 브로치 한 개를
달았을 뿐인 에어스테 계급이지만, 그래도 저 카이트 황자가 얼
마나 대단한 검사인지는 잘 알겠어.'

그녀는 긴장된 표정으로 다시 한 번 검 손잡이를 힘주어 잡았

다. 그 각오를 눈치챘는지 카이트의 입술 끝에 살짝 웃음이 감돌았다. 그는 버릇대로 목을 좌우로 꺾었다. 그러자 또 작게 뚜둑, 하는 소리가 들려왔다. 물론 그도 어깨가 조금 뻐근하긴 했다. 부상의 여파도 있겠지만, 오늘은 내내 병사들과 검을 맞부딪혔던 탓이 더 컸다.

"병사. 넌 이름이 뭐지?"

"네? 네! 저는 바이스 분대의 에어스테 계급 하인츠 카롤린이라고 합니다!"

그러고 보니 여자가 처음에 대련장으로 올라왔을 때 저것과 똑같은 자기소개를 하긴 했었다. 카이트가 미처 귀담아 듣지 않았을 뿐이었다.

"네가 거의 백 명째인가?"

"그렇습니다! 순서로는 정확히 아흔여섯 번째 입니다!"

카이트는 고개를 끄덕였다.

'백 명이라.'

과연 어깨가 아플 만도 하다.

하지만 그는 그런 것은 아랑곳하지 않은 채 카롤린이라는 여자 병사를 향해 나지막이 속삭이듯 말했다.

"덤벼도 좋다."

"이야얍!"

그 말에 여자는 즉시 검을 하늘 위로 곧추세운 채 날렵하고 용감하게 그의 사정거리 안으로 뛰어들었다.

챙!

"아."

하지만 기세 좋게 든 그 검을 단 한 번도 휘두르기도 전에, 또다시 보기 좋게 저 구석으로 날아가 버리고 말았다.

방금 전 앞 사람이 그러했듯이 말이다.

아무리 검을 세게 쥐었어도 소용없었다. 팔뚝이 저릴 정도로 잔뜩 근육을 수축한 상태였지만 그의 앞에서는 무용지물이었다. 여자의 온몸에 소름이 돋았다. 볼 때도 쉬이 믿기 힘들었지만 직접 대련을 경험해 보고 나니 더욱 그랬다. 이건 감히 넘볼 수도 없는 경지였다. 3황자 아인젠카이트는 그야말로 귀신같은 솜씨의 남자였다.

"제가 졌습니다!"

그녀는 그렇게 소리치면서 허리를 90도로 숙였다.

깨끗이 패배를 인정함과 동시에 이루 말할 수 없는 경탄이 마음속 깊은 곳에서부터 급류처럼 휘몰아쳤다.

"좋아. 검은 잊지 말고 잘 회수해 가도록."

"네!"

카롤린은 마지막까지 씩씩하게 대답하고는 곧 대련장의 구석을 향해 종종거리며 뛰어갔다. 그런 그녀의 뒷모습을 바라보던 카이트는 다시 한 번 머릿속으로 가만히 경우의 수를 따져보았다. 사실 이건 아까부터 수십 번도 넘게 한 단순한 계산이었다. 대련을 한 상대가 백 명이라면 그중 자신의 제안을 선뜻 승낙할

상대는 고작해야 십 분의 일, 즉 열 명 남짓한 인원에 불과할 것이다.

어쩌면 열 명도 많은 축에 속할지 모른다.

왜냐하면 자신의 성은 국경의 끝, 춥고 황량한 북쪽에 위치해 있으니까. 꽃과 햇볕의 노래로 가득한 이 동쪽과는 차원이 다른 악명 높은 환경을 자랑하는 곳이다.

또한 그만큼 위험하기도 했다. 많이 퇴치되었다고는 하지만 슈넵판들이 여전히 들끓고 있었다. 그러므로 설령 자원자가 많아도 전부 받아들일 수는 없었다. 적어도 그가 인정할 만한 최소한의 실력을 갖춘 자여야만 했다.

오늘 경험해본 바에 의하면 백 명 중 오십 명 정도가 쓸만하다. 딱 절반의 인원이었다.

'그렇게 해서 대략 다섯 명에서 열 명쯤 모인다고 치면, 그럼 적어도 천오백 명 정도를 직접 검을 맞부딪혀 봐야 한다는 소리군.'

이 2주 동안에.

검을 쥔 그의 손에 힘이 들어갔다. 조금 부담스러운 숫자긴 하지만 원했던 최소한의 인원을 모으려면 그 정도는 감내해야 했다.

그렇게 하면 꾸릴 수 있는 인원은 백 명에서 백 오십 명.

페어라센의 1개 중대에 해당되는 병사의 숫자였다.

그래. 적어도 그 정도 군력은 지니고 있어야 했다. 그 남자가 기뻐할 만한 공을 세우려면, 혼자의 힘으로는 도저히 무리였다.

'수도에 들어가는 방법이 꼭 몰래 잠입하는 것만 있는 것은 아

니다.'

카이트는 가만히 숨을 내뱉으며 고개를 끄덕였다.

자신이 세운 원대한 그림에 이제 겨우 한 귀퉁이를 그렸을 뿐이었다.

그러니 벌써부터 힘이 들 리가 없었다.

정신을 차렸을 때는 이미 시간이 훌쩍 흘러있었다.

까맣게 내려앉은 어둠을 확인한 윤수는 자신이 굉장히 집중해 있었음을 깨달았다. 이런 몰입은 오랜만이었다.

눈은 침침하고 손가락 마디가 빨갛게 눌려 있었으며, 허리와 고개가 이루 말할 수 없이 뻐근하다.

하지만 정신만큼은 맑았다.

그녀는 거의 속기(速記)로 요약한 1황자 시리즈의 내용이 전부 적혀 있는 두루마리를 집어 들고 다시 천천히 읽어 내려갔다. 이미 다 알고 있는 내용이었지만 이 세계에 들어와서 보니 더 재미있었다.

1황자가 주인공으로 활약하던 시기에 카이트는 상대적으로 조금 어렸다.

물론 그때의 모습들이 전부 기억나는 건 아니지만, 윤수는 최선을 다해 생각나는 모든 것을 적으려고 노력했다.

『"네가 나보다 형이라는 것이 대체 무슨 상관인가! 황제는 내가 될 거다!"』

그중 어린 카이트가 오튼 앞에서 조금도 기죽지 않고 저리 말하는 장면은 확실하게 기억하고 있었다.

"아, 귀여워."

그녀는 입에서는 연신 키득거리는 웃음이 새어 나왔다.

카이트는 어릴 때부터 자존심이 강했다. 물론 악역의 싹(?)이었기 때문에 줄곧 밉상스러운 이미지로 표현되긴 했지만 지금은 그녀도 카이트의 심정을 잘 이해할 수 있었다.

"카이트 입장에서는 머리도 나쁘고 노력도 안 하던 1황자가 갑자기 딴 사람처럼 변하더니, 본인이 황제가 될 거라며 나서는 모습을 봐야만 했던 거야. 게다가 황제의 자리에 앉기 위해 줄곧 노력해 오던 자신을 마구 핍박하니 황당했겠지."

그렇게 생각하자 절로 고개가 끄덕여졌다.

게다가 이건 또 다른 의미에서 윤수를 각성시켰다.

그녀는 카이트의 눈을 다치게 만든, 그를 습격하도록 지시한 인물에 대해 늘 잊지 않고 있었다.

하지만 자신이 쓴 것은 그저 '3황자는 추격자들에게 쫓겨 노르덴 숲속으로 숨어 들어갔다. 그곳에서 공격을 당하고 말았다.'라는 문장뿐이었다. 그 외엔 아무런 언급도 하지 않은 터라 배후에 있는 것이 누구인지는 전혀 알 수가 없었다. 따라서 작가에 의해 일어난 사건에 맞춰 누군가가 습격자를 자처했다고 볼 수밖에.

그게 대체 누구일까?

1황자? 2황자?

그도 아니면 운켄트니스 황제?

대상을 황족으로 국한시키는 이유는 간단했다.

괴한들을 풀어 3황자를 쫓을 수 있는 사람이 이 나라에 과연 얼마나 있을까를 생각해보면 말이다.

"사실 심중으로는 1황자 오튼이 가장 유력하긴 하지."

아무도 없는 방 안에 그녀의 목소리가 은밀하게 흘러나왔다.

1황자 오튼은 암투와 모사(謀士)가 일반적인 사회에서 살았던 인물이었다.

빙의 전의 삶은 조선 시대의 권세 높았던 양반가 자제.

권력을 차지하기 위해 삼촌이 조카를 죽이고 형제들끼리 서로 칼을 겨누던 게 심심찮게 일어났던 그 시대에 그의 조부는 왕의 막강한 외척 세력 중 하나였다.

"게다가 성격은 점잖으면서도 말이 없고, 그러면서도 치밀하고 철두철미하지."

즉 바인처럼 감정에 휩쓸려 순간적으로 모든 것을 다 드러내 보이는 타입이 아니라는 거다.

물론 겉보기엔 바인이 더 음흉해 보이는 것은 사실이나 실제로 마음만 먹으면 쥐도 새도 모르게 원하는 것을 해낼 수 있는 남자가 바로 이 1황자 오튼이었다.

"흐음. 탐욕스러운 카이트의 모친과 아무 문제없이 황제의 성에서 잘 지내고 있는 것도 그렇고, 바인과 카이트가 숲에서 맞닥뜨렸을 때 특사를 보내 결투를 중재시킨 것도 그렇고. 의심스러운 게 한두 가지가 아니야."

윤수는 마음속에 차오른 의문을 소리 내어 중얼거렸다.

하지만 이제 카이트는 혼자가 아니었다. 자신이 계속 함께해 줄 것이다. 나의 손으로 만들어 낸 이 세계에서 더 이상 외롭게 만들고 싶지 않다. 누구보다 내가 그를 지켜 주고 싶다.

윤수는 아랫입술을 힘주어 깨물었다.

그녀의 두 눈이 계속해서 두루마리 속을 꼼꼼히 살폈다.

이 정도면 빠진 것은 없었다.

이제 남은 작업은 1황자의 것보다 보다 많은 단서가 들어 있을 2황자 시리즈를 복기해 보는 것뿐이다. 특히나 이 성의 지하 카브는 대부분 2황자의 이야기 속에서 언급된 것이었다. 그럼에도 불구하고 1황자의 이야기부터 차근차근 답습해 나가는 것은 이 세계가 그 두 개의 시리즈물에서 탄생된 것이기 때문이었다.

어둠 속에서 그녀의 까만 눈동자가 더욱 반짝였다.

"괜찮아. 내가 지켜줄게."

그렇게 툭 내뱉듯이 고백하고는 다시 펜을 곧게 잡아 쥐었다.

* * *

오늘따라 성안이 평소와는 다르게 한층 더 고즈넉했다.

집중을 깨뜨리기 싫었지만, 불도 켜지지 않은 방 안에서 더 이상 무언가를 쓴다는 것은 무리였다.

윤수는 의자에 걸려 넘어지지 않도록 주의하면서 조심스레 몸을 일으켰다. 그러고는 불을 찾아 주위를 두리번거리는데, 똑 똑, 하고 울리는 노크 소리가 들렸다.

"네?"

"바서 님. 잠시 들어가도 되겠습니까?"

페라트였다.

"그럼요, 물론이죠. 들어오세요."

그러자 손에 커다란 무언가를 든 그가 쓰윽 방 안으로 들어왔다.

"대체 불도 안 켜고 뭐 하시는 겁니까?"

그렇게 말한 페라트는 어둠 속에서도 능숙하게 램프를 찾아 불을 붙였다. 커다란 램프가 여러 개 켜지자 그제야 방 안에 따스한 빛이 돌았다.

"아아, 그러고 보니 지금 도리스가 곁에 없어서 더욱 시간 가는 줄 모르셨겠군요."

그러자 정신이 퍼뜩 들었다. 도리스에게 잠시 혼자서 집중할 시간이 필요하다고 말해 놓은 게 생각났기 때문이었다.

"정말 도리스가 줄곧 안 보이네요?"

윤수는 열린 문틈 밖을 살피며 물었다. 그러고 보니 도리스뿐만 아니라, 늘 성을 수선스럽게 돌아다니던 하녀들의 목소리마저 어디론가 사라지고 없었다.

복도 자체가 텅 비어 버린 느낌이다.

"오늘 저녁은 꽤 조용하죠? 당연합니다. 그도 그럴 것이 지금 막 의상들이 도착했거든요."

"의상이요?"

"네. 전야제 때 열리는 무도회에서 입기 위한 드레스나 연미복들이요. 귀족이나 황족들을 위해 맞춤 주문된 것들이 각지에서 한꺼번에 배달되는데 올해는 그 양이 엄청나더군요. 한꺼번에 다 싣지 못할 정도였던 모양입니다. 덕분에 나머지 드레스들이 지금에서야 도착했으니, 하녀들이 다 그쪽으로 몰려가고 없는 것도 당연한 일이죠."

그는 부드럽게 웃으며 설명을 덧붙였다.

"전야제 때는 성의 시종들도 가장 좋은 옷을 입는 게 관례입니다. 병사들도 마찬가지지요. 매일 검을 휘두르는 것이 직업인 사람이라도 그때만큼은 광택이 흐르는 비단을 몸에 걸치곤 합니다. 그래서 말인데……."

거기까지 말하고 그가 윤수의 손을 가만히 이끌었다. 테이블 앞에 서자 커다란 노란색의 리본이 달린 분홍색의 상자가 놓인 것이 보였다.

"이게 뭐예요?"

그녀의 눈이 휘둥그레졌다.

"풀어보시지요."

그 말에 조심스러운 손끝으로 리본을 헤치고 상자를 열었다.

"와⋯⋯!"

그 안에 들어 있는 것은 화려한 드레스였다.

마치 라일락꽃처럼 은은한 담자색 옷감 위로 연하늘색의 프릴이 겹겹이 둘러져 있었다. 게다가 상자 안에는 옷만 있는 것이 아니었다. 드레스와 함께 착용하면 너무나도 잘 어울릴 하얀색 구두와 장갑도 예쁘게 포장되어 넣어진 채였다. 그러나 무엇보다 놀라운 것은 한쪽 귀퉁이에서 발견한 붉은색의 비단 주머니였다. 그 안에는 구두의 색깔과 마찬가지로 새하얀 진주로 꾸며진 예쁜 회중시계가 들어 있었다.

"이건⋯⋯."

이곳에 들어와서, 아니 살아온 모든 나날들을 통틀어서 난생 처음으로 받아보는 화려한 선물이었다.

덕분에 윤수의 벌어진 입은 다물어질 줄을 몰랐다.

"전야제 때 입기에는 딱 적당할 겁니다. 지나치게 화려하지도, 그렇다고 또 초라하지도 않게."

드레스를 바라보며 어쩔 줄 몰라 하는 그녀를 향해 페라트가 활짝 웃었다. 그의 눈매가 평소보다 더욱 크게 휘어졌다.

"부디 무도회 때 입어주시면 기쁘겠습니다."

무도회.

그 세 글자를 듣자 윤수의 마음에 조용한 두근거림이 새어나왔다. 그 언젠가 슈타티스트 공주를 능숙하게 리드하기 위해 카이트에게 춤을 가르쳐 준 적이 있었다.

아직도 생생한 기억.

만약 무도회가 열린다면 카이트의 손을 잡고 다시 한 번 그때처럼 춤출 수 있을까?

"으음……."

하지만 어쩌된 셈인지 윤수는 섣불리 드레스를 몸에 대보지도 못했다. 이런 걸 정말 받아도 될까 하는 생각 때문이었다. 한눈에 봐도 너무나 비싸 보이는 것들이다.

그런 그녀를 향해 페라트가 물었다.

"마음에 안 드십니까?"

"그럴 리가요! 엄청 예뻐요. 색깔도 정말 딱 제 취향인걸요! 그렇지만 이런 건……."

그의 눈썹이 의아하다는 듯 위로 들렸다.

"뭔가 문제라도 있는 겁니까?"

"너무 비쌀 거 같은데……요. 그, 같이 월급 받는 처지에……."

민망한 듯 연신 말을 아끼는 그녀의 입술을 가만히 바라보고 있던 페라트가 순간 두 눈을 동그랗게 떴다.

하지만 그도 잠시.

그는 이내 큰 소리로 웃기 시작했다.

"하하, 바서 님은 정말 재미있는 분이군요, 이제는 당신에게 익숙해질 때도 되었다고 생각했는데, 여전히 엉뚱한 부분이 발견되는 것으로 보아 확실히 다른 세계에서 오신 분이구나, 싶습니다."

"제가 엉뚱해요?"

페라트가 유쾌한 목소리로 지체 없이 대답했다.

"엉뚱하죠. 당신은 대체 저를 누구라고 생각하는 겁니까?"

"그야, 페라트 씨는 카이트 황자의 제일 가까운 측근이자, 그가 누구보다 신뢰하는 심복이죠."

"맞습니다. 그게 이 나라에서 어느 정도의 위치를 차지하고 있는지 알고 계십니까?"

윤수는 가만히 고개를 가로저었다.

"황족을 바로 옆에서, 그것도 저처럼 오랜 세월을 줄곧 보좌한다는 건 그저 일반 귀족이 되는 것보다도 어려운 일입니다. 게다가 카이트 황자님은 밑의 신하들에게 절대로 인색한 분이 아니지요."

"하지만 다른 황자들에 비하면……."

"물론 그렇게 따지면 확실히 북쪽은 덜 풍요로운 편이긴 하죠. 특히 그 비교 대상을 1황자 오튼님으로 잡는 다면 더더욱 말입니다. 하지만 제아무리 그래도 카이트 님 역시 황족은 황족. 그러니 그런 걱정은 안 해 주셔도 무방합니다. 게다가……."

거기까지 말하고 그는 윤수의 손을 가만히 잡았다.

"모처럼 여자들의 입을 딱 벌어지게 만들 수 있는 좋은 기회가 찾아왔는데, 전야제의 무도회야말로 바서 님이 가진 능력을 선보이기에 안성맞춤이죠. 그렇지 않으면 억울하지 않겠습니까?"

페라트의 말 덕분에 입에서 아, 하고 작게 탄성이 터졌다.

그도 당시의 일을 잘 기억하고 있는 게 틀림없었다.

사실 춤을 춘다는 것은 그녀에게도 꽤나 즐거운 일이었다.

음악에 맞춰 때로는 우아하게, 때로는 경쾌하게 몸을 움직이는 건 검을 휘두르는 것만큼이나 재미가 있었다.

"따라서 이건 당신에게 정식으로 요청드리는 의미도 있습니다. 무도회 때 제 상대가 되어 주십사 하고 말입니다."

페라트는 그녀의 손등 위에 살짝 입을 맞췄다.

약간 거친 느낌이 있었던 카이트와는 달리 한없이 매끄럽고 부드러운 느낌의 입술이 스치듯 닿았다 떨어졌다. 하지만 그 말과 행동에 윤수는 당황한 기색을 감출 수가 없었다. 그녀는 순간 페라트에게 다른 것을 묻고 말았다.

"하지만 전 카이트 황자가……."

"네?"

"황자의 상대는……요?"

페라트의 두 눈이 굳어졌다.

드레스를 받아 놓고 정작 다른 남자의 상대를 걱정하다니 실례되는 일일지 모른다. 하지만 그래도 윤수가 좋아하는 건 카이트였다. 페라트가 아니라.

"글쎄요. 원래대로라면 슈타티스트 공주님이겠죠. 그도 아니면 최소한 귀족의 영애."

그는 살짝 헛기침을 하더니 다시 말을 이었다.

"물론 이곳에 바서 님보다 대단한 사람은 없겠습니다만, 지금 모든 사람들의 눈에 당신은 그저 병사일 뿐이니까요. 병사와 춤을 추는 황족은 아무래도 상상하기 어렵습니다."

"아. 그렇군요……."

예상대로의 답변이었다. 짙은 실망감이 차올라 윤수는 조용히 한숨을 내쉬었다. 페라트는 그런 그녀의 얼굴을 푸른색 눈동자로 가만히 응시했다.

"그럼 드레스를 입어보실 수 있게 자리를 비켜드리겠습니다. 도리스를 불러드리죠. 치수는 이보다 더 잘 맞을 수는 없을 정도로 딱 맞을 테니 걱정 마시길."

살짝 당황했던 모습은 온데간데없이, 그의 얼굴에는 어느새 특유의 침착한 표정이 돌아와 있었다.

페라트는 절제된 동작으로 정중하게 인사를 건네고는 그대로 뚜벅뚜벅 걸어 나갔다.

치수는 이보다 더 잘 맞을 수 없을 거라던 페라트의 말은 사실이었다.

"손가락 한 마디 들어갈 틈도 없이 정말 딱 맞잖아?"

거울을 통해 제 모습을 가만히 들여다보던 윤수는 그렇게 감탄했다.

어깨의 품이나 소매의 길이, 복사뼈 아래로 딱 떨어지는 드레스는 마치 몇 차례고 꼼꼼하게 사이즈를 재서 만든 맞춤복처럼 편안했다. 게다가 이 연한 담자색은 피부를 더욱 화사하게 살려 줄 뿐만 아니라, 윤수 본인이 굉장히 좋아하는 색깔이기도 했다.

그녀는 조용히 속으로 혀를 내둘렀다. 자신이 기억하는 한 드레스 사이즈 따위는 잰 적이 없었다. 그걸 생각하자 묘한 쑥스러움이 물밀 듯이 밀려들어 왔다.

'대체 어떻게 이리 잘 알았을까?'

아무리 페라트가 눈썰미가 뛰어나고 꼼꼼한 남자라지만 너무 정확해서 민망할 정도다. 그래도 이런 화려한 드레스를 입어 본 것은 이 세계에 온 이후 처음 있는 일이었다.

여자라면 누구나 꿈꾸는 옷. 그러니 자꾸 거울 앞에서만 머무르게 되는 건 당연한 일일지도 몰랐다.

비록 무도회 때 정식으로 파트너는 될 수 없을지라도, 한 번쯤은 황자에게 이런 모습을 보여 주고 싶기도 했다.

그동안은 매일 흙먼지를 뒤집어쓴 몰골만 보여줬으니까.

"도리스는 아직 오려면 멀었나? 팔이 안 닿아서 나 혼자서는 전부 못 잠그는데……."

미처 다 채우지 못한 등 쪽의 단추에 다시 손을 가져다 대며 낑낑거리던 그때였다.

"……깩."

열어놓은 창문 밖으로 작게 깩깩대는 소리가 들렸다.

그쪽으로 고개를 향하니 조그마한 마물 두 마리가 어느새 와서 꼬리를 흔들고 있었다.

"야, 너네 부른 거 아니야. 가."

"꺅."

"글쎄 너희들은 할 수 없는 거라니까? 부르지도 않았는데 시
도 때도 없이 오지 좀 마. 이러다 다른 사람들한테 들키면 어떡
하려고 이러니?"

"깨액……."

위아래로 마구 눈을 치켜뜨며 혼내길 몇 차례.

그제야 마물들이 시무룩한 음성으로 꺅꺅댔다. 스르르 기둥
을 타고 사라지는 놈들을 보며 윤수는 저도 모르게 이마의 땀을
훔쳤다. 요즘에는 아주 약간 곤란한 일만 발생했다 하면 저렇게
시도 때도 없이 마물들이 나타났다.

물론 고맙긴 하지만, 난처하다면 난처한 상황이다.

"저기, 혹시 안에 계십니까? 들어가도 됩니까?"

그때 밖에서 누군가가 문을 힘차게 쾅쾅 두들겼다. 귀에 익숙
한 여자의 목소리였다. 윤수는 흘러내리려는 드레스 자락을 부
여잡고 문으로 종종거리며 다가갔다.

"미쉘! 여기는 웬일이에요?"

반색하며 문을 열자 그곳에는 예상대로 그녀가 서 있었다.

"와아아."

그 순간 미쉘은 저도 모르게 탄성을 내질렀다.

"너무 아름답습니다. 정말 잘 어울리네요."

"어, 어서 들어와요."

멍한 눈으로 저를 바라보고만 있는 미쉘의 팔을 잡아끌며 윤

수가 얼굴을 붉혔다.

"우와, 엄청나게 으리으리한 방입니다. 제가 살던 고향 집의 응접실을 세 개 정도 합친 것보다 크네요."

방 안으로 한 발자국 들어선 미쉘은 계속해서 고개를 두리번거리며 구경 삼매경에 빠져 있었다. 그런 그녀의 손에 들려 있는 커다란 상자가 윤수의 눈에 띄었다.

"그런데 무슨 일 있어요? 손에 든 그건 뭐예요?"

윤수는 마침맞게 찾아온 미쉘이 반가웠다. 이왕 만난 김에 함께 저녁이나 먹자고 할 셈이었다.

"아직 식사 전이죠? 우리 같이 밥 먹지 않을래요? 아, 맞다. 그전에 나 뒤에 단추 좀 채워 줄 수 있어요? 손이 닿지를 않아서."

그러자 미쉘이 손에 든 것을 얼른 내려놓고 반사적으로 그녀의 등 뒤로 가서 섰다. 그러고는 단추를 채워주며 저도 모르게 중얼거렸다.

"그런데 이미 드레스를 가지고 계셨군요. 옷감도 새것이고 품도 아주 딱 떨어지는데 혹시 맞추신 겁니까? 어라, 그럼 이분께서 주신 건 어떡하지……."

"네?"

곤란한 듯 웅얼대는 미쉘의 말을 들은 윤수가 두 눈을 크게 뜨며 물었다.

"어머, 세상에! 아까 그것도 예뻤지만, 이것도 너무 잘 어울리네!"

옷을 다 입고 천천히 몸을 돌리자 도리스가 감탄을 흘렸다.

태양처럼 붉은 드레스는 강렬했다. 한눈에 스치듯 봐도 머릿속에 그 인상이 딱 각인될 정도로 말이다. 게다가 그걸 입으니 그녀의 검은색 눈동자가 더욱더 돋보였다.

붉은색이라니.

뺨에 옷감의 색과 비슷할 정도로 홍조가 들었다. 마치 대놓고 겨냥한 듯 노골적인 색깔의 드레스이긴 했다.

"처음에 입으셨던 담자색 드레스와는 또 다른 분위기네요. 이건 이거대로 너무 예뻐요."

"으음."

"그래서 우리 바서 님은 어느 게 더 마음에 드실까아?"

거울 앞에 서서 뜻 모를 신음을 흘리고 있는 윤수를 향해 도리스가 의미심장한 웃음을 지었다. 그러고는 과장된 몸짓으로 고개를 돌려 줄곧 굳은 표정을 풀지 못하고 있는 미쉘을 향해 장난기 있는 목소리로 외쳤다.

"검사님도 이리 가까이 와서 좀 봐주세요. 어서요."

그러자 미쉘이 잔뜩 주눅 든 목소리로 대답했다.

"제가 어찌 감히…… 가까이 갈 수 있겠습니까? 곧 황족이 되실 분인데……."

그렇게 대답하는 그녀의 목구멍 속으로 연신 마른침이 넘어갔다. 미쉘은 정말로 약간 겁에 질려 있었다. 저 여검사가 진짜로 카이트 황자와 깊은 관계였을 줄이야!

본인은 그런 것도 까맣게 모르고 레위니옹을 만들어 달라는
둥, 대련을 시켜달라는 둥 졸라대고 말았다.

아아, 기사단에 가거든 항상 눈치 있게 굴어야 한다고 어머니
가 그렇게 신신당부하셨건만!

연신 입술을 깨무는 미쉘의 얼굴에 후회의 빛이 역력했다.

"황족이라뇨! 자꾸 그럴 거예요?"

하지만 그런 미쉘의 태도가 부담스럽기 짝이 없었던 윤수는,
미간을 잔뜩 구긴 채 그녀의 곁으로 성큼성큼 다가왔다.

"제발 거기 그만 좀 서 있어요. 자, 이리 와서 편히 좀 앉아요."

"하지만 미래의 황자비님 앞에서 어찌 제가 감히……."

"한 번만 더 그런 소리 하면 나 정말 화낼 지도 몰라요."

왜 자꾸 황자비래! 아직 겨, 결혼한 것도 아닌데!

윤수의 얼굴이 새빨갛게 변했다.

애초에 미쉘한테까지 카이트와의 관계를 들키고 싶은 마음은
없었다. 물론 일이 이렇게 된 데에는 다 이유가 있었다. 모두 미
쉘이 들고 온 커다란 상자 덕분이었다.

카이트가 대신 전달을 부탁한 물건이라고 했다.

그리고 그 안에 들어 있는 것은 공교롭게도 페라트가 준 것과
똑같은 선물이었다. 화려한 드레스와 눈부신 장신구들.

물론 페라트의 선물도 충분히 훌륭했지만, 카이트가 준비한
것들은 모두가 기함할 정도로 값진 것들이었다.

상자에 들어 있는 물품들을 살피던 도리스는 뭐가 그렇게 좋은지 연신 방긋방긋 잘도 웃었다.

아니, 그녀의 얼굴은 뿌듯해 보이는 쪽에 가까웠다.

"황자님하고 짝을 이루게 되면 황족 맞죠, 뭐. 검사 아가씨가 틀린 말한 것도 아닌데. 그나저나 우리 카이트 님, 생각보다 의외로 엄청 섬세하시네요? 이런 선물도 다 하실 줄 알고. 좀 걱정했었는데 다행이에요! 물론 직접 전해 주셨으면 더 좋았을 테지만."

그러자 미셸이 기다렸다는 듯 장단을 맞췄다.

"카이트 님이 자리를 비울 수가 없으셔서 제게 대신 맡기신 겁니다. 지금도 대련 희망자가 너무 길게 줄을 서 있어서요. 그런데 예쁘긴 정말 예쁩니다."

"게다가 이거 봐요! 이 루비 박힌 회중시계와 빨간 새틴 구두, 장갑까지! 하아, 하지만 제일 끝내주는 건 바로 이 목걸이예요. 이거 시계에 박혀 있는 거랑 똑같은 보석 맞죠?"

"우리 고향에서는 이런 비싼 보석을 보기 힘든데…… 어서 착용하신 모습을 보고 싶습니다."

"맞아요. 바서 님. 어서 해 보세요. 제가 걸어드릴게요!"

윤수의 얼굴이 그 보석 목걸이처럼 계속해서 발갛게 익어갔지만, 두 사람은 아랑곳 않고 말을 사이좋게 주거니 받거니 했다.

"완벽해, 완벽해!"

"정말 그야말로 빛이 나네요."

피처럼 진한 붉은색 목걸이를 목에 건 뒤 구두를 갈아 신고 장

갑까지 긴 채 몸을 돌리자, 두 사람 입에서는 계속해서 탄성이
터졌다.

"정말 아름다우시네요. 지금껏 하녀 일을 해 왔지만 이렇게 굉
장한 건 처음 보지 싶어요. 와아, 우리 황자님 힘 좀 주셨네."

"그런데요, 도리스."

윤수의 눈썹이 어느새 땅을 향해 추욱 처져 있었다.

그 울상이 된 표정을 바라보며 도리스가 이상하다는 듯 고개
를 갸우뚱 기울였다.

"왜 그러세요?"

"이거 좀……."

"어머, 마음에 안 드세요?"

"그게 아니라 너무 좀……."

"너무 좀, 뭐요?"

이제는 미쉘까지 거들고 나섰다. 덕분에 윤수는 두 눈을 꼭
감고 마음 가득히 차오른 걱정을 꺼내 보여야만 했다.

"이거 진짜 비싼 거죠? 이 나라에서는 이런 거 얼마나 해요?
솔직히 말해 주세요."

"선물인데 그냥 받으시면 되죠, 가격은 왜요?"

"이런 걸 어떻게 받아요."

잉크도 제대로 못 산다면서.

카이트의 손에 의해 이곳으로 끌려왔던 당시의 상황들을 윤
수는 여전히 기억하고 있었다. 왜 잉크가 이거밖에 안 남았냐는

자신에게 '이 허름한 북쪽 성에 그거라도 있는 걸 감사하게 생각하라'고 말했던 것도.

하지만 도리스는 여전히 이해가 안 가는 모양이었다.

"왜 못 받아요?"

"그도 그럴 게 너무 비싸잖아요. 이 돈이 있으면 차라리 성을 고치거나 정말 필요한 걸 사는 데 쓰지 왜 이런 데다, 아깝게……."

물론 기쁘지 않은 건 아니었다. 두고두고 평생 간직하고 싶은 소중한 선물이었다.

물론 앞서 찾아온 페라트 역시 이 정도는 괜찮다고 말하긴 했지만, 그래도 그의 재정 상태를 뻔히 아는데 어떻게 모든 걸 아무렇지 않게 받을 수 있겠는가?

하지만 도리스는 그런 윤수를 앞에 두고 아까 페라트가 그랬던 것 처럼 큰 소리로 웃었다.

"아유, 바서 님도 별걱정을 다하셔요. 성이야 카이트 님이 지내기에 별 불편함이 없으시니까 그대로 두는 것뿐이고, 게다가 작년부터는 철광석 판매량도 몇 배나 뛰었는걸요. 덕분에 신하들 월급도 올라서 예전에 비하면 아주 살 만해졌는데요. 물론 아직까지 동쪽이나 서쪽에 비하면 부유하다고는 말할 수 없지만."

윤수는 저도 모르게 허, 하고 짧게 신음했다.

"그, 그래요?"

그럼 그때는 혹시 일부러 그런 건가? 설마 심술 부린 거였어?

윤수의 예상은 맞았다. 다만 아직까지도 그걸 완전히 알아차리지 못했을 뿐이었다.

"네. 그러니 부디 아무 말씀 마시고 받아 두세요. 다른 분도 아니고 황자님이신데 아무렴 이 정도 선물도 못 하실까요?"

"하긴. 실은 우리 아버지도 원래 황족 걱정은 하는 게 아니라고 늘 말씀하시곤 합니다."

뿐만 아니라 미쉘까지 이리 거들고 나서니 할 말이 완벽히 사라졌다.

윤수는 예쁜 레이스로 마무리되어 있는 소맷자락 안쪽을 아무도 모르게 슬쩍 들여다보았다. 그곳에 자수로 누군가의 이름이 새겨져 있다는 건 저밖에 몰랐다. 아까 옷을 갈아입다 발견한 거였다.

E. KEIT

자신의 이름을 새긴 옷을 선물한 이유가 뭘까?

물론 그 답도 잘 알고 있었다.

원래 페어라센은 사랑하는 연인들끼리 서로의 이름을 주고받는 관습이 있는 나라. 그리고 그 관습에 대해서 그는 이렇게 말한 적이 있었다.

'내 이름을 주고 싶은 연인을 만난다는 건, 이런 나에게도 몹시 낭만적으로 다가왔거든.'

물론 당시에는 상상조차 할 수 없던 일이었다.

그런 카이트의 연인이 제가 될 거라는 것을.

"역시 이 옷이 더 마음에 드시나 보죠?"

그러니 그렇게 묻는 도리스에게 해 줄 말은 이미 정해져 있었다.

＊　　＊　　＊

이런 근사한 선물을 해 줘서 고맙다고 직접 얼굴을 보며 인사하고 싶었는데, 카이트는 아침부터 보이질 않았다. 페라트의 말에 의하면 그는 오늘도 새벽같이 나간 모양이었다. 아직 다 대련해 주지 못한, 그리고 어제보다 몇 배 이상 불어난 레위니옹 가입 희망자들을 만나기 위해서 말이다.

"그런데 왜 그렇게 갑자기 레위니옹에 열심인 거지?"

그걸 떠올린 윤수가 혼자 중얼거렸다.

아무리 생각해도 딱히 특별한 이유를 알 수 없으니, 직접 만나서 물어볼 수밖에.

레위니옹이 열리고 있는 대련장은 연병장의 북쪽 끝이었다. 중앙의 뜰을 가로질러 그쪽으로 바삐 걸어가고 있는데, 어디선가 저를 부르는 소리가 들렸다.

"여어, 이게 누구야. 3황자 카이트의 호위 병사 아니신가. 어딜 그렇게 바쁘게 가시나?"

그 목소리가 나온 곳을 따라 고개를 두리번거리고 있는데, 즐거워 견딜 수 없다는 듯 까르르 웃는 여자의 웃음소리가 귀에 꽂혔다.

"세상에. 저는 마치 어린아이가 걸어가는 줄 알았어요. 여성의 매력이라고는 정말 하나도 발견할 수 없네요. 저런 작은 몸집으로 어떻게 병사를 하죠?"

꽃이 만발한 정원.

새롭게 단장한 하얀 대리석 분수가 졸졸 소리를 내며 흐르고, 그 옆에 세워져 있는 분홍빛 가림막 아래 슈타티스트 공주와 바인 황자가 앉아 있었다.

싱싱한 잔디가 푹신하게 깔려 있는 풀밭에 펼쳐진 커다란 테이블보 옆에서는 시종들이 와인과 치즈, 그리고 견과류를 듬뿍 넣어 구운 비스킷 따위를 계속해서 나르고 치우는 중이었다.

"이 한가한 오전에 어딜 그렇게 바삐 가는지는 모르겠지만, 괜찮다면 잠깐 와인이나 한잔 들고 가지 그래?"

바인이 그렇게 말하자마자, 주위를 뛰어다니는 작은 새들에게 빵 부스러기를 다정히 뿌려주던 슈타티스트가 인상을 썼다.

"네에? 저는 싫어요, 황자님. 사람에겐 엄연히 급이 있는 법인데, 일개 병사와 함께 술을 마시다뇨?"

그녀는 불쾌함을 가득 담은 얼굴로 앞에 놓인 나무 쟁반에 와인 잔을 탕! 소리가 나도록 올려놓았다.

그 격한 움직임에 오렌지 빛 가슴 털을 지닌 새들이 포르르 날아가 버렸다. 슈타타스트의 발언은 바인에게도 의외인 듯싶었다. 그의 갈색 눈동자가 조금 커진 것을 보면.

"뭐 어떻습니까? 지나가는 아는 병사에게 음료 한 잔쯤 대접

할 수도 있는 것을."

"그래도 격 떨어져서 싫어요. 저런 미천한 자와 같이 꼭 뭘 먹거나 마셔야만 한다면, 저는 이만 가겠어요!"

그러면서 그녀는 드레스의 치맛자락에 떨어져 있는 **빵** 부스러기를 신경질적으로 털더니 정말로 몸을 벌떡 일으켜 잔디 밖으로 나가 버렸다.

"하하, 이런."

그 뒤를 황급히 쫓는 미틀러렌의 사신들을 바라보며 바인이 머쓱한 듯 웃었다.

이자에게도 공주의 저런 모습은 의외인 것이 틀림없었다.

"이웃나라 공주님은 아름다우시기는 한데, 꽤나 성격이 앙칼지셔서 말이야."

바인은 능청스러운 표정으로 윙크를 날리며 말을 이었다.

"혼자서 먹는 술은 맛이 없는데. 한잔하고 가지?"

그런 바인을 윤수도 처음에는 무시할 작정이었다.

'대놓고 저 밥맛없는 공주랑 시시덕거리다니, 도대체 뭐야?'라는 경멸의 눈빛이나 쏴주려 했다.

하지만 순간 묘수를 떠올린 그녀는 그 자리에 우뚝 멈춰 섰다. 그러고는 그의 곁으로 발걸음을 재촉했다.

윤수는 어젯밤에도 늦게까지 2황자 시리즈를 복기하다 새벽녘이 되어서야 겨우 잠을 청한 터였다. 그토록 쉬지 않고 써내려간 덕분에 내용은 이미 중반을 훌쩍 넘어가고 있었다. 하지만 딱

하나 깜깜한 기억이 있었는데, 그건 바로 기영 주류의 배경이 된 실제 지역이 어디인지가 도무지 생각이 나질 않는다는 거였다. 그 때문에 아침에 일어나서도 계속해서 찜찜한 마음을 떨쳐 버리지를 못하던 참이었다.

그런데 뜰에서 피크닉을 즐기고 있는 바인을 보는 순간 윤수는 깨달았다.

'맞아. 저 남자는 나만큼이나 기영 주류에 대해 잘 알고 있는 사람이지.'

그러니 발길을 멈추고 그의 초대에 기꺼이 응할 수밖에.

당장 카이트를 만나고 싶은 마음이 굴뚝같았지만, 지금은 이쪽이 더 중요했다. 혹시나 카이트에게 필요할지 모를 모든 이야기를 남기는 일, 이곳에 남아있는 통로, 그리고 그 통로와 이어져 있는 현실 세계의 어느 지점까지 윤수에게는 그 어떤 것도 중요하지 않은 게 없었다.

카이트를 위한 완벽한 해피엔딩은 물론이요, 그의 곁에 다시 돌아올 수만 있다면 그 어떤 단서도 놓치고 싶지 않았다.

"안녕하세요? 한 대리님."

그녀는 부러 빙의 전의 옛날 이름으로 바인을 불렀다. 그러자 그의 눈썹이 못마땅하다는 듯이 꿈틀거렸다.

"바인 황자라고 불러. 여기서는 그 이름을 아는 사람이 아무도 없으니까."

"아, 맞다. 네네, 그럴게요. 죄송합니다. 제가 아직 익숙하지 않아서."

윤수는 자연스럽게 대답하며 그의 옆에 앉았다. 그러자 기다렸다는 듯이 바인이 술을 권했고 그녀는 계속해서 그것을 즐겁게 마셨다. 여러 가지 안주도 이것저것 배부르게 먹었다. 정말로 둘이서 와인을 즐기고 있다고 생각할 만큼 한가로운 모습이었다. 하지만 윤수의 머릿속은 여전히 긴장감으로 바짝 날이 서 있는 상태였다.

"어때, 새로운 세계에서의 생활은. 이제 좀 익숙해졌어?"

그가 건네주는 자줏빛 음료를 또다시 받아 들며 윤수는 일부러 한껏 고개를 가로저었다.

"그럴 리가 있겠어요? 어휴, 매일매일이 얼마나 고생스러운지 몰라요."

그러면서 짐짓 분하다는 듯 손에 들린 술을 단숨에 마셨다.

진하게 짜낸 포도 냄새와 더불어 그윽한 참나무 향기가 기가 막히게 어우러져 목구멍을 타고 내려갔다.

"하긴. 나는 황족이라는 자의 몸에 빙의했지만 너는 그런 게 아니니까."

"맞아요. 진짜 하루라도 빨리 원래의 세계로 돌아가고 싶어 미치겠어요."

그 말에 바인이 소리 내어 웃었다.

"게다가 하필이면 떨어진 곳이 북쪽의 노르덴 숲이라니. 이거 원, 엎친 데 덮친 격이었겠어."

"네. 사실 저는 기영 주류를 그만두고 나서 운 좋게도 굉장히 좋은 회사에 재취업했거든요. 그래서 여기서 이러고 있는 시간 동안 혹시라도 무단결근으로 잘릴까 봐 걱정이 이만저만이 아니에요."

자연스럽게 거짓말을 하면서 윤수는 슬쩍 바인의 눈치를 보았다.

"맞다. 그러고 보니 기영 주류가 망했다고 했지?"

"네."

"아직도 믿기지 않는군. 서울 근교에 아예 커다란 택지를 사들여 몇 채의 건물을 지어놓고 쓰던 큰 회사가 망했다는 게."

드디어 걸려들었다.

윤수는 속으로 쾌재를 부르며 능청스럽게 말을 이었다.

"어머, 한 대리님…… 아니, 바인 황자님은 아직도 그때의 일들을 다 기억하세요?"

"기억하다마다. 무엇 하나도 빠짐없이, 마치 어제 일처럼 생생하다구."

그녀의 두 눈이 빛났다.

"하여튼 정신 나간 사장이었어. 자기 혼자 편하자고 그 아무것도 없는 산속에 회사를 세우다니. 덕분에 전 직원이 출퇴근 때 엄청 애먹었었잖아?"

바인은 계속해서 술술 이야기를 풀어냈다.

자신의 비밀을 오랫동안 홀로 끌어안고만 있다가, 그것을 아는 사람을 만나니 저도 모르게 반가운 마음이 앞선 탓이었다.

"맞아요! 버스도 안 다니는 곳이라서 카풀이 아니고서는 진짜 방법이 없었죠."

덕분에 윤수는 환호성을 지르기 일보 직전이었다.

혼자서 이야기를 써내려갈 때는 꽉 막혔던 기억이 마치 무언가에 뻥 뚫린 것처럼 술술 쏟아져 들어왔다.

"맞아. 지금에 와서 생각해 보면 사장이 그토록 이기적인 사람이었으니 회사 분위기가 엉망이었던 건 당연한 일이었을지도 몰라. 내 경우만 해도……."

바인의 목소리가 갑자기 쓸쓸하게 변했다.

"너무 잘나서 위에서 견제를 많이 받으셨죠? 신입 때부터 말이에요."

"그랬지. 잘 알고 있네."

암, 잘 알다마다.

윤수는 진심을 담아 고개를 끄덕이며 대답했다.

"거의 모든 일을 척척 다 해낸 직원으로 워낙 유명하셨으니까요. 게다가 술 연구에 대한 열정도 있으셨고요."

그녀의 말에 바인은 가만히 혀를 찼다.

머릿속에 또다시 괴로운 추억들이 잔뜩 떠올라 버리고 말았다. 예전의 삶에서 그는 누구보다 능력이 있었지만 마음껏 펼치지를 못했다. 너무 유능했던 신입 사원은 직장 내 상사들의 숱한 괴롭힘을 견디지 않으면 안 되었다.

그래도 굴하지 않고 회사를 위해 열심히 일했다.

물론 그 결과라는 게 일방적인 해고 통보라는 청천벽력과도 같은 소식일 따름이었지만.

그것도 사장의 친인척을 그 자리에 앉히기 위해서.

와인 잔을 쥔 바인의 손등에 어느덧 굵은 핏줄이 섰다.

그런 그를 바라보는 윤수의 눈빛에도 복잡함이 가득했다.

따지고 보면 이전 생에서의 바인은 지금의 카이트와 조금 닮아 있었다. 굉장히 뛰어난 존재였는데 한순간에 나락으로 떨어지고 말았다는 점이 특히 말이다.

'그런 만큼 어쩌면 서로를 누구보다 잘 이해할 수 있었을지도 몰랐는데.'

하지만 그것은 그녀의 희망 사항일 뿐이었다.

바인은 이미 한선호 대리로는 절대로 돌아갈 수 없는 페어라센의 2황자가 된 지 오래. 따라서 그런 남자에게 그간 핍박받을 수밖에 없었던 카이트의 진실된 과거를 알리고 이해시킨다는 것은 있을 수 없는 일이었다.

"그만 마시려고?"

"네."

윤수는 지체 없이 대답했다.

그토록 알고 싶었던 기영 주류의 위치에 대해 아주 확실하게 감을 잡았으니 더 이상 바인과 어울릴 필요가 없었다.

이 성의 지하 카브를 따라 올라가면 나오는 곳.

이제야 모든 기억이 온전하게 떠올랐다.

"할 일이 있어서요. 맛있는 와인 감사했습니다, 바인 황자님."

윤수는 유독 '감사했습니다.'라는 말에 힘을 주어 말했다. 그러고는 곧바로 몸을 일으켰다. 마치 차가운 물이 들어 있는 풍선이 탁 터진 것처럼, 온 가슴속이 다 시원했다.

*　　*　　*

"뭘 하고 있다고?"

미쉘이 건넨 차가운 물을 쉬지 않고 단숨에 마시던 카이트의 미간이 소리 없이 구겨졌다.

"바인 황자님과 와인을 드시고 계십니다."

"하."

그는 저도 모르게 짧은 한숨을 내쉬었다.

새벽같이 레위니옹에 나온 터라, 어제저녁부터 쭉 그녀를 보지 못했다. 드레스도 잘 전달되었고, 그뿐만 아니라 기쁘게 입어 보았다는 이야기까지는 미쉘을 통해 전해 들었다. 덕분에 안심이 되긴 했지만 그래도 그것만으로는 부족했다.

'좋아하는 얼굴을 직접 보고 싶었는데.'

그러나 지금은 도무지 짬을 낼 수 없었다. 이 성에 머무르는 동안 가능한 한 많은 병사를 만나 보려면 어쩔 수 없는 일이었다. 그런데 마침, 미쉘이라는 이 에어스테 병사가 반가운 전갈을 전해 주었다.

"오늘은 바서 님도 이 레위니옹에 참석하겠다고 하셨다
던데요. 오전에 오시겠다고 합니다."

어느새 도리스와 친해진 미쉘은 알고 싶지 않아도 윤수의 일
정에 대해 저절로 알 수밖에 없었다. 게다가 그것을 마치 상관에
게 보고하듯 제게 꼬박꼬박 알려주니, 카이트 입장에서 미쉘은
정말 없어서는 안 될 고마운 부하였다.

그런데 오전에 온다던 사람이 정오가 다 되어 가도록 소식이
없었다. 결국 궁금해진 마음 반, 걱정되는 마음 반에 카이트는
쑥스러움을 무릅쓰고 미쉘에게 남몰래 부탁을 했다. 그녀의 동
태를 좀 알아와 줄 수 있냐고 말이다.

'그런데 여기 오다 말고 바인하고 와인을 마시고 있다고?'

그의 구겨진 미간이 도통 펴질 줄을 몰랐다.

물론 무언가 특별한 이유가 있어서일 거다.

자신이 아는 한 그녀는 이 세계에서 단 한 번도 한가로운 시간
을 보낸 적이 없으니까.

'분명 바인을 통해 무언가 원하는 정보를 듣기 위함이겠지.'

하지만 그럼에도 불구하고 질투가 났다.

카이트는 담배는 싫어했지만 술은 즐기는 편이었다. 따라서
그녀와 함께 와인을 기울이는 것은 자신이 해 보고 싶은 여러 가

지 일 중에서 꽤나 높은 순위를 차지하고 있었던 거였는데.

　이런 유치한 생각을 하는 게 스스로도 마음에 들지 않았지만 어쩔 수가 없었다. 그렇게 끓는 속을 차가운 물로 하릴 없이 달래고 있을 때였다.

　"황자님, 아직도 쉬는 시간이 필요하십니까?"

　묵직한 음성에 고개를 들자 진한 갈색 머리에 초록색 눈을 한 거구의 사내가 서 있었다.

　"너는……."

　"쥘벤 분대의 렌틸리히라고 합니다. 그냥 '렌'이라고 불러 주십쇼. 계급은 드리테입니다. 얼마 전 저희 분대의 고참 하크 검사가 황자님 앞에서 큰 망신을 당했지요."

　"아아, 그자의 부하였군."

　그러자 남자의 목울대가 꿈틀거렸다. 마치 모욕이라도 당한 양 불쾌한 목소리로 그는 카이트의 말을 받았다.

　"그저 같은 분대의 소속일 뿐, 그는 제가 모시는 상관은 아닙니다."

　"그래? 뭐 여하튼 좋다. 그런데 그대가 지금 몇 번째 대련자인가?"

　"서른일곱 번째입니다. 혹시라도 아직 피로가 덜 풀리셨다면 좀 더 쉬셔도 좋습니다."

　그 말에 카이트의 입술 끝이 위로 살짝 들렸다.

　건방진 소리.

하지만 그가 슬쩍 웃음을 머금은 것은 다른 이유 때문이었다.

'뭔가 지금까지와는 다른 검사군.'

그는 아무런 말도 없이 눈앞에 있는 남자를 찬찬히 살폈다.

렌틸리히는 꽤나 장신(長身) 축에 속하는 저보다도 머리 하나가 더 있을 정도로 거대한 키를 자랑했다. 그뿐만 아니라 들고 있는 검은 여기저기 흠집이 가득해서 한눈에 봐도 무척이나 낡아 보였다. 게다가 그 체구에 더할 나위 없이 어울리는 떡 벌어진 어깨는 황소도 때려잡을 만큼 건장했고, 솥뚜껑만 한 손은 그저 투박했는데 이상하게 검을 쥔 자세만큼은 날렵하니 빈틈이 없었다.

덕분에 카이트는 본능적으로 깨달을 수 있었다.

'내게 필요한 자가 바로 이런 자다.'

그걸 떠올리자마자, 전신에 약한 소름이 돌았다.

간혹 가다 이런 때가 있었다.

수많은 병사들을 상대하다 보면 발견되는 진주알 같은 인재를 만날 때 일어나는 반응이었다.

'이 검사와는 나중에 따로 자리를 마련해 봐야겠군. 그래, 아예 작위를 주는 편이 낫겠어.'

그리 마음먹은 카이트는 공중에 검을 두어 차례 휘두르며 정신을 집중했다. 그러고는 그 어느 때보다 강한 악력으로 검 손잡이를 쥐었다.

"좋아. 서른일곱 번째 대련을 시작하지."

그렇게 말하는 카이트의 모습은 정말이지 아무런 흠 잡을 곳이 없이 완벽했다. 그런 3황자를 바라보던 렌털리히도 새로운 기분에 젖어들었다.

'대단하다, 정말 대단해. 모래 한 톨조차 비집고 들어갈 만한 공간이 보이질 않아. 어떻게 사람이 저럴 수가 있지?'

순식간에 그에게 압도당해 버리고 만 렌털리히는 저도 모르게 침을 꿀꺽 삼켰다. 버림받은 황자에 대한 편견은 어느새 사라지고 없었다. 대신 그 자리에 존경심이 가득 차올랐다. 그러면서 그는 아직 카이트가 아무것도 하지 않았는데 자꾸만 뒤로 밀리려는 제 발을 안간힘을 써서 붙잡아야만 했다.

바인과 헤어진 윤수는 그대로 레위니옹이 열리고 있는 대련장으로 냅다 뛰어갔다. 길을 가던 하인들이 죄다 뒤돌아볼 정도로 빠른 속도였지만 아랑곳하지 않았다.

그녀가 천막을 걷고 안으로 들어섰을 때는 놀라운 광경이 막 펼쳐지고 있었다.

카이트 앞에 서 있는 것은 거인이라고 해도 좋을 정도로 커다란 남자였다.

그 검사는 창백한 얼굴로 땀을 뻘뻘 쏟아 내고 있었다.

좌중은 쥐 죽은 듯 조용했다. 서로 잡담은커녕 말 한 마디 하는 사람이 없어서 눈을 감고 들어서면 텅 빈 대련장이라고 착각할 정도였다.

"허억……!"

결국 렌틸리히의 입에서 거친 호흡이 토해졌다.

그러나 그는 여전히 검을 두 손에 쥔 채였다. 첫 대결에 검이 구석으로 날아가지 않은 자는 그가 유일했다.

"힘든가?"

카이트의 이마에도 땀이 살짝 맺혀 있었다.

"그럴 리가…… 있겠습니까."

렌틸리히는 그 말을 하는 것조차 버거워 보였다. 하지만 여전히 고집스럽게 고개를 가로저었다.

"계속할 수 있습니다."

"좋아. 그럼 덤벼봐라."

렌틸리히의 두 눈이 꾹 감겼다. 그리고 잠시 후 그것을 천천히 뜨는 순간.

"흐읍!"

가파른 신음을 타고 그의 몸이 날렵하게 움직였다.

챙!

온 대련장에 날카로운 파열음이 빠짐없이 울렸다.

"……으윽!"

고통스러운 듯 인상을 찡그린 것은 렌틸리히 쪽. 그러나 손에는 여전히 검을 쥔 채였다.

카이트는 여전히 꿈쩍도 하지 않았다.

병사들의 목을 타고 마른침이 소리 없이 넘어갔다.

과연 카이트 황자가 봐주고 있는 걸까? 아니면 저 쥘벤 부대의 괴물이라 불리는 렌이 그 정도로 강한 걸까?

원래 검술 실력으로만 따지면 쥘벤 부대의 문제아 하크 검사보다 렌틸리히가 몇 배는 더 우월했다. 하크는 다만 근속 년수가 오래되었기 때문에 최고참인 피어테 계급이 된 것뿐이었다.

레위니웅에 모인 병사 중 그것을 모르는 이는 없었다.

과연 괴물 렌틸리히.

3황자를 상대로 저렇게까지 버티는 검사는 레위니웅이 열린 이후 처음이었다.

'허어.'

윤수도 마음속으로 조용히 탄성을 내질렀다.

카이트와 줄곧 검을 맞대온 그녀는 잘 알 수 있었다. 지금 그가 저 커다란 남자를 지도하고 있다는 것을 말이다.

물론 말은 단 한 마디도 하지 않았다. 발이 너무 뒤로 빠졌다든지, 쓸데없이 버리는 힘이 너무 많다든지 하는 충고는 일절 없었다. 다만 황자는 기가 막힐 정도로 그의 공격을 죄다 받아 줄 뿐이었다.

렌은 점점 지쳐 갔다.

"후우."

크게 한숨을 내쉰 그는 시계 반대 방향으로 검을 휘두르며 오른쪽으로 몸을 비틀었다.

피하려는 의도가 다분한 움직임이었다.

다음의 공격을 위해 잠시 쉴 시간이 필요했다.

하지만 카이트는 기다려 주지 않았다. 절대로 봐줄 수 없다는 듯 오히려 그에게 정면으로 맞서 왼쪽 깊숙이 검을 찔러 넣었다.

채앵!

단단한 쇠붙이들이 또 한 차례 맞부딪혔다.

"으앗!"

비명 소리와 함께 렌의 발이 주춤 물러났다.

하지만 그는 용케 버틴 채 다시 한 번 카이트의 머리 위로 내리꽂듯 검을 휘둘렀다.

이젠 이판사판이었다. 쉬려는 움직임조차 간파당했다는 걸 깨닫자 수치심이 물밀듯이 밀려들어 왔다.

"이얍!"

신장 차이를 이용한, 나름대로 머리를 쓴 공격이었다.

하지만 소용없었다. 그 공격을 예상한 카이트는 이미 가로로 누인 검을 이마 위로 치켜든 채 대기 중인 상태였다.

지구력, 순발력, 근력, 그리고 화려한 기술까지.

무엇하나 제가 이길 수 있는 것은 없었다.

렌의 마음속에 당혹스러움이 차오르기 시작했다.

'대체 이분이 내게 바라시는 게 뭐지?'

그도 훌륭한 검사인지라 카이트가 무언가 전하려고 한다는 것을 진즉 눈치챌 수 있었다. 여태까지 그저 다른 사람들의 검날을 무심히 쳐대기만 했던 때와는 자세부터가 전혀 달랐다. 황자는 진지하게 저를 가르쳐 주고 있었다.

이루 말할 수 없는 패배감. 동시에 꿈틀거리며 솟구치는 깊은 존경심.

결국 두어 차례 더 의미 없는 공격과 방어를 주고받은 후, 렌이 카이트의 발 앞에 무릎을 털썩 꿇었다.

"이건 뭔가."

의아하다는 듯 눈썹을 치켜세우는 카이트 앞에서 그가 고개를 숙였다.

"……이제 더 이상 고집부리고 싶지 않습니다."

"고집?"

"제가 졌습니다."

마치 커다란 짐승이 씩씩대는 것처럼 숨을 내쉴 때마다 그의 등이 가파르게 흔들렸다.

동시에 손에 땀을 쥐고 서 있었던 다른 병사들의 입에서 우레와 같은 함성 소리가 터져 나왔다.

"우와아아!"

"와, 카이트 황자님! 대단했습니다!"

"이 레위니웅에 들어와서 영광입니다!"

"렌, 이 자식! 너 좀 멋지다!"

남자고 여자고 할 것 없이 모두가 한 마디씩 거들었다.

두 남자의 진지한 승부는 사람들의 마음속에 열기를 지피게 했다. 그들은 저마다 허리춤에 찬 검의 손잡이를 가만히 쥐어보았다. 그렇게라도 하지 않으면 심장이 뛰어 견딜 수가 없었다.

어서 빨리 자신들도 렌처럼 황자의 지도를 받고 싶어서 말이다.

"후우! 가슴 떨려 죽는 줄 알았네!"

"나도, 나도! 대련인 걸 알면서도 손에 땀을 쥐었지 뭐야."

계속해서 종알대는 병사들의 뒤쪽.

그들과 똑같은 제복을 입은 사내 하나가 조용히 등을 돌렸다. 아까부터 맨 뒷줄에 줄곧 홀로 서 있었기에 지금 이 순간 천막을 들추고 대련장 밖으로 빠져나가는 그를 눈치챈 사람은 아무도 없었다. 낮고 좁은 입구를 빠져나가기 위해 남자가 잠시 허리를 굽힌 순간.

잔뜩 세운 옷깃 사이로 목에 맨 검은색 띠가 보였다.

그것은 이 바인의 성에서 3황자를 상징하는 붉은 띠를 맨 윤수만큼이나 보기 드문 희귀한 색깔이었다.

*　　*　　*

레위니옹을 겨우 끝내고 나니 어느새 또 해가 져 있었다.

대련장과 본성까지는 꽤나 거리가 멀었다. 하지만 카이트는 그 긴 거리의 중반에 다다라서야 겨우 윤수의 손을 슬그머니 잡을 수 있었다. 방금 전까지만 해도 병사들이 끊임없이 따라붙었기 때문이었다.

"부디 소속 병사 선발 시험을 열어 주십시오. 꼭 합격할 자신이 있습니다!"

"황자님을 모시게 할 기회를 주시지 않겠습니까. 봉급은 상관없습니다."

성급한 열정을 주체할 수 없었던 자들은 레위니옹이 끝난 후에도 줄곧 그의 뒤를 끈질기게 따라오며 자신들의 포부와 열망을 퍼부었다.

그런 병사들 앞에서 카이트는 일관된 대답을 유지했다.

"지금은 아무것도 정해진 것이 없다. 모든 건 추후 따로 공지하겠다."

이 대련을 통해서 자신이 남몰래 병사를 모으고 있다는 소문이 바인의 귀에 들어가는 것을 그는 원치 않았다.

물론 레위니옹에 참가하는 것은 정상적인 일이므로 그 자체를 막진 못하겠지만, 틀림없이 귀찮은 일이 벌어질 거다. 그러므로 적어도 투루니어 경기 전까지는 그 어떤 말도 아낄 셈이었다.

그는 그저 잡고만 있던 손에 슬쩍 깍지를 껴봤다.

그랬더니 그녀도 손가락을 기꺼이 맞물려 주는 게 아닌가.

카이트의 입에서 저도 모르게 웃음이 새어나왔다.

이 작은 움직임에 심장이 이리 터질 듯 뛰는 것을 신기해하던 찰나.

"대체 무슨 속셈이야?"

"속셈?"

윤수가 뜬금없는 질문을 해 왔다.

"레위니옹에 그렇게 열심인 속셈 말이야."

직구가 훅 들어왔다. 그 무엇도 돌려 묻지 않는 그녀의 목소리가 퉁명스러웠다.

카이트는 저도 모르게 조심스러운 어투로 대답했다.

"속셈이라기보다는…… 사실 네게 줄곧 이야기하려고 했다."

"무엇을? 병사를 모으고 있는 중이라는 걸?"

"그렇지. 그 이유는……."

"설마 모반을 꾀하려는 것은 아닐 거고, 황제의 마음에 쏙 들만한 커다란 공을 세워 보려는 거지?"

자신의 마음을 정확히 꿰뚫어 본 윤수의 통찰력에 감탄한 카이트는 저도 모르게 입을 벌렸다.

"좋아. 지금부터 제대로 설명해 줄게. 내 이야기를 부디 잘 들어주길 바란다."

가족도 모든 인생도 다 그곳에 두고 온 너에게, 차마 가지 말아 달라고 말할 수 없었던 마음을.

그럼에도 불구하고 너와 헤어지지 않기 위해 할 수 있는 모든 것을 다 해 보고 싶은 나의 진심을.

그 다짐으로 카이트의 입술이 천천히, 그러나 무겁게 열렸다.

"수도 프라흐트볼, 그리고 황제의 성. 여기까지 단숨에 입성할 방법이 아예 없는 건 아니야. 단, 네가 걱정하듯이 몰래 침입하듯 들어가지는 않을 거다."

윤수는 숨소리도 내지 않으며 고개를 끄덕였다.

팔짱을 끼자 안쪽 주머니에 넣어둔 커다란 두루마리가 손끝에 만져졌다. 이건 카이트에게 줄 첫 번째 선물이었다.

이걸 준 뒤 자신도 요 며칠 방 안에 틀어박혀 무얼 했는지, 그리고 오늘 바인을 만나 이뤄 낸 성과에 대해서도 전부 다, 빠짐없이 이야기해 줄 작정이었다.

"침입의 반대라면, 합법적으로 들어갈 수 있다는 거야?"

"그래. 가능하다면."

"병사를 모아서?"

"물론. 나 혼자로는 턱없이 부족한 일이거든."

잡고 있던 윤수의 손을 그가 단단히 틀어쥐었다.

그리고 그만큼이나 강인한 음성이 거침없이 흘러나왔다.

"내가 병사를 모으는 건 날씨가 더워지면 시작될 해안가 방어선 구축에 참여하기 위해서다. 여기서 공을 세우는 게 무슨 의미인지는 네가 더 잘 알겠지?"

순간 호흡이 잠시 멈췄다.

그만큼 생각지도 못한 이야기였다. 윤수는 저도 모르게 까치발을 들고 그의 얼굴을 바라보았다.

"설마 해적 소탕에 나서려는 거야? 잠깐만, 그건……!"

"제아무리 많은 병사를 거느린다 해도 위험한 일이라는 것 또한 알고 있다. 하지만 기필코 해내 보일 생각이다. 이름만 아버지일 뿐인 그 남자를 위해서가 아니라……."

너를 위해서.

한없이 진지한 얼굴 뒤에는 그러한 본심이 엿보였다.

덕분에 윤수는 카이트가 그랬던 것처럼 그 어떤 말도 쉬이 할 수가 없었다.

북쪽을 뺀 나머지 서쪽, 동쪽, 남쪽이 각각 바다로 둘러싸여 있는 페어라센은, 여름만 되면 육지로 다가오는 해적들에게서 바닷가의 민가를 지켜내느라 매번 큰 곤욕을 치렀다. 해적들은 노르덴 숲에 모여 사는 산적들과는 비교조차 할 수 없는 규모인 데다가, 오랫동안 바다 생활을 한 자들답게 매우 조직적이었다. 그뿐만 아니라 형벌 때문에 제대로 걷지도 못하는 산적들과는 달리 튼튼한 신체를 지녔다. 그런 해적들에 비하면 산적들은 차라리 귀엽다고 표현할 수 있을 정도이리라.

따라서 해적 소탕은 지긋지긋할 정도로 매해 되풀이되는 이 나라만의 작은 전쟁이었다.

이때만큼은 황제의 군대는 물론이요, 모든 황자들이 가지고 있는 각각의 병력들이 전부 쏟아져 나와 해안가 방어선 구축에 총력을 다하는데, 이 과정에서 목숨을 잃는 병사도 상당했다.

"물론 거기에서 큰 공을 세운다면 반드시 황제를 알현할 수 있을 뿐만 아니라 큰 상도 받을 수 있겠지. 하지만……."

그 어떤 황자도 아직까지 그런 큰 포상을 받은 적이 없었다.

윤수의 표정이 점점 딱딱하게 굳었다.

"만약 너로 인해 모든 것이 다 잘 풀린다면, 굳이 하지 않아도 되는 일일지도 모른다. 하지만 그렇다고 해서 나 역시 병사를 만들 기회가 주어졌는데 아무것도 안 하고 가만히 앉아 있기는 싫거든."

거기까지 말하고 카이트는 윤수의 볼을 살그머니 쓰다듬었다. 애정 어린 손길이었다.

하지만 윤수의 두 눈은 마냥 어두웠다.

위험한 짓은 하지 않겠노라고 약속해 달라고 조른 건 지금까지는 늘 카이트 쪽이었다. 그때마다 괜찮다고 답했고 말이다.

그랬던 윤수가 지금 하고 싶은 거라고는 카이트가 했던 말을 똑같이 따라 읊는 것뿐이었다.

"그건 너무 위험하지 않아?"

"쉽지는 않지만, 해보지도 못할 만큼 위험한 건 아니지."

자신의 결심이 단단한 만큼 그의 결심도 깊었다. 덕분에 윤수는 꿀먹은 벙어리 마냥 아무런 말도 하지 못했다.

게다가 카이트를 말리고 싶지 않은 이유는 또 있었다.

"나를 믿고 따르는 자들을 선별해 내는 작업은 조금 고되긴 하지만 무척이나 보람되더군."

그렇게 말하는 그의 눈동자가 마치 꿈을 찾은 소년처럼 빛나고 있었다. 난생처음으로 자신의 의지로 해내는 '무언가'는 그에게 얼마나 큰 보람을 심어줄까. 그 벅찬 마음을 충분히 알고 있기에 더더욱 하지 말라고 말할 수 없었다.

둘이 함께하기 위해, 서로가 할 수 있는 모든 노력을 쏟아부어

길을 찾아가는 여정.

벅차오르는 감동을 주체할 수 없는 것은 그녀도 마찬가지였다. 따라서 윤수는 여전히 만류하고 싶어 달싹거리는 입술로 대신 이런 말을 꺼냈다.

"일단 이거 받아."

그녀는 줄곧 품 안에 넣고 있었던 것을 잽싸게 꺼내어 내밀었다.

"이게 뭐지?"

평소 그녀가 들고다니는 수첩보다 훨씬 큰 두루마리를 받으며 카이트가 호기심 어린 눈동자를 빛냈다.

"내가 쓴 1황자 시리즈 이야기야. 물론 원본은 지금 여기서 구할 수 없었지만…… 대신 내용은 원본 못지않게 자세하다는 걸 보증해."

살짝 미소를 지은 채 두루마리를 빠르게 풀어보려던 그의 손이 그 순간 딱 멈췄다.

"1황자 라면…… 오튼의 이야기인가?"

"응. 그가 겪었던 모든 비밀들이 다 그 안에 있어."

그의 동공에 가벼운 흔들림이 일었다. 카이트는 윤수에게서 좀처럼 시선을 떼지 못한 채 이렇게 물었다.

"왜 이걸 나에게 주는 거지?"

"그건……."

윤수는 한동안 말을 고르다 조심스럽게 입을 열었다.

"만약, 만약에 내게 무슨 일이 생기면…… 그러니까 내가 곁에 없어도 이 두루마리에 적힌 이야기들로 인해 네가 다른 황자들보다 우위를 점령할 수 있지 않을까 해서. 아, 오해는 하지 마. 그것을 어떻게 활용하느냐는 순전히 네 마음에 달린 거니까."

적어도 그가 기뻐하길 바라며 준비한 선물이었다. 하지만 카이트는 어찌된 셈인지 침묵을 고수하고만 있었다.

"물론 별로 쓸 일이 없을지도 모르지. 그저 재미로 한 번 읽어봐도 괜찮아. 아, 그리고 2황자 이야기도 주려고 해. 물론 너만 좋다면 말이야. 그건 아직 쓰고 있는 중이라 다 완성되면 줄……."

겸연쩍은 표정으로 열심히 설명하던 윤수의 말문이 그 순간 갑자기 막혔다.

그녀의 입술을 잡아먹듯 거칠게 집어 삼킨 건 카이트였다.

"흐읍."

그가 주는 힘을 감당하지 못한 윤수의 발이 뒤로 속절없이 밀렸다. 차가운 성벽에 등이 닿았다. 당황함을 떨치지 못하고 허우적대는 그녀의 손을 잡아 제게 두른 채 카이트는 작게 떨리는 몸 위로 점점 더 열망 어린 무게를 실었다.

떨리는 살 틈을 비집고 뜨거운 열기가 훅 밀려들어왔다. 부드럽고 강인한 혀가 마치 제 것처럼 입술 안을 헤집었다.

"네게 절대로 무슨 일이 생기게 두지 않겠어."

제 할 말 만을 끝마친 카이트는 또다시 윤수의 입술을 머금었다. 소중하게 보듬다가도, 머리끝이 저릿할 정도로 여린 살갗을

쉼 없이 핥았다. 때론 아프지 않게 깨물기도 했다. 그럴 때면 마치 반짝거리는 별에 꽂힌 듯 손끝에 짜르르한 전기가 흘렀다.

"흐읏."

호흡이 차올랐다. 공간이 이지러지고 시간마저 멈춘듯 했다. 그와 함께 있는 이곳이 이야기 속 페어라센인지, 아니면 제가 살고 있는 현실인지.

윤수는 그 어떤 것도 구분이 가질 않았다.

"카, 카이트……."

끓어오르는 이 뜨거움을 달래주기라도 하는 듯 찬 공기가 불어 닥쳤다. 그제야 이곳이 밖이라는 것을 눈치챈 윤수가 그를 만류했다. 하지만 카이트는 멈추지 않았다. 아니, 윤수가 그의 이름을 불렀기에 오히려 더욱 멈출 수가 없었다. 카이트는 흐트러진 깃 사이로 드러난 하얀 살결에 두 눈을 고정시킨 채 입술을 내렸다. 그 가녀린 선을 따라 조심스럽게, 그러나 지독한 욕망을 담아 입맞춰가기 시작했다.

"잠깐, 카이트. 밖에서 이러다가 누군가에게 들키기라도 하면 어쩌려고……."

"그게 무슨 상관이야."

볼 테면 보라지.

그가 그렇게 중얼거리자마자 가느다랗지만 확실하게 도드라져 있는 쇄골 위로 미약한 따끔함이 느껴졌다. 그의 입술이 그곳에 깊이 박혀 있었다. 그리고는 붉은 자국을 남긴 채 다시 점점 더 아래로 내려갔다.

"아, 으읏……!"

입에서 저도 모르게 신음이 터졌다. 부끄러움에 어금니를 꽉 깨무는 순간, 탐스럽게 부풀어 오른 따스한 언덕 위를 커다란 손이 덮었다. 보드랍고 말캉한 살결을 힘주어 쥐자 윤수의 입에서 또다시 앓는 것 같은 흐느낌이 새어나왔다.

"흐윽, 카이트."

그 순간 그녀에 대한 굶주림이 정점에 버리고 말았다. 카이트의 머릿속에는 그야말로 허기밖에는 느껴지지 않았다.

저를 위해 손수 이 두루마리를 준비한 그녀의 애정을 어떻게 설명할 수 있을까. 아니, 그 순간 느꼈던 벅참은 그 어떤 것으로도 묘사할 수 없었다. 모든 것을 주고 싶을 정도로 사랑스러웠다. 주위를 살피는 이성마저 통째로 날아갈 정도로 갖고 싶었다. 하지만 다행히도 일말의 이성이 남아있던 윤수가 카이트 품에서 있는 힘껏 버둥대기 시작했다.

"왜……?"

"쉿."

다소 불만스러운 카이트를 향해 윤수는 검지를 들어 입술에 가져다 대 보였다. 그리고 그 순간 카이트도 눈치챌 수 있었다.

저 앞에서 누군가가 성벽을 쓸며 천천히 다가오고 있었다. 보는 것만으로도 어쩐지 가슴이 아린 처연한 발걸음이었다.

"저 앞에 있는 건 도른 아닌가?"

손을 들어 알은체를 하려던 카이트를 윤수가 저지했다.

"잠깐만."

"왜 그러지?"

"여기서 잠시 기다려 줄래? 도른하고 둘이서 할 이야기가 있어."

그런 윤수를 그는 미심쩍은 눈으로 바라보았다.

"둘이서만?"

"그래."

대체 무슨 일인지 몹시 궁금할 법도 하지만 카이트는 아무것도 묻지 않았다. 게다가 방금 전 거의 막무가내로 그녀를 품에 안았던 일 때문에 그의 얼굴은 아직도 벌겋게 익은 상태였다. 잠시 숨을 고르고 진정할 시간이 필요했다.

"좋아. 여기서 기다리지."

그는 가만히 고개를 끄덕이며 벽에 몸을 기댔다.

"천천히 다녀와."

그리고 그저 웃을 뿐이었다.

무엇도 묻지 않는 건, 꼭 말로 하지 않아도 이해할 수 있는 마음을 지녔기 때문이리라. 자신이 도른을 어떤 눈으로 지켜보고 있는지 카이트는 진즉 알고 있었음이 자명했다. 저 역시도 치열했던 대련을 보고 레위니옹을 챙기겠다고 나선 카이트의 의도를 대번에 눈치챌 수 있었던 것처럼 말이다.

서로에게 그런 존재가 되어 준다는 것은 얼마나 마음에 위안이 되는 일인가. 윤수는 뿌듯함이 차오르는 마음을 뒤로하고, 얼른 도른에게로 뛰어갔다. 그녀가 얼마나 사랑스러운 여자였는지, 그리고 얼마나 행복한 미래를 꿈꾸었는지를 속속들이 아는 사람은 저밖에 없었다. 행여나 이것이 괜한 오지랖일까 염려되는 마음은 있었지만, 그래도 자신의 여주인공이 이토록 우울해하고 있는데 조금의 위로라도 건네고 싶었다.

"도른 단장님."

윤수는 가만히 뒤로 다가가, 놀라지 않게 조용한 목소리로 그녀를 불렀다.

그러자 도른이 발걸음을 우뚝 멈추었다.

천천히 뒤를 돌자, 아름다운 자수정색 눈동자에 물기가 그윽하다. 물론 몇 번 깜박이는 것만으로 곧 털어내긴 했지만, 그 안에 깊이 박혀 있는 상처는 윤수의 마음에도 고스란히 스며들었다.

"여긴 어쩐 일…… 아아."

그렇게 묻던 도른은 저 먼 곳을 잠시 응시하더니 알겠다는 듯 고개를 끄덕였다.

물론 그녀들이 있는 곳에서 카이트는 머리카락 한 올조차 보이지 않았지만, 기본적으로 도른도 훌륭한 검사였기에 아마도 그의 기척을 감지했을 것이다.

"그대의 레위니옹에 점점 사람이 몰려들고 있더군요. 좋은 일입니다."

그녀는 어느새 우아하고 강인한 기사단장의 모습으로 돌아가 있었다. 입가에 억지로 머금은 미소가 조금 처연한 것을 빼면 말이다.

"다 도른 기사단장님 덕분입니다."

그 미소에 시선을 빼앗기지 않으려고 애를 쓰며 윤수도 공손히 화답했다.

하지만 생각하면 생각할수록 가슴 아픈 일이었다.

요즘 도른은 성내에 체류하고 있다는 사실이 무색할 정도로 기사단에 잘 얼굴을 내밀지 못했다.

그 이유는 두말할 것도 없이 바인 때문이었다.

그가—무슨 이유에서인지는 모르지만—매일 슈타티스트 공주와 함께 붙어 다니다시피 하며 정다운 시간을 보내는 것을 모르는 자는 아무도 없었다. 아직 전남편을 좋아하고 있는 도른에게는 그것이 무엇보다 커다란 충격으로 다가왔을 것이다. 그럼에도 불구하고 아무 내색 하지 못했으리라. 그녀는 자존심 또한 강한 여자이니까.

마음이 다스려질 때까지 혼자 있는 것을 선택한 거겠지.

윤수는 그런 도른의 성격을 아주 잘 알았다.

"그런데 날 불러 세운 것은 무슨 일 때문입니까?"

"그게……."

윤수는 입술을 달싹이며 잠시 대답을 저어했다.

머릿속으로는 여전히 고민을 멈추지 않은 채 가만히 주머니에 손을 집어넣자, 그곳에서 작은 꾸러미가 하나 만져졌다.

"다름이 아니라 이걸 드리려고……."

일반 병사가 감히 기사단장에게 이런 것을 주어도 되는지 잘 모르겠지만, 한 번쯤은 꼭 마음을 전하고 싶었다.

"이게 뭔가요?"

"별건 아닙니다."

도른은 동그랗게 눈을 뜬 채 윤수가 내미는 꾸러미를 받아 들었다.

"이건……"

하얀색 리넨 천으로 만든 깜찍한 리본을 풀자, 그 안에서 나온 것은 작은 꽃이 새겨져 있는 은반지였다. 도리스와 축제 구경을 나갔을 때 산 거였다.

"……왜 내게 이걸?"

도른의 눈망울이 점점 더 크게 변해감에 따라, 윤수의 무안함도 무게를 더해 갔다.

그녀는 코끝을 긁적이며 황급히 대답했다.

"원래 단장님은 이런 작은 장신구를 좋아하시잖아요? 그냥 저, 축제에 나갔다가 갑자기 생각이 나서……"

그건 사실이었다. 평소 검을 쥐느라 즐겨 착용하지 않았을 뿐, 원래 도른은 자잘한 액세서리를 무척이나 좋아했다.

아무에게도 말한 적 없었던 그녀만의 여성스러운 취향.

행여나 눈앞의 이 여자에게 그것을 들켰을까 싶어, 도른은 절도 있는 동작으로 옷깃을 다시 한 번 여몄다.

"이 무늬는 라벤델 꽃이군요. 나의 결혼 전 성(姓)과 똑같아서 내 생각이 난 건가요?"

가녀린 꽃에 비유당하는 것을 도른이 얼마나 질색하는지 잘 아는 윤수가 얼른 격렬하게 손을 내저었다.

"그냥 순수하게 선물해 드리고 싶었어요."

사실 윤수는 도른이 지금도 바인에게 받았던 결혼반지를 줄에 매달아 목걸이 대신 지니고 다닌다는 걸 잘 알았다.

도른과 대련할 때 벌어진 옷 틈 사이로 그것을 훔쳐보고서 얼마나 가슴이 아팠는지 모른다.

그녀를 만들어 낸 작가로서, 그리고 같은 여자로서.

이왕 여주인공으로 태어난 인생, 과거의 아픔은 이제 그만 벗어던지고 그녀가 예전처럼 꿋꿋하고 씩씩하게 살아가길 윤수는 누구보다 바라고 있었다.

"에어스테 병사인 저와 기꺼이 대련해 주신 것에 대한 감사 인사도 겸해서 준비한 겁니다. 별거 아니니 그냥 받아주세요."

그렇게 넉살을 떨자 도른이 피식 소리 내어 웃었다.

"감사의 인사는 내가 해야 하는 것 아닌가요? 계급을 떠나 세상은 넓고 실력자는 많다는 것을 깨우쳐 줬으니 말입니다. 게다가 사실 아무에게도 말하지 않았지만, 이 라벤델 꽃향기는 내가 제일 좋아하는 향기 중 하나이기도 하죠."

그러면서 그녀는 쑥스러운 듯 얼굴을 붉혔다.

평소 같았으면 그토록 싫어하는 라벤델이라는 이름으로 자신을 칭한 것에 벌컥 화를 냈겠지만, 지금은 그럴 마음이 없었다.

일개 병사이면서도 그토록 강한 실력을 보유한 윤수를 어느새 존경하고 있기 때문이었다.

"알고 있습니다. 에어리베 도른 단장님."

그런데 윤수가 라벤델이 아닌 또 다른 이름으로 그녀를 불렀다.

하지만 정말 놀라운 것은 그 후에 튀어나온 말이었다.

"'에어리베'는 명예라는 뜻이죠."

도른의 두 눈이 크게 뜨였다.

"어, 어떻게 그대가 그걸……?"

에어리베는 원래 도른의 선조가 지닌 이름으로, 그녀의 말대로 '명예'라는 의미가 있는 단어였다.

어릴 때부터 여자라는 이유만으로 각종 제약을 받아야 하는 것을 죽기보다 싫어했던 도른은, 다 자란 성인이 되었을 때 스스로 '라벤델'이라는 꽃의 이름을 버리고 명예라는 뜻의 '에어리베'로 성(姓)을 바꿨다. 그러고 나서 여자의 몸으로 기사단장이라는 중책을 맡고 있는 오늘날까지도 그녀는 줄곧 '에어리베 도른'이었다. 라벤델 도른이 아닌.

"그건 사실 우리 가문에 계셨던 선조의 이름이라, 나밖에는 그 뜻을 모르는데……?"

"저도 어쩌다 우연히 알게 된 거예요. 저 외에 아는 사람은 없으니 안심하세요. 아니, 이게 중요한 게 아니지. 그러니까 제가 왜 갑자기 이런 이야기를 꺼냈냐 하면……."

윤수는 저를 뚫어져라 바라보는 도른의 시선을 피하지 않고 계속해서 말을 이었다.

"단장님의 '명예'는 예전과 마찬가지로 반짝반짝 빛난다는 걸 말씀드리고 싶었어요."

"뭐라고……?"

"누구나 인생에서 힘든 일을 겪지만, 그 힘듦이 결코 나의 명예를 더럽히지는 못해요. 단장님도 마찬가지라고 생각합니다."

도른은 계속해서 말이 없었다. 혹시 이런 이야기가 그녀의 기분을 불쾌하게 할까 봐 신경 쓰며, 윤수는 다시금 한 자 한 자 조심스럽게 말을 이었다.

"단장님이 명예로운 삶을 살기 위해 얼마나 노력했는지 저는 잘 압니다. 그러니까…… 아무도 몰라주고 있는 것 같아도 누군가는 반드시 알거든요."

"그 말인즉슨 그대가 나에 대해, 내가 걸어왔던 길에 대해 잘 안다는 뜻입니까?"

"물론이에요. 저만큼 단장님에 대해 잘 아는 사람은 없어요."

윤수가 두 눈을 빛내며 확신에 찬 어조로 대답했다.

"인생의 힘든 일은 결코 나의 명예를 더럽히지 못한다라……."

도른은 무언가에 홀린 사람처럼 중얼거리며 천천히 반지를 끼워보았다. 흉터로 가득한 손에, 그것은 마치 꼭 맞춘 것처럼 잘 맞았다.

"고맙습니다. 소중히…… 간직할게요."

그 말을 하는 도른의 눈에서 갑자기 뭔가가 후드득 쏟아졌다.

아.

윤수는 놀라서 저도 모르게 신음이 터져 나오려는 입술을 꽉 물었다.

저 도른이 운다.

기사단의 규칙을 어겨 가혹한 체벌을 받았을 때도, 또 단장이 된 이후에도 여자 따위를 어찌 상사로 받아들일 수 있겠냐며 단체로 험하게 반발하던 남자들 앞에 당당히 섰을 때에도 울지 않았던 도른이 눈물을 흘리고 있었다.

"죄, 죄송합니다. 제가 괜히 주제넘은 말을 해서……."

이제는 숫제 격하게 어깨를 들썩이는 도른을 보며 윤수는 당황한 기색을 숨기지 못했다. 그도 그럴 것이 그녀는 눈물을 흘리는 본인의 모습을 스스로도 가장 경멸하는 타입이었으니까. 그녀는 아마도 이런 모습을 누군가에게 보이기 싫어할 것이다. 이 역시 도른을 만들어 낸 작가인 저만이 알고 있는 사실이었다.

"전 이만 가 보겠습니다. 저어, 그럼……."

윤수는 흐느끼고 있는 도른의 등을 두어 번 토닥여 주었다.

"나중에 또 뵙죠."

그러고는 몇 번 주춤주춤 뒷걸음질 치다 슬그머니 몸을 돌렸다. 성벽을 따라 잽싸게 뛰어가는 윤수의 뒷모습을, 도른은 흐릿하게 번진 두 눈으로 바라보았다.

"분명 처음 보는 병사인데, 어째서 이렇게 친숙한 느낌이 드는 걸까."

마치 오래전부터 알아 온 전우처럼.

그 마지막 말을 속으로 삼키며 도른은 가만히 손을 들어 살폈다. 손가락에 쏙 끼워진 반지가, 그녀의 두 눈 안에서 진주처럼 빛났다. 아직도 눈물로 촉촉이 젖은 볼을 쓱 훔쳐내자 우울했던 마음까지 말끔히 닦아진 듯 개운해진다.

그리고 그 속에 대신 채워진 것은 놀랍도록 훈훈한 용기였다. 가슴에 퍼지는 이 기분 좋은 파동을 마음껏 느끼며 도른은 그 뒤에도 한참을 그 자리에 서서 윤수가 사라진 쪽을 멍하니 응시했다. 그러다가 이내 몸을 휙 돌려 저벅저벅 앞을 향해 걸어 나갔다.

그야말로 기사단장다운 실로 절도 있는 발걸음이었다.

*　　*　　*

"……갔다가 통로가 닫히기 전 다시 돌아오겠다고?"

밖에서 다 하지 못했던 이야기를 윤수는 성 안으로 돌아오고 나서야 비로소 풀어놓을 수 있었다.

"그래."

그녀의 결심은 확고해 보였다. 그걸 눈치챈 카이트는 저도 모르게 마음속으로 신음을 삼켰다.

"그렇지만 그건……."

"알아. 무모하게 들릴 수도 있고, 이런 생각을 한 나를 다소 황당하게 볼 수도 있겠지. 하지만……."

거기까지 말하고 윤수는 잠시 크게 심호흡했다. 하지만 이왕 이렇게 된 거 자신의 뜻을 분명히 전해야만 했다.

"바인이 문을 열어주겠다고 나섰는데, 아무것도 안 하고 돌아서긴 싫어. 내가 할 수 있는 일이라면 그것이 무엇이든지 간에 후회 없이 최선을 다해 보고 싶어."

네가 스스로 무언가를 해 보기 위해 난생처음으로 군대를 모으고 있는 것처럼.

자신을 바라보고 있는 그녀의 시선에 담겨 있는 것은 그런 굳건한 의지였다. 그녀가 일부러 자신의 말을 인용해 대답했다는 걸 눈치 챈 카이트는 큰 갈등에 빠지고 말았다. 쉬이 찬성하긴 싫지만, 무작정 말리는 것도 어쩐지 치졸해지는 기분이었다.

하지만 가장 마음에 걸리는 것이 있다면 역시 이거였다.

"하지만 그러다 미처 돌아오기 전에 그게 닫혀버린다면……."

"내 작업은 어쩌면 몇 시간, 아니 한 시간도 채 안 걸릴 수도 있어."

윤수는 스스로 조급해지지 않으려 애쓰며 말을 이었다.

"이건 위기라기보다는 기회임이 틀림없어. 물론 무리는 하지 않을게. 만약 이건 도저히 무리라거나, 위험하다고 판단되면……."

파르르 떨리는 목소리를 또 한 번 감추며 그녀는 계속해서 입을 움직였다.

"그 즉시 돌아올 테니까. 결과가 실패로 끝났다고 해서 낙심하지는 않아. 정말 후회되는 건, 주어진 기회에 도전조차 하지 못했을 때일 거야."

"……."

하지만 카이트는 여전히 아무런 말이 없었다.

그러는 새 각각의 방문 앞에 도착했다.

이미 늦은 시각이라 하인들도 죄다 잠자리에 들었는지 보이지 않았다. 텅 빈 복도는 어둡고, 고요했다.

"뭐라고 말 좀 해 봐. 응?"

윤수는 점점 애가 탔다.

카이트에게서 감지된 것은 무언가 날이 선 듯한 느낌.

하지만 그것은 그다지 특별한 게 아니었다.

그는 원래 기본적으로 늘 그러한 분위기를 풍기는 남자였으니까. 덕분에 초조한 마음이 배가되어 가고 있는데, 다행히 그가 입을 열었다.

"바인의 지하를 통해 올라가면 나오는 그곳은…… 네 집 앞인가?"

"그건 아니야. 거리만 따지자면 아마…… 꽤 멀지? 하지만 노트북은 쓸 수 있어. 그러니 그건 걱정하지 마."

그러나 그가 걱정하는 건 그런 게 아니었다. 윤수는 아직까지도 그 사실을 모르고 있었다.

"그렇다면 네 가족이 사는 곳과는?"

"응?"

"부모님이나 친구들, 근처에 누구 하나 아는 사람이 있냐는 거다. 그곳으로 올라가면 혹시 그들을 만날 수 있는가?"

그의 말에 윤수가 가만히 고개를 가로저었다.

"그건 불가능하지. 다들 지방에 계시거든. 그런데 그건 왜……?"

그렇게 묻는 눈동자가 유독 천진난만했다. 게다가 절 향해 갸우뚱 기울어지는 고개.

카이트는 더 이상 참을 수가 없었다.

닫히기 전에 돌아온다는 그 말은, 달리 해석하면 오로지 저와 함께하기 위해 그녀가 포기해야 하는 것들이 매우 많다는 것을 의미했다. 그걸 생각하니 뭐라 설명할 수 없는 감정으로 가슴 속이 가득 메워졌다.

"아……!"

윤수의 몸이 번쩍 들렸다. 마치 아이를 들듯 저를 가뿐히 안아 올린 카이트의 품 안에서 발버둥을 쳤지만 그것도 잠시뿐이었다.

"읍……."

하루에도 몇 번씩 탐해도 모자란 그 입술 위로 정신을 차릴 수 없는 키스가 쏟아졌다. 그대로 닳아 없어진다 해도 이상하지 않을 정도로 또다시 심장이 마구 요동친다.

"자, 잠깐…… 읏……!"

커다란 손이 뒤통수를 감싸자 또다시 금세 호흡이 격하게 변했다. 아직 뻣뻣하게 굳어있는 그녀의 혀에 그의 혀가 제법 익숙하게 감겼다. 그것을 한동안 맛보듯 빨고, 적나라한 소리가 들릴 정도로 비비고, 때론 거칠게 집어삼키던 그가 이내 입술을 뗐다.

촉촉하게 젖어 있는 피부를 타고 흐르는 숨결이 너무 생생하게 느껴져 윤수의 얼굴이 또 한 차례 발갛게 타오를 때였다.

"큰일이군."

그가 갑자기 뜻 모를 말을 중얼거렸다.

"뭐가?"

"……이젠 절제가 힘들어."

자신의 것보다 몇 배는 더 높은, 그래서 마치 끓는 것은 아닐까 착각될 정도로 뜨거운 정염이 가득 담겨 있는 목소리였다.

"시간이 많이 늦었군."

하지만 당장이라도 잡아먹을 듯 굴던 카이트는 왜인지는 몰라도 그녀를 품에서 얌전히 내려주었다.

"그, 그렇구나."

윽, 차라리 대답을 하지 말걸.

윤수는 제 입에서 흘러나오는 이상하기 짝이 없는 목소리를 들으며 두 눈을 꽉 감았다.

"그럼 난 이만……."

누가 봐도 허둥지둥 서두르는 못난 모양새였지만 어쩔 수 없었다. 행여나 더 민망한 꼴을 보일까 싶어 허겁지겁 돌아서려던 그때였다. 단단한 팔이 그녀를 아쉬운 듯 강하게 끌어안았다.

"물론 나는 누구보다도 너를 믿고 있다. 그러니 너도 나를 믿어 줬으면 한다. 만약 너의 세계에서 뜻대로 일이 되지 않는다 해도…….”

어깨를 감싼 팔이 조금씩 떨려 왔다. 그리고 그것은 그의 목소리에서도 감지가 되었다.

“날 황제로 만들어 주기 위해 네가 포기한 것들, 즉, 잠시의 인사조차 나누지 못할 가족과 친구들을 다시 만날 수 있도록 내가 도와주지.”

거기까지 말하고 카이트는 잠시 숨을 몰아쉬었다. 그러고는 윤수의 어깨 뒤쪽으로 툭, 고개를 떨구듯 기대더니 다시 말을 이어 갔다.

“아니, 반드시 그렇게 해 주겠어.”

그 말에 윤수는 조용히 미소 지으며 자신을 세게 끌어안고 있는 카이트의 손을 살며시 잡았다.

“실은 너한테 주고 싶은 게 아직 남았어.”

“또 선물인가?”

이건 원래부터 마지막으로 주려던 선물이었다. 궁금한지 눈썹을 살짝 치켜올리는 카이트 앞에서 그녀는 순간 잠시 고민이 되었다.

“그, 저…… 네가 준 드레스에 비하면 진짜 보잘것없지만…….”

아닌 게 아니라, 정말로 비교가 되는 선물이었다.

드레스를 받을 거라고 예상하고 산 것은 아니지만 어쩐지 답례품처럼 되어 버린 상황.

하지만 이미 꺼낸 말을 주워 담을 수는 없었다.

반쯤 체념한 윤수는 도른에게 그랬던 것처럼 주머니에서 무언가를 꺼내 카이트에게 건넸다.

"이게 뭐지?"

포장을 아무렇게나 휙휙 뜯어내는 그의 얼굴이 기대감으로 가득했다.

"아, 정말 별것 아니야. 도리스랑 나갔을 때 이것저것 산 게 있었는데, 이건 특별히 이름을 새겨줄 수 있다고 하기에……."

매우 조그마한 그 상자는 실제로 도른에게 줄 반지를 샀을 때 카이트가 생각나 같이 준비한 선물이었다. 안에 들어 있는 것은 검을 허리띠에 매달 때 쓰이는 작은 가죽 고리. 그리고 그 위에는 작은 루비 알갱이로 깨알같이 글씨가 새겨져 있었다.

일부러 그의 눈동자와 똑같은 색깔의 보석을 고른 탓에 사실은 꽤나 가격이 나가는 물건이었다.

"여기 뭔가 쓰여 있군. 윤수? 이게 무슨 뜻이지?"

그가 소리 내어 자신의 이름을 말하자, 그녀는 이제 목 언저리까지 죄다 붉게 달아오르고 말았다.

"으음, 혹시 황제가 된 후 네가 날 기억하지 못할까 봐. 아니, 꼭 그럴 거라는 건 아니지만 그런 경우가 생길 수 있잖아? 그래서 그걸로 나를 기억했으면 좋겠다는 생각에 내 이름을 새긴 건데……. 게다가 네가 준 드레스도 너무 예뻐서, 이게 조금이나마 답례가 되었으면 하는 마음이야."

"……이게 네 이름이라고?"

금시초문의 이야기를 들은 카이트가 윤수를 향해 또다시 눈썹을 치켜 올렸다.

"그래. 지금까지 페라트나 도리스가 부른 '바서'라는 이름은 사실 글을 쓸 때만 쓰던 필명이야. 내 진짜 이름은……."

그거야.

윤수는 더 이상 말을 잇지 못했다.

어쩌다 보니 드레스에 자신의 이름을 새겨 제게 선물한 카이트와 똑같은 행동을 했음을 깨달았기 때문이었다. 이것은 그야말로 '내 이름을 주고 싶을 정도로 사랑하는 연인'이 바로 당신이라는 고백을 한 거나 마찬가지다. 비록 자신은 페어라센 사람이 아니지만, 그에게는 그런 무거운 의미가 될 터였다.

'물론 카이트를 그 정도로 마음 깊이 좋아하고 있는 건 사실이지만, 혹시 너무 노골적인가?!'

그런 생각이 뒤늦게 들어 그녀는 연신 마른침만을 삼킬 뿐이었다.

게다가 살짝 조바심마저 나게 만드는 이유는 또 있었다.

"그 드레스가 마음에 든다니 다행이군."

이 말을 끝으로 카이트는 그 어떤 일언반구도 없었다.

이런 걸 줘서 고맙다느니, 잘 쓰겠다느니 하는 인사치레도 없었거니와, 심지어는 표정마저 딱딱하게 굳어져 있었다. 그걸 눈치챈 윤수의 입꼬리가 아래로 시무룩하게 향했다.

이름이 생각보다 안 예뻐서 그러나? 아니, 바서라는 필명도 그렇게 예쁜 건 아닌데.

그렇다면 역시 선물이 별로인 건가? 혹 저 보석 색깔이 마음에 안 든 것일지도 몰라.

"그럼 난…… 이만 자러 갈게. 피곤하네."

"……그래."

물론 피곤할 일은 없었다. 사실 약간 부아가 치밀어 아무렇게나 내뱉은 말인데, 이런 거에는 또 저리 순순히 대답한다. 그녀는 몸을 돌려 제 방문 앞으로 걸어가려다 말고 모든 동작을 멈췄다.

생각하면 생각할수록 서운함이 차올랐다.

물론 그의 취향을 제대로 알지 못하고 선물한 것은 큰 실수였으나, 그래도 적어도 고맙다는 말 정도는 해 줄 수 있지 않은가. 심지어는 본명까지 밝혔는데 말이다. 이대로라면 저는 밤새 속을 끓이느라 제대로 잠을 청하지 못할 것이 분명했다.

그렇기에 이건 그저 도발이었다.

그뿐만 아니라 '너만 두 발 뻗고 편히 잠들게 둘까 보냐!' 하는 약간의 심술도 포함되어 있었다.

"카이트."

"응?"

윤수는 제 부름에 순순히 몸을 돌리는 그의 목을 덥석 껴안았다. 그러고는 거의 점프하듯 까치발을 들자, 겨우 그의 아랫입술에 닿을 수 있었다.

그곳에 입술을 꾹 누른 채 유혹하는 것처럼 속삭였다.

"잘 자."

그녀는 그 언젠가의 복수를 하고 싶었다.

그가 제 볼에 키스하며 잘 자라고 속삭였을 때, 너무나도 생생했던 감촉으로 인해 뜬눈으로 꼬박 지새운 그 밤에 대한 복수 말이다. 그리고 윤수의 적중은 맞아떨어졌다. 안 그래도 어딘가 부자연스러워 보이던 카이트는 숫제 딱딱한 돌처럼 굳어 있었다.

봐, 누군가의 살결에 입술을 대고 속삭인다는 게 그렇게 야릇한 거라고.

"그럼 진짜로 잘 자. 안녕."

속으로 그렇게 키득대며 의기양양하게 몸을 돌릴 때였다.

"······어?"

갑자기 뒤에서 그녀의 손목이 거세게 잡혔다.

"왜 그러······."

이번엔 신음을 내뱉을 새도 없었다.

지금까지의 기세와는 전혀 달랐다.

"으······읍."

카이트는 제 한 손으로 그녀의 양 손목을 가볍게 그러쥐었다. 그리고 그것을 바짝 위로 올리자, 윤수는 마치 덫에 갇힌 작은 동물처럼 도무지 꼼짝을 할 수가 없었다.

"흐으."

아플 정도로 거센 키스가 이어졌다.

수도 없이 깨물렸다가 다시 놓아주는가 싶더니만, 마치 제 것처럼 안쪽 깊숙한 곳까지 멋대로 휘저어댄다.

그러다 입술이 아주 잠깐 떨어졌을 때.

"……더 이상 자제가 안 된다고 실토한 것은 내 나름대로의 위험 경고였는데."

거친 숨을 내뱉으며 그가 갈라진 목소리로 조용히 속삭였다.

"왜 자꾸 도발하는 거지? 내가 얼마나 참고 있는지 조금도 모르는군."

마치 맹수처럼 으르렁대는 목소리가 그의 입안에서 뚝뚝 끊어져 흘렀다. 그건 사실이었다. 이러다 더 이상 견디지 못하고 그녀를 밤새 놔주지 못할 것만 같았다. 매사 워낙 이성적이었던 카이트가 난생 처음 겪는 혼란이었다.

"웃……."

윤수는 저도 모르게 신음을 삼켰다.

숨쉬기 곤란할 정도로 그녀의 허리를 강하게 안고서 그가 발걸음을 옮겼다. '달칵' 하고 문 여는 소리가 들렸지만 그곳이 누구의 방인지는 카이트도, 윤수도 알지 못했다.

다만 중요한 건 두 사람의 귓가에 방문이 쾅 닫히는 소리가 들렸다는 것뿐이었다.

Chapter 16
인내의 시작

풀썩, 하는 소리에 고개를 슬쩍 옆으로 돌리니 익숙한 침구가 눈에 보였다.

여긴 그녀의 방이었다.

동시에 커다란 손이 자신의 턱을 잡고 고개를 다시 바로 하게 만들었다. 그러자 정면에 카이트의 얼굴이 보였다.

마치 모든 것을 태워 버릴 듯 붉게 이글대는 눈을 한.

"……그러고 보니 내가 고맙다는 이야기를 했던가? 내 인생에 처음으로, 아니지, 두 번째로 받은 이 엄청난 선물들에 대해."

"으……응?"

윤수는 그 순간 재빠르게 머릿속으로 생각해 보았다.

첫 번째 선물은 아마 황제가 하사한 검일 것이다.

잘 때도 늘 옆에 세워두곤 하는, 그가 황자라는 것을 증명해 줄 유일한 징표.

그녀가 준 것들이 두 번째 선물이라는 말은 그 후 아무도 그에게 선물을 해 준 적이 없었다는 뜻이리라. 그걸 새삼스럽게 상기시킨 윤수의 두 눈에 눈물이 핑 돌았다.

생각해 보면 생일 때도 선물은커녕, 가족의 제대로 된 축하조차 받아보지 못한 남자였다. 하지만 그녀가 무슨 생각을 하는지 알 길이 없는 카이트는 마냥 들뜬 표정으로 물었다.

"윤수라. 그게 네 진짜 이름이라는 거지?"

그 말에 그녀가 고개를 끄덕였다.

"이윤수. 이게 내 이름이야."

"그렇군."

그 후 카이트는 몇 번이고 그녀의 이름을 혼잣말처럼 중얼거렸다. 부끄러워진 그녀가 만류해도 소용없었다.

"너무나 예쁜 이름이야."

그러다 뜬금없이 쏟아진 그의 칭찬에 윤수의 볼이 또다시 붉어졌을 때.

"……참을 수 없을 정도로."

동시에 그의 들떴던 표정이 어느새 거짓말처럼 사라졌다. 바득 다물린 입술 아래로, 참을 수 없는 욕망이 지펴지는 게 고스란히 보이는 것 같다는 생각을 하던 순간이었다.

또다시 입맞춤이 폭우처럼 쏟아졌다.

입술 주위와 양 뺨, 그리고 둥근 이마와 조붓한 턱 부근이 마치 분홍빛 비에 젖어들듯 붉게 변해 갔다.

터질듯 뛰는 심장을 견디다 못한 윤수가 스르르 눈을 감기 전 마지막으로 본 것은, 두르고 있던 망토의 단추를 거칠게 풀어헤치는 그의 손끝이었다.

불과 얼마 전까지 이런 감정이 제게 찾아올 줄은 상상도 하지 못했었다.

그녀와 서로 마음을 확인한 이후에도 그 생각은 별반 달라지지 않았다. 욕망을 이기지 못해 그저 본능만이 남아 버린 자신의 모습을 마주하게 되는 건, 아주 먼 훗날의 일일 거라고 줄곧 믿어 왔다.

그런데 그것이 이리 빨리 찾아올 줄은 정말로 몰랐다.

누군가를 소유하고 싶다는 커다란 바람이 이토록 위험하고 아찔한 것이었던가?

양팔 안에 윤수를 가둔 카이트는 커다란 혼란에 빠져 있었다.

이렇게까지 스스로를 제어하지 못한 적은 처음이었다.

그러나 제가 무슨 고민을 하는지 알 리가 없는 그녀가 밑에서 살며시 손을 뻗어 목을 끌어안았다.

"하."

입에서 저릿한 한숨이 토해졌다. 이대로 빨려들듯 몸을 포개고 나면, 정말로 중간에 멈출 자신이 없었다.

그런데 그때, 난생처음 듣는 고백이 귓전을 강타했다.

"나도 널 정말 좋아해. 아니, 사랑……해."

사랑?

그 단어를 듣자, 애꿎은 침구의 천을 틀어쥐고만 있던 팔뚝에 얄은 소름이 돋았다.

그건 대체 무슨 감정인 걸까.

계속 품에 안고 있음에도 불구하고 마냥 애가 타고, 이러면 안 된다고 스스로를 타이르는데도 자꾸 입맞춤 이상의 것을 원하게 되는 이런 기분이 사랑인 건가?

혹은 눈앞에 있어도 계속 보고 싶은 기분이 드는 이 안타까운 마음일까?

그도 아니면 손을 한 번 잡으면 영원히 놓고 싶지 않은 어처구니없는 욕심이 바로 그것일지도.

그렇다면 나도, 널.

나 역시, 널.

"……사랑하고 있다."

그 말을 끝으로 두 사람은 대화를 더 이상 이어가지 못했다. 다만 누가 먼저랄 것도 없이 다시 상대의 입술을 허겁지겁 찾았을 뿐이다.

그의 목에 둘러진 윤수의 팔에 점점 힘이 실렸다.

위에서 짓누르고 아래에서는 끌어당기는 서로의 존재가 무거워질수록, 얽혀 있는 욕망 또한 더욱 짙어졌다.

"하아."

그리고 윤수의 입에서 얕은 한숨이 새어 나온 순간, 카이트의 머릿속에 남은 마지막 이성이 드디어 실처럼 끊어졌다.

"네 전부를 하나도 빠짐없이 알고 싶어."

스스로도 믿지 못할 이야기였다. 하지만 분명 자신의 입으로 말한 게 맞았다. 그녀는 아무런 대답도 하지 않았다. 다만 조금 더 입술을 벌려 자신의 노골적인 입맞춤을 적극적으로 받아 줄 뿐이었다. 허락을 얻은 손이 망설임 없이 허리춤 사이로 미끄러져 들어갔다.

처음 맞이하는 이 뜨거운 설렘 앞에 마음이 사막처럼 바짝 말랐다. 그런데 그녀가 입고 있는 제복 상의는 무자비할 정도로 신축성이 없었다. 아무리 용을 써 보아도, 제 큰 손이 비집고 들어갈 틈이 도무지 보이질 않는다.

그뿐만 아니라 겉으로 드러나지 않게 숨겨져 있는 단추들은 또 왜 이리 촘촘한지.

"젠장."

그는 잇새로 욕설을 내뱉었다.

살짝 주름 잡혔던 미간이 아예 마구잡이로 구겨졌다.

하필이면 이런 옷을 제복으로 채택한 페어라센의 기사단에 저주라도 퍼붓고 싶은 심정이다. 그런 저를 더욱 약 올리기라도 하듯, 보드라운 흰 살결이 손끝에 살짝 닿았다.

이젠 정말 한계였다.

이 성가신 단추들을 그냥 죄다 뜯어 버릴 생각으로 옷깃을 단단히 틀어쥐자, 윤수가 콜록거리며 작은 기침을 토해냈다.

그 소리에 폭주하던 카이트의 움직임이 거짓말처럼 멈췄다.

천천히 시선을 아래로 떨구자, 아주 예쁜 붉은색으로 얼굴을 물들인 채 보석처럼 반짝이는 눈동자로 자신을 바라보고 있는 그녀가 들어왔다.

"하아."

작게 한숨을 쉬는 저 모양새마저 소중하디소중한, 나만의 사랑스러운 사람.

덕분에 고삐 풀린 말처럼 날뛰던 힘이 스르르 가라앉았다.

이제부터 함께 쌓아갈 것들은 인생에 두 번 다시 없을 귀한 행복이리라.

그러니 그 어떤 것보다 애지중지하고 싶었다.

카이트는 거의 옷을 찢어버리기 일보 직전이었던 난폭한 손을 슬그머니 내리고, 대신 나비처럼 부드러운 입맞춤을 그녀의 얼굴 곳곳에 선사했다.

"……왜?"

갑자기 바뀐 그의 행동에 의아해진 윤수가 살짝 상체를 일으켜 세울 때였다.

"대체 우리 아가씨는 이 야밤에 초콜릿은 왜 찾으시는 거야? 이래 놓고 또 자신은 물만 먹어도 살찌는 체질이라고 하실 테지!"

늦은 밤, 주인의 심부름을 다녀오는 게 퍽이나 귀찮았던 듯 마구 툴툴대는 하녀의 목소리가 복도 밖에서 쩌렁쩌렁 울려 퍼졌다.

마치 약속이라도 한 것처럼 두 사람의 시선이 딱 마주쳤다.

그리고 동시에 웃음을 터뜨렸다.

그렇게 한참을 웃던 카이트가 이내 콧잔등을 살풋 찡그렸다. 여기가 2황자의 성이라는 것은 제겐 아무런 상관도 없는 일이지만, 그녀는 조금 불편할지도 모른다는 생각이 뇌리를 스쳤다.

"허무하군."

일부러 들으라는 듯 투덜대는 그를 바라보던 윤수는 더욱 함박웃음을 머금었다.

"이리 와."

웃음이 잦아들 때 즈음, 먼저 말문을 연 것은 카이트였다.

"같이 자자."

그는 그녀의 팔을 잡아끌며 그렇게 말했다.

"뭐? 가, 같이 자자니……."

어느새 절 가두듯 안고 있는 품 안에서 당황한 윤수가 마구 발버둥을 쳤다.

"오늘은 아무 짓도 안 할 테니 안심해라. 지금은 그냥…… 같이 잠들고, 내일 아침 같이 눈뜨고 싶을 뿐이니까."

"하지만 만약 이러다 아침에 도리스가 들이닥치기라도 하면……."

"이 방에 허락 없이는 절대로 들어오지 못하게 할 것을 약속하지."

카이트는 여전히 바르작대는 어깨를 더욱 힘주어 안았다. 그러고는 정말로 잠을 청하려는 듯 조용히 눈을 감았다.

고요하고 평온한 어둠이 솜처럼 깔렸다.

밤 뻐꾸기가 희미하게 울었고, 그 사이사이 두 사람의 규칙적인 숨소리가 새어 나왔다. 푹신하고 커다란 침대 위. 그의 품 안은 무척이나 따뜻해서 부러 이불을 덮지 않아도 전혀 추울 새가 없었다. 하지만 잠을 청하지는 못했다. 그것은 카이트도 마찬가지인 것 같았다.

"잠이 안 오나?"

"조금."

"설마 나 때문에?"

윤수는 조용히 미소를 머금은 채 고개를 가로저었다.

"흐음."

그 모습을 바라보던 카이트가 갑자기 상체를 살짝 틀더니 고개를 한 손으로 괸 채 물었다.

"그렇다면 이왕 잠이 달아났으니 이야기나 할까?"

그의 뜬금없는 질문에 윤수도 머리맡의 베개를 끌고 와서 그 위에 턱을 받치고 엎드렸다.

"무슨 이야기?"

"네 세계는 어떤 곳이며, 또 너는 그곳에서 어떻게 자라왔는지."

"으음……."

빛나는 눈동자를 굴리며 잠시 무언가를 생각하던 윤수가 이윽고 입을 열었다.

"나는 원래 매일매일 회사에서 정해진 시간 동안 일을 하던 직장인이었는데……."

늦은 시각에 딱 귀를 기울이기 좋은 조근조근한 목소리가 울려 퍼졌다.

그렇게 시작된 그들의 대화는 그 후로도 쭉 멈춤이 없었다.

덕분에 카이트는 그녀가 원래 하던 일과, 자신도 딱 한 번 올라간 적이 있는 그 이상한 세계에 대해 꽤나 많은 것을 알게 되었다. 그뿐만 아니라 1황자 오튼과 2황자 바인의 빙의 전 과거가 무엇이었는지에 대해서도 빠짐없이 들었다. 그리고 윤수는, 카이트에게 자신의 집을 알려 준 만행을 저지른 것이 다름 아닌 집주인 아주머니의 딸인 가연이었다는 걸 비로소 알 수 있었다.

"허, 그때의 범인이 정말 걔였어? 내가 이 계집애를 진짜……!"

"그래도 그 소녀 덕분에 너를 만날 수 있었지."

분해서 씩씩대는 윤수의 앞에서 카이트는 이렇게 능청을 떨기도 했다. 또한 그는 노르덴 숲에서 저를 반역자로 몰아간 자의 목소리가 분명 어디에선가 들은 적이 있는 남자의 음성이라는 사실도 말해 주었다. 그 대목에서 그녀의 눈이 번쩍 뜨인 것은 두말할 필요도 없는 일이었다.

"어디에선가 들은 적이 있는 목소리라 이거지?"

"그래. 사실 당시에는 눈에 입은 상처가 너무 깊어 정신이 그다지 온전하지 못했다. 게다가 그자는 두꺼운 천으로 입을 비롯한 온 얼굴을 죄다 가린 상태여서, 음성은 매우 둔탁했고 발음도 그저 웅얼거리는 수준이었지. 하지만……."

그 뒤로 카이트는 더 이상 아무런 말도 하지 않았다.

그러나 윤수도 이미 모든 것을 눈치채고 있었다.

만약 그저 단순한 괴한이 벌인 짓이라면 그때의 음성이 카이트의 뇌리에 남았을 리 없으리라.

그러므로 모든 시리즈를 통틀어 유일한 악역이었던 그를 제거하기 위해 직접 나선 것은, 그녀가 만들어 낸 두 명의 주인공 중 한 명이 분명했다.

*　　*　　*

수도 프라흐트볼에서 가장 크고 아름다운 운켄트니스 황제의 성. 그곳의 벽에 박혀 있는 커다란 보석들은 오늘도 티 한 점 없이 맑고 영롱했다. 그것을 가만히 응시하며 그가 고개를 끄덕이자, 옆에 서 있던 황궁의 집사가 무릎을 꿇고 있는 검은 옷의 사내를 향해 명령했다.

"황자님께 네가 보고 들은 것을 모두 말해라."

"네. 그럼 전부 말씀드리겠습니다."

그렇게 운을 뗀 사내는 꽤나 긴 이야기를 막힘없이 줄줄 이어나갔다. 역시 잘 훈련된 자답게, 매우 자세하고도 정확한 보고였다. 그에 황자는 몹시 만족한 미소를 지으며 물었다.

"3황자 카이트가 레위니옹에 적극적으로 가담하고 있고, 심지어는 투루니어 시합에도 출전 등록을 했다고?"

"네. 그렇습니다. 게다가 못 보던 여자 하나를 달고 다니는데, 자칭 그의 유일한 호위 병사라고 합니다. 참고로 그 여자의 인상착의도 말씀드릴 수 있습니다만."

"좋다, 말해 보거라."

그러자 남자가 기다렸다는 듯이 입을 열었다. 마치 눈앞에서 그림이라도 그려대는 것처럼 자세한 설명이 한동안 계속됐다. 이윽고 모든 이야기가 끝났을 때, 그는 남자를 향해 보석이 가득한 주머니를 내밀었다. 그러자 그것을 받아 들고 남자는 미련 없이 그의 앞에서 조용히 사라졌다.

"흐음. 기가 막히게 검을 잘 쓰는 여자라."

"황자님, 혹시 알고 있는 인물이신지요?"

집사의 질문에 그는 좀 더 집요하게 본인의 머릿속을 더듬었다.

"……아니. 기억에 없는 자다."

그 말인즉슨 빙의 전에도, 빙의 후에도 결코 만난 적이 없는 미지의 인물이라는 소리였다. 그 사실이 썩 마음에 들지 않은 듯 그의 콧잔등에 주름이 서너 개 잡혔다.

"오늘따라 황궁이 유달리 조용하군. 카이트의 모친인 라우 여사는 벌써 전야제가 열리는 바인의 성에 도착하셨겠어."

"……그렇습니다."

"오랜만의 모자 상봉이군."

그 멍청한 여자.

불편한 심기가 계속해서 켜켜이 쌓여 갔다.

덕분에 그는 과거에 저질렀던 실수마저 기어코 끄집어냈다.

"그때 노르덴 숲에서도 우리들의 일 처리가 너무 늦었다. 설마 달팽이처럼 느려터진 녀석들만 일부러 모은 건가?"

목소리는 차분했으나 대신 눈초리만큼은 매섭기 그지없었다. 긴장한 집사의 허리가 앞으로 바짝 꺾였다.

"그렇지 않습니다. 황자님. 앞으로는 시키신 분부를 반드시 제대로 해내도록 하겠습니다. 이번에 말씀하신 대로 우리 쪽 정예단이 2황자님의 성에 빈틈없이 대기하고 있는 중입니다."

"흐음."

그제야 마음이 놓인다는 듯 그가 평소 버릇대로 뒷짐을 졌다.

그런 모습을 가만히 바라보던 집사가 조심스레 물었다.

"황자님."

"왜 그러느냐?"

"아직도 3황자 카이트가 그토록 마음에 걸리십니까?"

"그건…… 그렇다."

집사의 허를 찌르는 질문에, 그가 솔직하게 대답했다.

"그럼에도 불구하고 그가 싫으신 것이지요?"

"물론이다."

별 쓸데없는 소리를 다 듣는다는 듯 그가 가볍게 혀를 찼다.

"하지만 3황자는 완벽한 빈털터리에 가까운 자 아닙니까. 꽃의 기사이든 뭐든 제 아무리 용을 써봤자, 이제 그가 할 수 있는 것은 아무것도 없습니다. 그런데 아직도 이리 신경 쓰시는 이유가 무엇인지요?"

하지만 그는 아무런 대답하지 않았다. 오히려 입술을 더욱 일자로 꾸욱 다물었을 뿐. 명백한 불쾌함의 표시였다. 그것을 감지한 집사는 또다시 황급히 허리를 숙였다.

이 산전수전 다 겪은 노인의 마음속에서 1황자 오튼은 이미 황제보다도 높이 섬겨야 하는 주군으로 모셔지고 있었다.

오튼은 무슨 생각을 하는지 한동안 아무런 말이 없었다. 그러더니 이내 차분하게 서 있는 집사를 향해 몸을 휙 돌렸다.

"알프레흐트."

그것이 그의 이름이었다.

"네, 오튼 황자님."

집사는 오튼의 찰랑거리는 검은색 머리카락을 바라보며 공손히 대답했다.

"그대가 생각하기에 내가 차기 황제가 되는 데 가장 걸림돌이 될 사람이 누구인 것 같은가?"

"오튼 황자님이 황제가 되시는 데 감히 대적할 이는 아무도 없습니다."

이건 아부가 아닌 진심이었다.

너무 머리가 나빠서 걱정이었던 어릴 때의 모습이 그대로 남아 있다면야 빈말로라도 저리 대답할 순 없겠지만, 지금의 오튼은 달랐다. 치밀한 야심과 그것을 이루기 위해서라면 그 어떤 수단과 방법을 가리지 않는 비정함까지.

집사는 아주 오래전부터 집안 대대로 황실을 보필해 온 가문의 일원이었다. 덕분에 그는 본능적으로 알 수 있었다.

바로 저런 남자야말로 황제에 딱 적합한 인물이라는 것을.

그러니 이 신념이 변치 않는 이상, 알프레흐트는 영원히 오튼의 뒤를 지키는 그림자가 될 셈이었다.

하지만 그런 그도 이해할 수 없는 것이 하나 있었다.

"물론 현재는 내가 가장 우위이긴 하나, 그렇다고 해서 대적할 만한 자가 아예 없는 것은 아니지."

오튼의 말에 집사는 더더욱 묘한 표정을 지었다.

"그럼 설마 바인 황자님이 적수가 될 거라 생각하시는 겁니까?"

그 한없이 가벼운 남자가?

도른과의 이혼, 그리고 하녀들과 일으킨 여러 가지 추문 덕분에 그는 이미 백성들의 신뢰를 많이 잃은 상태였다.

바인이 다스리고 있는 동쪽 지역 출신이라면 모를까, 이곳 수도에서는 서로 모였다 하면 그를 욕하는 아낙네 무리들을 심심찮게 볼 수 있었다.

"아니. 내게 가장 위협이 되는 자는 3황자 카이트다. 지금도 여전히 그 녀석이 눈에 거슬려."

"네에?"

늘 차분한 집사의 목소리가 드물게 높이 올라갔다.

"그래, 자넨 이해할 수 없겠지. 하지만 조선…… 내 예전의 삶에서도 항상 그런 눈빛을 지닌 자들이 왕이 되더군. 벼랑 끝에 몰려도 절대로 포기하지 않는 바로 그 집념 말이다. 그게 정말로 무서운 것이야."

"하지만 그렇다면 왜 그의 모친을 굳이 황궁으로 불러들이셨습니까? 알아서 놔두면 분명 자연스럽게 처리될 터인……."

"그만!"

순간 오튼의 두 눈이 매섭게 올라갔다.

"그건 그대가 참견할 일이 아니다. 아무리 내 앞이라 해도 두 번 다시 그 이야기는 꺼내지 말게!"

늘 냉정한 오튼이 주먹까지 불끈 쥔 채 크게 화를 냈다.

"죄송합니다. 황자님."

덕분에 그가 정말로 격노했음을 깨달은 집사가 황급히 허리를 숙였다.

알프레흐트는 다른 사람으로 변한 오튼을 오랜 시간 동안 곁에서 지켜본 자였고, 그런 만큼 누구보다 가까이에서 수족 역할을 자처했다.

따라서 그의 면면을 누구보다 잘 알았다.

"지금 바인 황자의 성에 가 있는 자들에겐 실수 없도록 다시한 번 잘 일러놓겠습니다."

무조건적인 복종. 그것만이 오튼이 황제가 되었을 때 자신이 원하는 것을 보답받을 수 있는 유일한 길이리라.

"좋아, 이번엔 믿어 보도록 하지."

그 말에 알프레흐트는 더욱 힘차게 고개를 끄덕였다.

'오튼 황자께서 황제가 되는 데 가장 걸림돌로 여기는 것이 다름 아닌 저 3황자였다 이거군. 그런데 왜 그에게 그런 일을 해 주시는 걸까?'

물론 머릿속에는 여전히 이러한 의문이 남은 채였지만, 알프레흐트는 그 궁금증을 즉시 접었다.

원래 심복이라는 것은 너무 많은 생각을 할 필요가 없는 법이니까. 특히 주군과 그 사이가 가까우면 가까울수록, 마음은 더욱 멀리 떨어뜨려 놓아야 함이 옳았다. 그렇지 못하면 언젠가는 돌이킬 수 없는 실수를 저지를 수도 있다는 것을, 알프레흐트는 누구보다 잘 알고 있었다.

*   *   *

페라트는 아까부터 복도에 서서 누군가를 줄곧 기다리고 있었다. 그도 오늘만큼은 평소와는 다른 차림새였다.

찰랑거리는 은발에 너무나 잘 어울리는 옅은 푸른색의 연미복. 그뿐만 아니라 여러 가지 훈장과 작위를 나타내주는 표식이 달려 있는 검은색 견장을 차고 고급스러운 흰 가죽 장갑까지 끼고 단정히 서 있는 모습은, 비록 남자이지만 몹시 단아했고 또

고고한 매력이 넘쳤다.

"미안해요, 페라트! 거의 다 되었으니까 곧 나갈게요!"

"괜찮습니다. 부디 서두르지 마세요."

안에서 어쩔 줄 모르는 윤수의 목소리가 흘러나오자, 그의 입가에 은은한 미소가 지어졌다.

물론 어서 문이 열리기만을 바라 마지않는 건 사실이지만, 원래 여성의 단장에는 어마어마한 시간이 필요한 법.

게다가 한층 더 아름다워졌을 그녀의 모습을 상상하니 이 기다림이 그저 지루한 것만은 아니었다.

이윽고.

달칵, 소리와 함께 방문이 스르르 열렸다.

동시에 반짝이던 물빛 눈동자가 어둡게 가라앉았다.

"……정말 아름다우시군요."

페라트는 흔들리는 두 눈동자를 애써 바로 했다.

실망감으로 굳어지는 얼굴에 힘을 준 채, 자꾸만 밑으로 처지는 입꼬리를 억지로 끌어 올렸다.

태양처럼 붉은 드레스를 입은 그녀는 정말 눈이 부시도록 어여뻤다.

최소한 그것만큼은 사실이었다.

"저기…… 미안해요. 페라트 씨가 주신 드레스도 정말 너무 예뻤는데…… 사실은, 그게……."

그녀는 뭐가 그리 미안한지 저와 시선도 제대로 마주치지 못하고 연신 입술을 달싹일 뿐이었다.

평소보다 조금 더 붉은 기가 강한 분홍색이 예쁘게 칠해져 있는 그 입술을 뚫어져라 바라볼 때였다.

"괜찮아요. 바서 님. 마음에 두실 것 없어요. 당연히 이 드레스를 입으셔야죠!"

날 선 어투로 그녀를 두둔하고 나선 것은 도리스였다.

게다가 어쩐지 약간의 적개심을 담은 것 같은 사나운 눈빛으로 자신을 뾰족하게 쏘아보기까지. 카이트 황자를 모시는 여러 신하들 중에서 도리스는 평소 페라트와 가장 가까이 지냈던 사람 중 하나였다. 그랬던 그녀가 이렇게까지 노골적으로 눈치를 주는 이유를, 그 역시 잘 알고 있었다.

이 강렬한 색깔의 화려한 드레스는 그가 선물한 것임에 틀림없었다. 이것과 똑같은 색의 눈동자를 지닌, 자신의 주군께서 말이다.

"정말…… 미안해요. 아, 비록 오늘이 아니더라도 애써 준비해 주신 드레스이니 만큼 앞으로 두고두고 소중히 잘 입을게요."

결국 페라트의 얼굴에도 숨길 수 없는 겸연쩍음이 서렸다.

누군가에게 그런 선물을 한 건 그도 처음이었다. 그런데 상대를 기쁘게 해 주긴커녕, 되레 난처하게 만들어 버리다니. 그뿐만 아니라 동료에게서는 마치 눈치도 없는 천덕꾸러기 취급을 받았고 말이다.

이래서야 선물을 한 의미가 조금도 없었다.

그는 씁쓸한 미소를 지으며 윤수의 곁으로 다가갔다.

"도리스의 말이 맞습니다. 이 드레스는 정말이지 바서 님께 너무나도 잘 어울리는군요. 그러니 제게 조금도 미안해하실 필요는 없습니다."

"그래도……."

"자, 어서 가실까요? 황자님께서 기다리고 계실 겁니다."

페라트는 아직도 미안한 기색을 감추지 못하는 윤수의 말을 단숨에 끊었다. 그러고는 팔짱을 끼기 편하도록 스윽 팔을 들어올리자, 이윽고 그녀가 손을 휘어 감았다.

얇은 레이스 장갑 사이로 전해져 오는 따뜻한 체온. 그것만으로도 위안이 되지 않는가.

사실 카이트 황자와 남다른 감정을 교류했던 것을 눈치채지 못한 것은 아니지만, 사이가 이 정도로 까지 가까워졌을 줄은 미처 몰랐었다.

공교롭게도 악역을 맡아 평생 외로웠던 주군이 그녀에게 선택받은 사실이 다행이라고 생각하면서도, 어쩐지 약간 서러워지는 묘한 감정이 페라트의 마음을 감쌌다.

*　　　*　　　*

그들의 발길이 멈춘 것은, 크고 화려한 어느 방문 앞이었다. 문을 열고 들어가자, 색색깔의 대리석과 크리스털, 그리고 실크로 꾸며진 화려한 응접실이 나타났다. 그제야 윤수는 이곳이 성을 찾는 손님들을 모시는 일종의 접견실이라는 것을 깨달았다.

"아, 페라트 님!"

동시에 구석에 서 있던 여자가 양손으로 치맛자락을 우아하게 펼치며 꾸벅 허리를 숙였다.

"오랜만에 뵙습니다. 그동안 늘 행복한 시간 보내셨는지요?"

그녀는 어느새 분홍빛 회중시계를 손에 들고는 페어라센의 예법대로 예의 바르게 인사를 건넸다.

어딘가 모르게 소심하고 주눅 든 어투였지만, 예쁜 구슬이 굴러가는 듯 낭창한 목소리.

그런 여자를 살피던 윤수의 두 눈이 화등잔만 하게 커졌다.

카이트와 똑같은 붉은색 머리?

······아니다. 그녀의 머리카락 색깔은 그보다는 훨씬 옅은, 분홍빛에 가까운 색을 띠고 있었다.

게다가 단 한 번도 본 적 없는 새하얀 피부와 언제나 겁먹은 사슴처럼 말없이 깜박대는 둥근 눈동자.

윤수의 얼굴에도 무어라 말할 수 없는 반가운 기색이 서렸다.

'바로 저 여자가 프롤라인 황녀구나! 카이트의 친여동생이자, 내 차기작 여주······!'

윤수는 그렇게 소리칠 뻔한 자신의 입을 단단히 틀어막았다. 그도 그럴 것이, 프롤라인 황녀는 그녀가 가장 만나 보고 싶어 했던 인물 중 하나였다. 언제나 주눅이 들어 있고 취미라고는 자수나 뜨개질 따위가 전부인 이 가녀린 황녀가, 당당하고 멋있는 여성으로 성장하는 스토리가 아직도 머릿속에 그득하다.

윤수는 프롤라인의 곁으로 다가가 어깨를 꼭 안아주고 싶은 마음을 애써 억눌렀다. 그런데 그러한 감동도 잠시, 누군가가 손을 휙 잡고는 저를 앞으로 이끌었다.

"어어?"

"이봐, 인사해."

무뚝뚝한 목소리로 그렇게 말한 것은 카이트였다. 게다가 동생에게 이봐, 라니. 하지만 윤수가 눈썹을 찌푸릴 새도 없이 프롤라인은 반사적으로 허리를 바짝 숙였다.

"처, 처음 뵙겠습니다. 저는 페어라센의 황녀, 프롤라인이라고 합니다."

또다시 잔뜩 기죽은 듯한 말투. 뿐만 아니라 계속해서 가늘게 떨리는 어깨가 눈에 들어왔다.

'아, 맞다. 프롤라인은 제 오빠를 아버지보다 더 무서워하지.'

그 설정을 잊지 않고 떠올린 윤수는 가볍게 미간을 구겼다.

아닌 게 아니라 프롤라인은 정말로 사나운 사냥개에게 몰린 작은 토끼처럼 겁을 집어먹은 것 같았다.

하긴, 이 방에 있는 사람들이라고는 세상에서 제일 무서운 오빠와 온통 낯선 자들—페라트를 제외하고—뿐이니, 이 소심하고 낯가리는 성격의 황녀는 이것만으로도 두려움에 빠지기 충분했으리라……

잠깐, 낯선 자'들'이라고?

알 수 없는 묘한 이질감에 퍼뜩 정신을 차린 윤수는 주위를 살폈다.

그러고 보니 카이트 뒤에 거구의 남자가 한 명 더 서 있었다.

눈에 익은 자였다.

'얼마 전에 카이트와 대련했던 렌틸리히라는 자구나!'

그리고 렌틸리히도 윤수가 누구인지 바로 눈치챌 수 있었다.

'저 여자는…… 일명 괴상한 천재 검사라고 불리는, 카이트 황자의 유일한 호위 병사 아냐?'

'그런데 그가 왜 저런 견장을 달고…….'

'그런데 그녀가 왜 저런 아름다운 드레스 차림으로…….'

여기에 있는 거지?

서로가 서로를 그렇게 미심쩍은 눈길로 바라볼 때였다.

"저…… 오라버니."

어느새 분홍색 손가방 안에서 무언가를 주섬주섬 꺼내며 프롤라인이 조심스레 입을 열었다.

"매우 약소하지만 이런 걸 준비해 봤는데 혹시 괘, 괜찮으시면…… 써 주시겠어요?"

그렇게 말하며 내민 것은 붉은색 털실로 짠 목도리였다.

"제가 심심할 때마다 틈틈이 만든 건데, 그, 오라버니가 계시는 북쪽 성은 춥고, 또 바람이 많이 불어서 혹시 음…… 감기에라도 걸리시면 큰일이니까요."

그러더니 프롤라인은 갑자기 무언가가 생각난 듯 또 한 차례 황급히 가방 속을 뒤졌다.

"여, 여러 개 만들어 봤어요. 어떤 색을 좋아하실지 몰라 색깔별로 하나씩…… 아, 만약 폐가 아니라면 여기 계신 분들께 골고루 선물해 드려도 괜찮을까요?"

모두가 자신이 만든 목도리를 두르고 있는 모습을 상상한 것만으로도 행복해졌는지, 프롤라인의 목소리가 순간 밝아졌다.

그 모습을 바라보던 윤수도 흐뭇한 미소를 머금었다.

아직 겨울이 되려면 멀었지만, 행여나 북쪽에 있는 제 오빠가 추울까 봐 직접 만든 목도리를 선물로 준비하다니.

아아, 이 얼마나 사랑스러운 황녀인가?

이런 그녀는 카이트에게도 분명 너무나 귀여운 여동생일 테지.

줄곧 외동으로 자랐던 윤수는 형제자매가 있는 사람들이 늘 부러웠다. 그중 가장 부러워했던 건 오빠가 있는 친구들이었다.

물론 워낙 무뚝뚝한 성격의 카이트인지라 그다지 살가운 모습은 기대할 순 없겠지만, 그래도 그는 틀림없이 듬직한 오빠가 되어 줄 것이다. 말은 안 해도 은근히 챙겨주고, 늘 툴툴거리지만 알고 보면 다정한…….

하지만 돌아온 것은 매몰차기 짝이 없는 대답이었다.

"필요 없어. 이런 건 귀찮기만 할 뿐이다."

황녀의 얼굴이 순식간에 시무룩하게 변했다.

"하지만 제가 열심히 만든 건데……."

그래도 카이트는 아랑곳하지 않았다.

"뜨개질이라니. 아직도 이런 쓸데없는 일들로 아까운 시간을 허비하는 건가? 그보다 내가 당부한 검술 훈련은 하고 있나?"

퉁명스러운 목소리로 쏟아낸 것은 잔소리에 가까운 꾸중이었다. 예상 외로 엄격한 그의 모습에 윤수는 말없이 두 눈을 깜박였다.

"대답해라, 프롤라인. 검을 다루는 실력은 얼마나 늘었지?"

"그, 그게…… 빼먹지 않고 수업에 참여하고 있지만 제가 워낙 소질이 없어서……."

"변명은 그만둬. 넌 자신이 황족이라는 자각은 가지고 있는 거냐? 제 한 몸도 지키지 못하는 황녀라니, 그게 얼마나 부끄러운 일인지 설마 모르고 있는 건 아니겠지?"

계속되는 엄중한 질책에 프롤라인의 눈썹이 밑으로 한없이 처졌다.

"아니어요, 오라버니. 벼, 변명이 아니라 정말 열심히 한다고는 하는데……."

"바로 그게 변명이라는 거다!"

카이트가 그녀의 말을 싹둑 자르며 크게 호통치자, 억울함이 잔뜩 담긴 프롤라인의 두 눈에 이내 물기가 서렸다.

결국 보다 못한 윤수가 나섰다.

"황자님. 이제 그만하세요. 열심히 하고 계신다잖아요."

윤수는 카이트와 프롤라인 사이를 막고 서서 계속 언성을 높

이러는 그를 만류했다.

하지만 카이트는 여전히 못마땅한 듯 보였다.

"황녀는 옛날부터 워낙 굼뜨고 답답한 녀석이었다. 아무리 나이를 먹어도 전혀 나아지지를 않는군."

"그렇게 몰아세우지 않아도 분명 나중에는 훌륭한 걸 크러시…… 아니, 여검사가 되실 거예요."

윤수는 부드러운 어조로 그를 타일렀다.

"하……."

그의 입에서 불만 섞인 짧은 한숨이 쏟아졌다. 하지만 더 이상 말을 잇지는 못했다. 프롤라인을 등지고 선 윤수의 눈매가 심상치 않게 변했기 때문이었다.

'오랜만에 만난 여동생인데 계속 그렇게 혼만 낼 거야? 무슨 오빠가 이래?!'

그녀는 제 여동생을 감싸고도는 게 분명했다.

그 이유가 무엇 때문인지 알 수는 없지만, 이럴 때는 그저 순순히 말을 듣는 게 제일이라는 걸 카이트도 본능적으로 깨달았다. 그리고 그런 두 사람을 바라보던 프롤라인은 저도 모르게 입술을 빠끔거렸다. 오빠에게 한번 혼나기 시작하면, 보통 한 시간 정도는 각오해야 하는데. 물론 그럴 때면 페라트가 말려 주긴 했지만, 늘 소용이 없었다.

그런데 그의 입을 이토록 빨리 다물게 하다니.

이 여성분은 대체 누구실까?

"저어……."

마치 유일한 구세주를 만난 것만 같아 황녀는 두 눈을 반짝이
며 물었다.

"실례되는 질문인지는 모르겠으나, 누구신지 여쭈어도 될까
요? 저희 오라버니와는 어떤 관계이신지……?"

그러자 순간 카이트의 목 부근이 살짝 붉게 변했다.

"아, 그렇지."

그는 제 뒤에 선 렌틸리히를 향해 몸을 돌렸다.

윤수가 아닌 그를 먼저 소개하기로 한 건, 숨길 수 없는 쑥스
러움이 불쑥 고개를 내밀었기 때문이었다.

"인사해라. 이번에 내 소속 검사가 된 렌틸리히다. 아직은 임
시긴 하지만, 곧 정식 훈장도 내릴 거다."

카이트의 말에 프롤라인은 순간 제 귀를 의심해야만 했다.

"어머나, 오라버니의 소속 검사라고요?"

예쁜 두 눈이 마구 깜박였다.

하지만 파르르 떨리는 속눈썹이 진정을 찾기도 전에, 이 커다
란 남자가 갑자기 검을 빼어 들고 크게 외쳤다.

"처음 뵙겠습니다, 프롤라인 황녀님! 저는 어제까지 쥘벤 부대
소속이었던 드리테 계급, 렌틸리히라고 합니다."

"꺄악!"

갑자기 커다란 검이 매서운 바람 소리를 내며 허공을 가르자
깜짝 놀란 황녀가 저도 모르게 뒷걸음질 쳤다.

"프롤라인!"

동시에 카이트가 눈썹을 치켜 올리며 호통쳤다.

그녀는 그제야 제가 무례를 저질렀음을 깨달았다.

"죄송합니다. 렌틸리히 님."

프롤라인은 황급히 고개를 숙이며 사과를 건넸다.

"아, 아닙니다. 저야말로 황녀님을 놀라게 해 드려서……."

봄처럼 살랑거리는 분홍빛 머리카락. 렌틸리히의 귓불이 그와 비슷한 색깔로 물들었다.

"부디 렌이라고 불러 주십시오."

'오호라, 그녀의 걸 크러시를 완성시키기 위해 필요한 남주가 바로 이 남자로구나!'

이 보기 좋은 광경에 윤수가 속으로 이런 상상의 나래를 펼치고 있을 때였다. 누군가가 자신의 어깨에 손을 올렸다.

"그리고 이 여자는 나의, 나의……."

그 손의 주인공인 카이트는 계속해서 말을 더듬었다.

자신이 선물한 붉은 드레스를 입고 선 윤수는 기가 막히게 아름다웠다. 그런 그녀를 그저 안고만 있어야 했던 지난밤을 떠올리며 그는 주먹을 말아 쥐었다. 최선을 다해 깊은 곳에 가둬둔 욕망이 또다시 몸집을 부풀렸다. 정말이지 힘든 밤이었다. 생각만 해도 저절로 목이 말라 올 정도로.

'이런 모습은 앞으로 나만 봤으면 좋겠는데.'

카이트의 침묵은 한동안 계속되었다. 덕분에 모두의 궁금증이 더욱 커져만 갔다. 제각기 도르르 굴러가던 시선들이 그를 향해 일제히 내리꽂혔을 때였다.

"연인이십니까?"

줄곧 아무 말 없이 서 있던 페라트의 입에서 나지막한 음성이 흘러나왔다.

다소 이상하게 느껴질 수도 있는 묘한 말투.

하지만 차마 거기까지 신경 쓸 틈이 없었던 카이트는 그저 고개를 끄덕였다.

"……그렇다."

그 말에 윤수의 볼이 새빨간 과일처럼 익어갔다.

그 홍조는 또 다른 의미로 그를 미치게 만들었다. 카이트는 미처 말하지 못한 이야기가 튀어나오지 않도록 자신의 입술을 아프게 깨물었다.

사실은 좀 더 특별한 수식어로 그녀를 소개하고 싶었다.

'연인'보다 훨씬 무겁고 더욱 확실한, 나의 '반려자'가 될 사람이라는 말로써. 하지만 그것을 모두의 앞에서 선언하는 건, 그녀에게 먼저 그 마음을 전하고 난 다음에야 가능하리라.

"모두 인사해라. 하나뿐인 나의 소중한 사람이다."

그는 가슴속 불길을 애써 누른 채 윤수의 손등에 천천히 입을 맞췄다. 정말로 사랑스러워 견딜 수 없다는 눈빛을 보내는 카이트를 향해 윤수도 어여쁜 웃음을 지어 보였다. 넓디넓은 방 안의 공기가 순식간에 달아올랐다.

"어머!"

이 믿을 수 없는 현실에 프롤라인의 입에서 들뜬 감탄사가 튀어나왔다.

"미처 몰라 뵈어서 죄송합니다!"

당황한 것은 윤수를 그저 일개 호위 병사로 알고 있었던 렌틸리히도 마찬가지였다.

"다시 인사드리겠어요, 부디 오라버니를 잘 부탁드립니다."

프롤라인은 길게 늘어뜨린 머리카락의 끝이 거의 땅에 닿을 정도로 허리를 숙였다.

"제 인사도 다시 받아주십시오!"

렌틸리히는 아까보다 더욱 절도 있는 동작으로 검을 뽑아 들었다.

"이러지 않으셔도 괜찮은데……."

당황한 윤수가 그렇게 손사래를 치자, 어느새 곁에 종종걸음으로 다가와 있던 프롤라인이 그 손을 덥석 잡았다.

"죄송하지만 어느 가문의 영애이신가요? 제가 워낙 사교 활동을 하지 않아서 미처 몰라 뵌 점, 다시 한 번 사과드립니다."

윤수는 말라가는 입술을 달싹이며 애써 대답했다.

"그게, 으음. 저는 귀족이 아니라, 그냥 평범한 검사라고 해야 할까요……."

"와아, 그렇다면 오라버니와 더할 나위 없이 잘 맞으시겠군요!"

프롤라인은 원래 타인에게 이렇게까지 친밀하게 구는 사람이 아니었다. 하지만 지금은 그런 낯가림을 극복할 정도로 기분이 잔뜩 들뜬 상태였다. 그도 그럴 것이 그녀는 아까 윤수가 제 편을 들어준 것을 잊지 않고 기억하고 있었다.

세상에서 제일 무서운 오라버니를 단숨에 제압한 멋진 박력!

그걸 생각하자 저절로 존경심이 차올랐다. 프롤라인은 윤수의 손을 더욱 힘주어 잡았다. 늘 이런 언니가 있었으면 하고 바라던 소원이 이뤄진 것만 같다.

그 모습에 카이트가 또다시 미간을 구겼다.

"너무 친밀하게 굴지는 마, 황녀. 그녀가 당황해하지 않는가?"

"카이트 황자님의 연인이셨다니. 그동안 떠돌았던 그 소문의 검술 실력이 이제야 이해가 가는군요!"

뿐만 아니라 렌틸리히도 한마디 거들고 나섰다.

윤수의 주변이 순식간에 소란스러워졌다.

그녀는 존경을 담뿍 담은 눈빛으로 절 바라보고 있는 프롤라인의 손을 잡고 가볍게 흔들어 주었다. 렌틸리히는 계속해서 검을 올렸다 내렸다 하며 수선을 떨었다.

그 와중에 조용히 입을 다물고 있는 사람은 오로지 한 명뿐이었다.

*　　　*　　　*

전야제가 열리고 있는 회장에 들어선 윤수는 눈앞에 펼쳐진 광경에 두 눈을 쓱쓱 문질렀다.

마치 꽃과 별이 떠 있는 바다 위를 날아다니는 화려한 나비 떼들을 보는 것만 같다.

저마다 아름다운 의상을 차려입은 참석자들은 넓은 공간 속을 우아하게 누볐다. 귓가를 녹이는 달콤한 음악 사이사이로 웃음소리가 섞여 들어갔다.

한 곡이 끝나면 하인들이 기다렸다는 듯 다가와 부채질로 땀을 식혀주었고, 금빛으로 반짝이는 샴페인을 담은 유리잔이 서로 부딪치는 소리가 경쾌하게 울려 퍼졌다.

에른테페스트의 백미라는 무도회는, 그저 눈으로 보고만 있어도 행복해질 정도로 황홀하고 아름다운 풍경을 선사했다. 하지만 윤수는 계속해서 고개를 두리번거리며 여전히 딱딱한 표정을 짓고 있었다.

사실 그녀는 몹시 긴장한 상태였다.

왜냐하면 무도회가 본격적으로 시작되면서부터, 카이트의 곁에서 점점 멀어졌기 때문이었다.

물론 무도회의 가장 큰 주인공은 두말할 것도 없이 성의 주인인 바인이었지만, 처음으로 이런 행사에 모습을 드러낸 카이트 황자에 대한 관심도 결코 적지는 않았다.

줄곧 우려했던 것과는 달리 그는 혼자가 아니었다.

프롤라인 황녀가 기꺼이 그의 파트너가 되어 준 덕분이었다. 게다가 프롤라인은 상대적으로 다가가기 쉬운 황족인지라, 귀족들은 이때를 놓치지 않고 기다렸다는 듯 앞다투어 그들의 주위로 몰려들었다. 그뿐만 아니라 호위 병사 역할을 자처했던 윤수에게 먼저 알은체를 하는 기사들도 많았다.

그렇게 한 발자국씩 한 발자국씩 뒤로 비켜나다 보니, 어느새 카이트와 프롤라인은 저만치 멀리 떨어지고 말았다.

물론 그는 이따금씩 발걸음을 멈추고 윤수를 기다려 주었지만, 그것도 한계가 있었다.

3황자가 병사를 조직했다는 것이 나중에 알려졌을 때 많은 귀족들이 크게 우려를 표할 것은 충분히 상상할 수 있는 일. 따라서 그 반발을 최소화하려면 오늘 무도회에서 조금이나마 좋은 인상을 남기는 것이 매우 중요했다. 그러니 다가오는 귀족들을 무시하거나, 무성의하게 대할 수는 없는 일이었다.

그런 그들의 뒷모습에서 시선을 떼지 않은 채 계속해서 날카롭게 각을 세우고 있는 윤수의 곁에는 카이트 대신 아까부터 줄곧 침묵을 고수하는 페라트가 있었다.

"아, 여기 계셨군요!"

그때 누군가가 그녀에게 반갑게 인사를 건넸다.

허리에 찬 검이 덜그럭대는 소리. 바로 미쉘이었다. 누가 검사 아니랄까 봐 그녀도 윤수처럼 드레스에 검을 차고 있었다.

"역시 이 붉은 드레스로 하시길 잘했습니다. 너무 잘 어울려요!"

눈치 없이 드레스 이야기를 꺼낸 미쉘 덕분에 윤수는 그제야 옆에 있는 페라트의 존재를 의식할 수 있었다.

"고마워요. 미쉘도 드레스가 예쁘네요. 그나저나 뭣 좀 먹었어요? 오늘 맛있는 음식들이 엄청 많이 나왔대요."

은근슬쩍 화제를 돌리자, 미쉘이 신난 목소리로 외쳤다.

"아니요, 이제부터 먹으려고요! 아, 그렇지. 아직 식사 전이시면 저랑 같이 가실래요? 요리들이 정말 끝도 없이 차려지고 있더군요."

한없이 들뜬 미쉘의 제안에 윤수는 조용히 고개를 저었다.

"음, 저는 나중에 먹을게요. 먼저 가서 얼른 드세요."

"아, 그래요? 알겠습니다. 하지만 걱정 마세요, 맛있는 요리가 있으면 제가 확보해 놓고 있을 테니까요!"

그렇게 말하고 미쉘은 허겁지겁 몸을 돌렸다.

그녀의 뒷모습을 보며, 윤수는 침을 꿀꺽 삼켰다. 허기가 져서가 아니었다. 그녀는 아까 응접실에서 나올 때, 프롤라인이 카이트에게 했던 말을 머릿속에 다시 한 번 떠올려 보았다.

"참, 오라버니. 혹시 별다른 소식 들은 거 없으시죠?"

"무슨 소식?"

"어머니 말이에요. 오늘 전야제 때 분명히 참석하신다고 하셨는데, 왜 아직도 안 보이시는 걸까요?"

프롤라인의 말에 카이트가 과연 무슨 표정을 지었는지는 알 수 없었다. 하지만 한 가지 확실한 건, 오늘 카이트는 실로 오랜만에 본인의 모친을 만나게 될 거란 사실이었다.

윤수의 목 안쪽이 떨려 왔다.

페어라센에서 가장 욕심 많은 여자, 라우브루스트.

권력에 도움이 되지 않는 딸은 나 몰라라 했고, 하나뿐인 아들도 차기 황제 후보에서 멀어지자 헌신짝처럼 내팽개친 비정한 여인. 그런 그녀의 속셈이 무언지 오늘 꼭 밝혀낼 셈이었다.

철천지원수라는 오튼과 사이좋게 황궁에서 지내고 있는 이유가 무언지. 혹은 이 세계에서 도움을 받을 수 있는 또 다른 자인지, 아니면 가장 경계해야 할 적인지.

기껏 카이트로부터 선물받은 예쁜 드레스 차림인데도 굳이 검을 차고 나온 이유 역시 바로 그것 때문이었다.

무도회장에 사람은 점점 늘어만 갔다.

꽤나 넓다고 생각한 공간이 어느새 발 디딜 틈 없이 복잡하게 변했다.

여전히 저 앞에 가고 있는 카이트와 프롤라인을 따라잡으려고 안간힘을 쓰고 있는 윤수의 귀에, 페라트가 조용히 속삭였다.

"저 앞에 오고 계십니다."

그 말에 그녀의 고개가 번쩍 들렸다.

페라트의 귀띔이 없었어도 한눈에 알아볼 만큼 카이트와 꼭 닮은 여자. 그런 그녀가 등장하자마자 사람들의 입이 거짓말처럼 다물어졌다.

그만큼 압도적인 미모였다.

남녀노소를 가리지 않고 모두의 시선을 홀리는 아름다운 얼굴과 늘씬한 몸매, 그리고 우아하게 틀어 올린 새빨간 머리카락은 주변의 사물을 죄다 무채색으로 만들어 버릴 정도로 너무나 강렬했다.

　심지어 여자에게서는 그 어떤 세월의 흔적도 느껴지지 않았다. 카이트와 프롤라인의 나이를 생각하면 이미 중년을 훨씬 넘어섰을 텐데도 믿을 수 없을 만큼 젊어 보였다. 그런 데다가 누구도 대적할 수 없을 만큼 화려한 드레스에 값비싼 보석을 두르고 서 있으니, 보는 것만으로 절로 주눅이 드는 건 당연한 일일지도 몰랐다. 곱게 포장되어 결코 변질되지 않는 완벽한 꽃, 그것이 바로 라우의 첫 인상이었다.

　"저 여자가 바로 카이트의 친모인가요?"

　"그렇습니다. 지금은 운켄트니스 황제의 곁에 머물고 계시는 라우브루스트 여사이시지요."

　윤수의 질문에 페라트가 고개를 끄덕이며 대답했다.

　후우.

　입 안이 긴장으로 바짝 말랐다. 무도회장 초입에 서서 잠시 안을 살피는 그녀에게서 시선을 떼지 않은 채 윤수가 다시 물었다.

　"더 가까이 다가갈 수 있을까요?"

　"……저분 곁예요?"

　"네."

　윤수의 말에 페라트가 잠시 침묵하더니 손을 내밀며 말했다.

"한 곡 추시겠습니까?"

"네?"

뜬금없는 제안에 윤수의 목소리가 황당하다는 듯 올라갔다.

"어찌 되었든 저쪽으로 가려면 이 중앙 무대를 가로질러야 하니까요. 춤추는 사람들 사이를 헤집는 것은 오히려 더 눈에 띌 뿐입니다."

일리 있는 말이었다. 서로 손과 손을 맞잡고 우아하게 몸을 움직이고 있는 사람들로 인해 회장은 점점 더 북적이는 상태였다. 그리고 때마침 흐르는 잔잔한 리듬에 맞춰 그녀는 제게 내밀어진 그 손을 잡았다.

*　　*　　*

저 멀리서 눈으로 그녀의 모습을 쫓던 카이트가 순간 미간을 구겼다. 프롤라인도 제 오빠가 뿜어내는 이 심상찮은 분위기를 감지했다. 그의 시선을 가만히 따라가던 그녀는 저도 모르게 작은 탄성을 내질렀다.

"어머."

황녀는 황급히 입술을 깨물며, 옆에 서 있는 카이트의 눈치를 살폈다. 정식 무도회에서 처음으로 손을 맞잡는 건 여러 가지 의미가 있었다. 특히 이곳 페어라센에서 그 행위는, 그들이 가까운 사이라는 것을 말해 주는 증표였다.

하지만 저 여성은 아까 분명히 오빠인 카이트가 자신의 소중한 사람이라며 직접 소개를 해 주지 않았던가?

그런데 왜 페라트와 첫 춤을 추는 걸까?

프롤라인이 그런 혼란에 빠져 있는 동안 주먹을 쥐고 선 카이트의 손등에는 푸른 핏줄이 섰다.

아마 그녀는 에른테페스트에 이런 커다란 무도회가 있는 것은 알고 있을지언정 거기서 추는 첫 번째 춤이 무슨 의미인지는 모르고 있는 게 확실했다.

하지만 페라트는?

그는 달랐다.

그는 이곳의 사람이고, 그 의미를 모른다는 것은 말이 되지 않았다. 그런데도 불구하고 자신의 눈앞에서 그녀의 손을 잡고 춤을 춘다는 것은…….

거기까지 떠올린 카이트는 부러 생각을 멈췄다.

카이트의 입가에 억지 미소가 지어졌다.

페라트는 하나뿐인 자신의 소중한 심복.

아직까지는 그 무엇도 잃을 수 없다.

그러한 생각으로 스스로를 타이르고 있을 때 뒤에서 꾸민 듯한 반가운 목소리가 들렸다.

"카이트 황자."

천천히 몸을 돌리자 꼿꼿한 자세로 서 있는 여인이 눈에 들어왔다.

늘 턱 끝을 살짝 치켜들고 모두를 내려다보는 듯한 시선.

오랜만에 뵙는 어머니였다.

그리고 마찬가지로 뒤를 돌아다본 프롤라인이 허겁지겁 손에 시계를 쥐며 허리를 숙였다.

"어머니, 그동안 잘 지내고 계셨어요? 어찌 시간을 보내셨는지요?"

하지만 여자는 언제나 그렇듯 프롤라인 황녀를 본체만체했다. 그 장면을 바라보던 카이트의 눈에도 잠시 반가움이 일렁였다가 곧 사라졌다.

"……오랜만에 뵙습니다."

자신이 그렇게 인사를 건네자 비로소 그녀의 눈이 기쁘게 휘었다. 옆에 있는 프롤라인에게는 여전히 단 한 번의 시선도 주지 않은 채. 사실 어머니가 여동생과 절 차별하는 건 그에게도 익숙한 거였다. 어릴 때부터 늘 반복되던 모습이었기 때문이다.

하지만 어머니의 그런 행동이 어째서 지금 이토록 거슬리는가?

어둡게 가라앉는 프롤라인의 서글픈 눈동자를 카이트는 놓치지 않고 바라보았다.

그래, 저 눈은 자신과 닮아 있었다.

아무도 제 편이 없다고 생각했을 때, 타인의 따뜻한 온기나 사랑을 전혀 알지 못해 늘 쓸쓸하고 외로웠던 과거의 저 말이다.

"황자, 그동안 어찌 지냈나요? 이 어미가 한번 안아 봅시다."

하지만 그런 카이트의 마음을 알 리 없는 라우는 눈물을 글썽이며 팔을 뻗었다. 그런 어머니 앞에서 순순히 자세를 낮추자, 그녀가 과장된 몸짓으로 아들의 목을 덥석 껴안았다.

윤수와 페라트는 어느새 그들의 뒤에 서 있었다.

"후우."

긴장된 숨을 조용히 토해 내는 윤수를 바라보던 페라트의 입가에 쓸쓸한 미소가 지어졌다. 그녀는 춤을 추는 내내 단 한 번도 자신을 봐 주지 않았다. 봐주긴커녕 온 신경이 다 카이트 황자에게 쏠려 있었던 터라, 페라트는 마치 인형의 손을 잡고 춤을 추는 것 같은 기분을 느껴야 했다.

그래도 이것이 마지막이다. 이쯤 했으면 생애 처음으로 부려 본 커다란 욕심을 전부 채운 거나 다름없으리라.

페라트는 그렇게 자기 자신을 타일렀다.

그럼에도 불구하고 자꾸만 마음이 허전했다. 이런 건 난생처음 있는 일이었다.

'누구보다 유능했던 내게도 해결하기 어려운 일이 있었다니.'

카이트 황자의 곁에서 늘 즐거웠던 나날들만 있는 건 아니지만 적어도 그의 심복이라는 그 자부심에 후회는 없었다.

그것을 되뇌며 페라트는 바르게 가슴을 펴려 노력했다.

게다가 페라트는 자신의 위치를 누구보다 잘 알았다. 언제까지나 준조연에 불과한 인물이 작가의 관심과 사랑을 독차지할 수 없으리라는 것도 그는 너무나 명확하게 알고 있었다.

"바서 님."

그러니 할 수 있는 거라고는 선택받고 싶다는 마음을 누르는 것뿐이었다. 누군가의 연인이 되고 싶다는 욕심보다 그저 자신도 그 마음속에 존재했으면, 하는 갈망을.

"네?"

"감사합니다."

뜬금없는 인사에 윤수가 가볍게 웃었다.

"뭐가요?"

"첫 춤을 저와 춰 주셔서 기뻤습니다."

그녀는 그것이 지니는 의미를 모르고 있는 게 분명했다. 따라서 자신은 몹시 치졸한 짓을 저지른 것이나 마찬가지였다.

"감사는요. 그나저나 춤 잘 추시던걸요? 역시 못 하는 게 없다고 하시더니만."

윤수는 그의 팔을 살짝 잡으며 화답했다. 그러고는 카이트에게 좀 더 가까이 다가가기 위해 곧바로 발걸음을 움직였다. 뒤에 가만히 손을 모으고 선 채 제 뒤통수를 뚫어져라 바라보고 있는 페라트는 이미 안중에도 없다는 듯이.

* * *

라우는 계속 아무 말 없이 그를 안고만 있었다.

하지만 오랜만에 아들과 해후한 것치고는 너무나 무미건조해 보이는 분위기였다.

"황자, 지금부터 내 말을 잘 들으십시오."

라우는 뒤에 선 붉은색 드레스를 입고 있는 여자가 자신의 말을 엿듣고 있는 것은 꿈에도 모른 채 입술을 움직였다.

"네."

"1황자 오튼을 조심해요. 만약 아직도 황제가 될 생각이라면, 그 남자가 바로 당신의 가장 큰 적이랍니다."

그리고 그게 끝이었다.

그 말을 마지막으로 그녀는 몸을 휙 돌려 인사를 건네기 위해 대기하고 있던 몇몇 부인들의 곁으로 도도하게 걸어갔다.

뒤에서 이 모든 걸 가만히 지켜보고 있던 윤수의 입술이 가볍게 떨렸다. 그녀의 행동에는 그를 위하는 마음이 조금도 묻어나질 않았다. 오랜만에 만난 아들에 대한 반가움이나, 걱정 또한 전혀 없었다.

게다가 '아직도 황제가 될 생각이라면'이라니.

카이트는 단 한 번도 그 꿈을 포기한 적이 없음을, 어머니인 그녀는 정작 모르고 있는 건가?

황궁에 들어가 있는 라우가 어쩌면 협력자 역할을 해 줄지도 모른다는 실낱같았던 기대도 남김없이 무너졌다.

하지만 카이트의 표정은 그저 덤덤하기만 했다. 그리고 그건 프롤라인도 마찬가지였다.

윤수의 가슴속에는 커다란 분노가 차올랐다. 동시에 이루 말할 수 없는, 실로 오랜만에 느껴보는 죄책감 역시도. 하지만 지금은 이 모든 감정을 잠시 접어 두어야 할 때였다.

왜냐하면 몇 명의 귀족들과 잠시 인사를 나누던 그녀가 주위를 잠시 두리번거리더니 이내 회장 밖으로 빠져나가는 모습이 눈에 들어왔기 때문이었다.

그녀는 다시 한 번 슬쩍 카이트 쪽을 바라보았다. 그는 제 어머니가 밖으로 나가는 것을 아직 눈치채지 못한 듯싶었다.

결국 윤수는 아무도 모르게 조용히 몸을 돌렸다.

일정한 거리를 두고 뒤를 쫓기 위해 서두르는데, 마침 커다란 갈색 로브를 두르고 저와 마찬가지로 바삐 회장을 빠져나가는 하녀 한 명이 눈에 들어왔다.

"지금 어디 가시는 길인가요?"

"네, 네? 아, 잠깐 주인님 심부름으로 밖에 있는 마구간에 가는 길인데요."

갑자기 말을 걸자 그녀가 깜짝 놀라 대답했다.

"그럼 죄송하지만 그 로브 좀 잠시 빌릴 수 있을까요? 다 쓰고서 이따가 회장 입구를 지키고 있는 저 집사분께 맡겨 놓을게요."

"그, 그러세요."

하녀는 잠시 의아한 눈길을 보내긴 했지만 순순히 자신의 로브를 건넸다. 그것을 뒤집어쓰자 밋밋한 갈색 천이 발목 바로 아래까지 스르륵 내려왔다. 조금 긴 듯했지만 덕분에 화려한 빨간

색 드레스가 완벽히 가려졌다. 멍하니 입을 벌리고 서 있는 그녀를 뒤로하고, 윤수는 소리 없는 발걸음을 재촉했다.

*　　*　　*

2황자의 성이 익숙하지 않은 듯 라우는 몇 번이나 자리에 멈춰 서서 주위를 두리번거렸다. 간혹 마주치는 귀족들이 그녀에게 알은체를 했지만 그리 빈번하지는 않았다.

그도 당연한 것이 그녀는 아직 황실의 일원이 아니었다.

본인이 스스로 그 사이를 비집고 들어가기 위해 그저 안간힘을 쓸 뿐.

누군가가 자신의 뒤를 쫓고 있다는 건 꿈에도 모른 채 라우는 계속해서 바삐 걸었다. 이윽고 성의 꼭대기를 장식하고 있는 아름다운 첨탑들로 올라갈 수 있는 여러 개의 문이 나타났다.

그 앞에 선 그녀의 발이 잠시 멈췄다.

라우는 한 사람씩 들어가야 겨우 통과할 수 있을 것 같은 좁은 문들을 천천히 지나치더니, 이윽고 오른쪽에서부터 네 번째 문의 손잡이를 살그머니 쥐었다. 그러고는 조심스레 주위를 살핀 후 그 안으로 스윽 들어갔다.

벽 뒤에 붙어 서서 그 모든 것을 바라본 윤수는 라우가 문 안으로 사라지고 난 뒤에도 한참을 그 자리에서 대기했다.

어느 정도 일정한 시간이 흐르고 난 뒤, 그녀도 지체 없이 걸음을 옮겼다. 오른손에는 검을 빼어든 채로.

그들이 서 있는 곳은 첨탑으로 향하는 나선형 계단의 중간쯤 되는 지점이었다. 위에 도달하려면 아직도 까마득했고, 시작 지점은 어차피 저 아래였으니 비밀스러운 이야기를 나누기에는 매우 적당한 위치였다.

위로 사뿐사뿐 올라가는 라우의 발걸음을 들으며, 윤수는 반 층 정도의 거리를 일정하게 유지한 채로 그 뒤를 따랐다.

그런데 그 순간.

낯선 사내의 목소리가 귓전에 꽂혔다.

"아하. 오랜만에 뵙습니다, 여사님. 행복한 시간 보내고 계시는지요?"

그렇게 말하고 남자는 들으라는 듯 낄낄거렸다. 황실의 예법대로 인사를 건네긴 했지만, 일부러 조롱하려는 의도가 다분한 행동이었다.

"그 입 닥치지 못해?!"

그 사내를 향해 라우도 지지 않고 쏘아붙였다. 그러자 남자는 '어이쿠' 하며 장난스럽게 신음했다.

그 광경을 바라보던 윤수의 눈빛에도 날이 서렸다.

'도대체 저 남자는 누구지?'

한눈에 봐도 무척이나 질이 좋지 않은 자였다.

입고 있는 것은 무척이나 좋은 옷이었지만 저 껄렁거리는 행동거지하며, 말투 같은 것은 노르덴 숲에서 만난 산적들과 다를 바가 없었다. 그 정도로 흉악한 기운이 넘치는 남자가 이런 곳에서 황자의 친모와 마주하고 있다는 것은 믿을 수 없는 일이었다.

"네놈들을 고용한 건 나야! 그 돈을 전부 받아 처먹고도 실패한 주제에, 이젠 다시 그 남자 밑으로 들어가? 뻔뻔하긴……!"

하지만 라우의 앙칼진 목소리에도 남자의 느물거림은 여전히 계속되었다.

"하지만 그분도 우리에게 돈을 주셨거든요. 당신보다 더 많은……."

"뭐?!"

"게다가 자꾸 사실을 혼동하시는 것 같아 미리 못 박아 두는 건데, 그때 숲에서 있었던 일은 우리가 실패한 게 아니요. 천재지변 탓이지. 그토록 큰 지진에 땅이 울렁이는데, 간신히 서 있는 것만 해도 용한 수준이었다고!"

남자는 어느새 단도를 손에 들고는 그녀를 위협하듯이 그것을 휙휙 돌렸다.

……뭐?

방금 제 귀로 들었으면서도 믿을 수 없는 그 말에 윤수의 두 눈이 아프도록 올라갔다. 그러던 찰나, 저 아래에서 무언가 인기척이 들려왔다. 물론 윤수도 그것을 감지했다.

"젠장. 병사들인가?"

굉장히 미약한 기척임에도 불구하고 즉시 알아차린 것으로 보아 사내는 검에 꽤나 통달한 자가 틀림없었다.

"뭐?"

눈치채지 못한 건 라우뿐이었다.

그런 그녀를 무시한 채 그가 고개를 아래로 숙일 때였다.

"엇, 네놈은 누구냐?!"

얼기설기 짜여 있는 계단 아래로 갈색 후드를 뒤집어쓴 사람의 형상을 발견한 남자가 이를 바득 물며 날카롭게 외쳤다. 그리고 그는, 남자인지 여자인지 모를 그자를 향해 재빠르게 단도를 던졌다.

〈다음 권에 계속〉